level.17

いつか戦いの日にさらばと告げよう

十文字 青

イラスト＝白井鋭利

Grimgar of Fantasy and Ash

Presented by Ao jyumonji / Illustration by Eiri shirai

Level. Seventeen

墓所の敵は尽きることがない。
倒しても倒しても沸いてくる。

死してなお、眠ることのない、
いにしえの王の力によって――。

夢にまで見たハルヒロの感触。
すりすりすり。
ハルヒロのにおい。
すりすりすり。

灰と幻想のグリムガル level.17

いつか戦いの日にさらばと告げよう

十文字 青

OVERLAP

イラスト／白井鋭利

1．感触、再び

「……すっかり跡だな」

　建物の一部だったのだろう木切れを蹴飛ばし、黒外套《がいとう》をまとわされた癖っ毛、仮面の暗黒騎士が言う。

「もうコレ、寂《さび》し野《の》前哨《ぜんしょう》基地とかじゃねーわ。寂し野前哨基地跡でしかねーわ。跡だわ。完全無欠の跡でしかねーわ。マジで、マジで……」

　そろそろ日が暮れる。

　ぼやきの暗黒騎士が言うように、基地とはとても呼べそうにない。もはや廃墟《はいきょ》と形容できるものすら残っておらず、建物の残骸が散らかっているだけの寂し野前哨基地跡には、今のところハルヒロたちとシノハラ以下、オリオンの十名しか到着していない。

「クフッ……」

　そのオリオンの髪を短く刈った丸眼鏡の男は、ちょっと不気味な笑い方をする。どうやら神官らしいのだが。

「たしかに。たしかに。ワタクシたちもこの寂し野前哨基地を拠点として方々を巡ったものですから、この無残な光景を目の当たりにすると、ある種の感慨がなくもありませんね。ウクフッ、ボハァッ、グフフッ……」

ちょっと不気味、――ではない、かな？　わりと、けっこう、不気味かな？　というか、怖いんですけど。そんなことは言えないが。ハルヒロには指摘できない。とにかく怖いので。

「その笑い方なあ」

　ユメみたいには、とても。

「なんかなあ、聞いてるとな、ユメ、気持ち悪くなるねやんかあ」

「さようですか。クフォッ、ヌフォクフッ、ボフォーッ……」

「すまないね」

　シノハラはいつものように微笑《ほほえ》んでいる。でも、いささか申し訳なさそうだ。

「キムラのこれは、私がいくら注意しても直らないんです」

「それやったら、したたかないかなあ」

「仕方ねーだろ」

　ランタがすかさずユメにツッコむ。

「ソレ言うんだったらよ。したたかでどーすんだ」

「したたかないって、ユメサン言いませんでした？」

　クザクが口を挟んだ。

「したたかじゃないってことじゃ？」

「細ッけーコト言ってんじゃねーぞ、ノッポ。アホが。クソめ」

「まぁ、背は実際、高いっすけど。あんたよりは遥《はる》かに」

「自慢かーッ。どんな性格してやがんだよ。図々《ずうずう》しいヤツだな。もはや極悪だなッ」

「……あんたには言われたくないわぁ」

「どういう意味だよッ」

「え？　普通に、そのまんまの意味なんすけど」

「もぉーっ」

　ユメが頬をぱんぱんに膨らませて怒りだした。

「ランタとクザックんはなあ。喧嘩《けんか》が多いねやんかあ。ことあるごっどんになあ」

「今のは微妙におまえが原因だけどなッ!?　少なくともキッカケではあるからな！　あと、ことあるごっどんって何だッ。コトアル・ゴッドって、どんな神なんだっつーのッ。明らかに正しくは事あるごとだろうがッ！」

「そんなんめっさ似てるやんかあ。そっくりさん同士なんやから、めにくらら立てなくてもなあ」

「目にクララなんか立ててどーすんだよッ。クララが立つのかよッ。つーか、クララって誰ェーッ!?」

「んにょお？　くららやなくて、つららやったっけかなあ」

「つらでもねェーよッ、クジラだっつーのッ！　メクジラ、目にクジラ、……アレ？

どォーゆう意味だ……？」

「どうゆう意味なん？」

「オレに訊《き》くなァーッ」

「ランタが言いだしたんやんかあ」

「こんなの慣用句にすぎねーんだよッ！　バーカバーカバーカ！」

「バカってゆう人がバカなんやからなあ」

「バカって呼ばれるヤツがバカに決まってんだろ、ヴァァーカッ」

「にぎやかでいいですね」

シノハラは皮肉をこめて言ったのだろうか。にこにこしているので、いまいち真意が読めない。

「てかさ、ほんと仲いいっすよね、ランタクンとユメサン」

クザクが呆《あき》れ半分といった口ぶりで言うと、急にランタがあたふたしだした。

「なッ、なななッ……」

「仲はなあ」

ユメは腕組みをして顔をしかめる。

「悪くはないけどなあ。仲よしってゆったら、仲よしなんかなあ？」

「なッ、なななななァーッ、なな、なななななァーッ!?」

ランタは、な、しか言えない生き物と化している。聞くに堪えない。

「噛《か》みすぎだろ……」

「うぅぅぅぅるせェーぞパルパラッ」

「そこまで改変されたら、誰かわかんないって……」

「答えるってコトはズッパシわかってンじゃねェーか、ポルポランッ。コォーのピルピルヤロォーッ。おまえなんかなァ、いっそのコト、パパパとかピピピとかペペペとかポポポとかで十分なんだよ……ッ！」

にぎやか、というか、ランタはひたすらやかましい。しかも、積極的に周りを巻きこむスタイルなので、傍迷惑《はためいわく》だ。質《たち》が悪い。ただ、バイタリティーはすごい。ハルヒロも多少は元気を出したほうがいいのか。そういうことでもないか。そうだ。違う。べつにハルヒロは、自分が元気になりたいわけではないのだ。

セトラとメリイは、もうずいぶん長い間、口を開いていない。今も二人は静かにどこか遠くを見ている。

声をかければ、二人ともちゃんと反応してくれる。ただし、返事は最小限だ。たとえば、どうしたの、と尋ねた場合の答えは、「大丈夫」か「何でもない」、まあそのどちらかで、とても額面どおりには受けとれない。

何しろ、シホルのことがある。

セトラはキイチを失った。

どうしたものか。正直、有効な手立てが思いつかない。何をしても無駄なのではないか。時間が解決してくれるのを待つ。それしかないのかもしれない。

そう割りきることができればいいのだが、つい考えてしまう。どうしようもないから、何もしない、というのはどうなのか。やっぱり、何かしたほうがいいのではないか。それはね。これでもリーダーだし。何か。何かって？　何だっていい。いや、何でもよくはない。何かすることが重要なのか。そうではないだろう。やってはいるんです感を出すだけでは意味がない。リーダーとして、どうにもならないなりに、頑張ってはいるんですよ的な。そんなアリバイ作りみたいなことをしたいわけでは決してない。

ふとユメと目が合った。どうしたん、という感じで、ユメはにこっと笑ってくれた。

本当はユメだって落ちこんでいるはずだし、実際、たまに寂しそうな顔をしてため息をついたりする。それなのにハルヒロを気遣ってくれるやさしさが胸にしみて、ちょっと目頭が熱くなった。泣くのか、自分。泣かないけど。ハルヒロはあたりを見回した。

寂し野前哨基地は窪地《くぼち》にある。だから、周りは少し高い。東西南北どっちを見ても丘だ。全周囲が丘なので、丘感はほとんどないが。丘感、などという言葉があるのかどうかはともかく、西の丘に人影がある。

「……あ」

「あぁ」

シノハラも西のほうに目を向けている。

「来たようですね」

「……て、いうか――」

あの人影、走ってくるんだけど。

「ハルヒロ……！」

声からすると、女性なのか。

と、いうか。

「……えっ？」

気のせいだろうか。

今、名を呼ばれたような。

「ハルヒロぉー……！」

気のせいなどではない。呼ばれた。

二回も。

「ハルヒロぉーー……！」

これで三回目だ。

女性はものすごい勢いで斜面を駆け下りてくる。

「えっ？　えぇっ……!?」

「速ッ……!?」

かなり機敏なランタがたまげている。それほどの速度だ。

女性は鍔《つば》の広い、大きな帽子を被《かぶ》っている。それでずいぶん上背があるように見えるのか。いや、帽子を抜きにしても、長身だ。

寂し野前哨基地は、跡地に成り果てたとはいえ、現在も濠《ほり》に囲まれている。風早荒野《かざはやこうや》の窪地に泉が湧いていた。その周囲に人びとが居つくようになり、防御のために濠を掘って泉から水を通した。なんでも、そういう成り立ちなのだとか。

建物は軒並み破壊されてしまったものの、泉も濠も健在だ。濠にはもともと橋が一本架かっていた。その橋もほとんど崩落している。ただ、橋脚や橋桁の残骸を足場にして、なんとか濡《ぬ》れずに濠を渡れなくもない。げんにハルヒロたちはそうした。

でもあの女性は、そんなまだるっこしいことはしていられない、とばかりに、なんと濠に飛びこんだ。

「ハルっ！　ハっ！　ハルっ、ヒロぉーっ……！」

女性は泳ぐ。両腕で力強く水を掻《か》き、掻き分けて、平泳ぎをしている。あの濠はそれなりに深い。女性は泳いで濠を渡ろうとしている。

途中で帽子が脱げてしまった。かまわず女性は泳ぐ。あれよあれよという間に泳ぎきって、とうとう寂《さび》し野《の》前哨《ぜんしょう》基地跡に足を踏み入れた。

「ハルヒロぉーーーっ……！」

「……えっ、……あっ、……だっ、――誰……？」

過去、関わりがあった人びとについては、主にメリイから教えてもらっている。頭に入っているはずの情報が、どういうわけかさっぱり引き出せない。

「すッげーな……」

ランタは呆気《あっけ》にとられているのか。むしろ、感心しているのか。いっそ感動しているようですらある。

「ふぉぉー……」

ユメもびっくりしているらしい。目を真ん丸くして、ハルヒロを見た。

「なあ？」

「や、なあ、じゃなくて――」

「ハルヒロぉぉぉぉぉーーーーーーーーーーーーーっ……！」

女性が猛然と走ってくる。びしょ濡れなので、水滴を撒《ま》き散らしながら、どんどん迫ってくる。

しかし、でっかい。

クザクほどではないと思う。けれども、頭が小さくて、体がびよーんと縦に長い。そう。でか長い、という印象だ。

逃げる余裕がなかったわけではない。あった。でも、迫力が壮絶にやばかった。圧倒されているうちに、ハルヒロは女性の体当たりを食らう羽目になった。

「――おっ……!?」

いや、体当たり、――ではない、のか?

どうやら、違う。

「ハルヒロ! ハルヒロがっ! ハルヒロ……!」

「ぐぁっ……」

痛い、――というよりも、苦しいです。

女性はハルヒロに体当たりをぶちかまして、吹っ飛ばしたのではない。

思いきり、抱きしめたのだ。

ハルヒロの足が地面についていない。

浮いている。

ハルヒロは女性に持ち上げられている。

女性はハルヒロより大きい。ほっそりしているように見えて、何しろずいぶん背が高いので、けっこう力持ちなのか。

「うっ、……あぁっ、……おぉぉぉうっ……!?」

少なくとも、ハルヒロをハグし、軽々と持ち上げて、そのまま締め殺す程度の力はありそうだ。幸い、と言えるのだろうか。まだ殺されてはいないが、このまま締め上げられたら、どうなることか。どうなってもおかしくはない。

「ハルヒロ。会いたかった。ハルヒロ」

女性はハルヒロに頬ずりをする。

こっちは気が遠くなってきているのだが。

「……た、た、た、……たす、けっ……」

「たすけ？　誰？」

「……ち、ちがっ……」

「血が出ている？　どこから？」

「――じゃなっ、くっ、てっ……」

「じゃな、くってー？」

「く、ぐっ、ぐるじっ……」

「ぐるじー……？」

ようやくわかってくれたようだ。

「おーうっ」

女性は謎の音声を発して腕の力をゆるめてくれた。おかげでハルヒロは、なんとか呼吸ができるようになった。

「……は、放しては、くれないんだ……?」

「すごく久しぶりだから。すりすりしても?」

「いっ、いや、それは……」

というか、もうやっているじゃないですか。

女性はすでに頬ずりを再開している。何、これ。

びしょびしょだし。何なんだよ。

怖いんだけど。

「ミモリンはなァ」

暗黒騎士が頭を振りながら、ため息まじりに言う。

「ずゥーッと前から、なぜかパルピロに惚《ほ》れ抜いちまってるっつー、頭イッちまってるとしか思えねー嘘《うそ》みたいなモノホンの超絶変人だからなァー」

「このォ……!」

ハルヒロに頬ずりしている女性とは好対照な、小柄だがみっちりしている女性がすっ飛んできた。今度は誰なのか。どこからやって来たのだろう。その女性はランタの後ろ頭をパコーンとぶん殴った。

「ドッタワケェェエーイッ……！」

「――ボヘッ……!?」

仮面が外れ、目ん玉が飛び出ているランタの尻に、その小柄な女性はいい感じの蹴りを入れる。

「ヘヤァッ……！」

「ゼッ……!?」

ランタは蹴られた尻を押さえて跳び上がった。なんという跳躍力。すっごく跳ぶね。ランタは両足で着地したものの、その際の衝撃がまた尻にガツンと響いたようだ。

「――オゴォァハッ……!?」

「なれなれしくミモリン呼びしてんじゃないんデスヨーッ！」

小柄な女性が唾を飛ばして吼《ほ》える。

「グロスイディオット、ド変態のブンザイで！　コォーのボケナスカボチャーッ！」

「……て、てッ、てッ、てンめェ！」

ランタは両手で尻を押さえ、内股になっている。涙ぐんで、涙声になっているし、尻に食らったダメージはそうとう深刻なようだ。

「お、おッ、おッ、思いっきり蹴りやがって！　オレ様のすてきなプリケツが、これ以上割れたらどうしてくれる!?」

「オメーのくっさいケツなんぞ、いっそマブダチ？　オダブツ？　アァ……真っ二つになればいいんデスヨー！」

「オレのケツはそこまで臭くねえ！」

「そこまでってコタァーちょっとは臭いんでショーガァ！」

「ケツはケツであるがゆえに、多少はしょうがねえだろッ！　ケツの機能的にッ！　ンなコト言いだしたら、おまえのケツだってなァ……！」

「おい」

眼鏡をかけた男が、巨岩すらたやすく打ち砕きそうな戦鎚《せんつい》を振り回して、ランタの顔面の手前でピタッと静止させた。

いや、というか、あなたはどこから現れて、いつからそこに？

ハルヒロが気づかなかっただけか。今現在もハルヒロに頬ずりしつづけている背の高い女性にすっかり気をとられていて、眼鏡男に気づくも気づかないもなかったのだ。

「――ゥゥゥゥウウウウウヒイイイィィィ……ッ!?」

ランタは震え上がった。いや、上がってはいない。震えながらその場にへたりこんだ。

ちなみに、尻のほうは依然として両手で押さえている。

「おまえごときがアンナさんのケツに言及する資格があると思うな」

眼鏡男は戦鎚をすっと引っこめて肩に担いだ。

「殺すぞ？」

「……しッ、しッしッ、しッ、死ぬ寸前だったっつーのッ……」

「死んでないだろ」

「死んでたら、文句じゃすまねーよッ！」

「何だ？　おまえ、死んでも文句が言えるのか？　おもしろいな。試してみるか」

眼鏡の男が戦鎚を振りかぶる。

「や、やめてッ!?」

ランタは大汗をかいて慌てふためいた。

「試すまでもねーから！　いくらオレでも、死んじまったらただの屍《しかばね》だからッ！」

「つまらん」

眼鏡の男が戦鎚を下ろす。

「オーイ！　オォォーウィー！」

いかにも調子のよさそうな男が遠くから声を張り上げる。風体からすると、戦士というやつだろうか。その男と、聖騎士風の男、それから、左目に眼帯をしたポニーテールの怪しげな男は、ちゃんと壊れた橋を渡って寂し野前哨基地跡に入ってきたようだ。

「来たよ俺ちゃん！　来ちゃったよー！　俺ちゃん参上だよー！　オォォーウィー！」

「すりすりすり……」

背の高い女性はまだハルヒロに頬ずりしつづけている。

「夢にまで見たハルヒロの感触。すりすりすり。ハルヒロのにおい。すりすりすりすり……」

何なの、これ。

先が思いやられるなんて生やさしいものではない。

不安どころか、恐怖。むしろ、絶望しかないんですけど。

2．追いたい背中

「ごめんなさい」

目の前で正座して頭を下げられると、なんだかこっちのほうが悪いことをしているような気がしてきて、ハルヒロは正直、つらかった。

「……えっと、謝罪とかはべつに。実害を被ったわけじゃない、……っていうか、まあ、少し濡《ぬ》れはしたけど、それくらいだし……」

「ごめんなさい」

背の高い女性ミモリはそう繰り返すばかりで、頭を上げてくれない。

「ホンットにおまえはなァ。おまえってヤツはなァ……」

ランタがハルヒロの脇腹を肘で小突く。

「悪ィー男だよな。こんッなよォ、美人に土下座なんかさせやがってよォー。ひでェー鬼畜ヤローだよ。クソだな、クソッ」

ミモリが顔を上げてランタを睨《にら》みつけた。

「ハルヒロはくそじゃない。くそやろうはおまえ。おまえだけがいつもくそやろう」

「すさまじィー言われようだなッ!?」

「事実だしなぁ」

クザクがぼそっと言う。

「てッンめェーッ！」

ランタがいきり立ってクザクに殴りかかろうとする。すかさずクザクはランタの頭を右手で押さえた。クザクは長身で腕もずいぶん長い。ランタの拳はクザクに届かない。

「てンめェー！　クッソォーッ！　テメコラクソォーァッ！」

「ワァーオ、やっすいコントだねー！」

激烈調子のいい男、戦士でハルヒロたちとは同期らしいキッカワも、なぜかクザクに殴りかかろうとする。

「まぜてまぜてー！　俺ちゃんも俺ちゃんもー！」

「何なんっ!?」

そう言いながらも、クザクは左手でキッカワの頭をがっちり押さえた。キッカワが繰りだす拳もクザクに届かない。

「えいえいえーい！　えいえーい！　イェーイ！　うっわ、何だよこれー！　めっちゃ楽しいじゃーん！」

「ははは」

聖騎士トキムネが爽やかな笑顔でそのやりとりを見守っている。

「クッ……」

眼帯とポニーテールでやべぇヤツ感を醸しだしているイヌイもトキムネの後ろで笑っているが、あからさまに不吉で不穏だ。

「クハハハハハッ……」

「もういいんデスヨー、ミモリーン！」

みっちり小柄なアンナさんは、着ている白い服からもわかるとおり、神官らしい。

「ほら、立って！　スタンダッ！」

アンナさんはミモリを後ろから抱きかかえて立ち上がらせようとする。

「そもそーものロンとしてー!?　ドゥゲザーする必要ナッスィンなんデスカラー！」

「これはけじめ」

でも、ミモリは頑として立ち上がろうとしない。

「ハルヒロに許してもらえるまで、あたしはドゥゲザーしつづける覚悟」

土下座がドゥゲザーになってるよ。どうでもいいけど。

「……あの、許すも何も、おれはべつに……」

「ハリのムシロ、オメーが謝れデスヨー！　ハルヒロォー！」

アンナさんは涙ぐんで必死にミモリを持ち上げようとしながら、さかんにハルヒロを非難する。本当に何もかもどうでもよくなってきた。

「……すみませんでした」

「ハルヒロが謝ることはない」

ミモリが断言する。そのとおりだと思うのだが、話が進まないじゃないですか。

「わかった」

眼鏡の神官タダが戦鎚を振り上げる。

「軽く粉砕してやる。それで話は終わりだ」

「……おれの命が終わっちゃうと思うんだけど？」

「片はつくだろ」

「どうなってんの、この人たち？」

「そんなふうに言ってくれるな」

トキムネに肩を抱かれた。

「またおまえらに会えて、みんな嬉《うれ》しくて仕方ないんだよ。な？」

そんな、ウインクとかされても。

「……喜びの表現が独特すぎないですかね」

「オリジナリティーってことか。たまに言われる」

「話が嚙《か》みあってるのか嚙みあってないのか、いまいちわからないな……」

「嚙みあいすぎて怖いくらいだって、個人的には感じてるけどな。記憶をなくしてるなんて、とても思えない」

「それはあなたたちがおかまいなしにガンガンくるから……」

「よせよ」

トキムネはハルヒロの髪の毛をぐしゃぐしゃにした。

「そこまで褒められると、さすがに照れくさい」

「おふざけはそのへんにしておけ」

銀髪の男が少し離れた場所から言った。

レンジ。彼はハルヒロたちの同期なのだという。ぜんぜんそうは見えない。威厳がありすぎる。顔つきが厳《いか》つい。体格も立派だ。装備も、もう何がなんだかよくわからないが、見るからにものすごい。

ちなみに、レンジが引き連れている丸刈りの戦士ロン、眼鏡をかけた細身の魔法使いアダチ、かなり小柄な神官チビちゃんも、皆、ハルヒロの同期だ。

レンジたちは、トキムネ率いる変人集団トッキーズにやや遅れて寂《さび》し野《の》前哨《ぜんしょう》基地跡に到着した。

辺境軍からは、ハルヒロたち六人と、シノハラ、キムラ以下オリオンの十人。義勇兵団からは、トッキーズの六人、チーム・レンジの四人。これで予定どおり、お嘆《なげ》き山《やま》攻略別働隊の二十六人が、寂し野前哨基地跡に揃《そろ》ったことになる。

「――だねっ！」

ランタと一緒になって、クザクに拳が届かないごっこに興じていたキッカワが、パッとやめてさりげなくトキムネの後ろに隠れた。

「うん、俺ちゃんもねー。そろそろ飽きてきたっていうかねー。潮時感がなくもなかったからねー。……怖いんだよね、レンジは。無駄に。怖すぎなんだよね……」

「ヘッ！」

ランタもクザクに拳が届かないごっこはやめたが、レンジに向き直って胸を張った。

「偉ッそーによォ。なァーにが『おふざけはそのへんにしておけ』だっつーのッ。そこまで言うなら、おふざけの一つでも全力でしてみやがれッ」

「……どういう理屈だよ」

「うっせッ。おまえは黙ってろッ、パルピロッ」

「足、震えまくってるし……」

「ふッ、ふふふふ震えてねーよッ」

ランタは肩をそびやかし、胸を反らせて、堂々としているふうを演出しようとしているらしい。でも、下半身はガックガクだ。左右の脚が小刻みに揺れて、膝同士がバチバチぶつかっている。

「そのうち出発だ」

レンジはランタには一瞥《いちべつ》もくれなかった。

「一休みしておけ」

「……は、はーい」

ランタが小声で応じた。

「いい返事っすね……」

クザクのランタを見る目は冷たい。でも、ランタを揶揄《やゆ》する声の音量はけっこう控えめというか、かなり小さかった。

「……パネェーんだよ、圧がッ。ンなコト言うんだったら、テメーも噛みついてみやがれっつーのッ」

「やですよ。怖ぇーもん……」

「怖ェーんじゃねーか、やっぱ！」

「どう見てもカタギじゃないでしょ、あの人」

「言っとっケドな？　レンジのヤツは、最初ッからああだからな？　何の実績もねーどころか、自分の名前しか覚えてねェーっつーのに、やたらと自信満々だったからな。ワケわかんねーわ……」

「ゆうてもなあ。レンジもいろいろあったんやからなあ」

ユメが口を挟む。

「……サッサがなあ」

「ンー……」

ランタは唸《うな》ったきり黙りこんだ。じつは、チーム・レンジは四人ではなく五人だった。もう一人いたのだ。その一人もハルヒロの同期で、サッサという女性の盗賊だった。つまりその女性は、ハルヒロとは同期でかつ同業者でもあった、ということになる。

チーム・レンジは同期どころか義勇兵たちの中でもずば抜けた存在で、ハルヒロたちはダムロー旧市街のゴブリン狩りで名を馳《は》せた底辺だった。住む世界が違う、と言ったら大《おお》袈裟《げさ》だろうか。けれども実際、そこまで接点はなかったようだ。サッサのことも、ハルヒロはさほど知らなかったのではないか。

でも、そういう一人の女性がいて、彼女はもういない、死んでしまったのだ、という事実を突きつけられると、妙にしんみりしてしまう。

決して他人事《ひとごと》ではない。悲しいことに覚えていないわけだが、ハルヒロたちもかつてマナト、モグゾーという仲間を失った。そして、人間ではないとはいえ、キイチがジン・モーギス総帥に斬り殺された。シホルはいまだに行方がわからない。

辺境軍と義勇兵団の合同部隊二十六人は、示しあわせるでもなくそれぞれの仲間同士が固まって、寂し野前哨基地跡のあちこちで車座になった。

日は沈んだ。いまだに敵の斥候が風早荒野《かざはやこうや》をうろついているようなので、火は焚《た》いていない。

「オレは寝るからよ。時が来たら起こせ」

ランタは横になった途端、いびきをかきはじめた。

「……早すぎじゃないっすか？」

クザクは呆《あき》れながらも大きなあくびをした。

「俺も仮眠とっとくかなぁ……」

「そうしたら？」

ハルヒロがうながすと、クザクは「すみません」と一言謝って寝転んだ。

ユメはメリイとセトラの間に座り、二人の腕を抱えこんで自分のほうに引き寄せた。メリイもセトラもされるがままだ。三人がほとんどひとかたまりになって座るような恰好《かっこう》になっている。ユメなりに二人を励まそうとしているのだろう。変に話しかけるより、今はむしろああやって黙ってくっついていたほうが、メリイもセトラも慰められるかもしれない。とはいえ、ハルヒロがあんなことをするわけにはいかないわけで。あたりまえだが。あれはユメにしかできない。ユメならではの方法だ。ユメがいてくれてよかった。

気配がした。誰か近づいてくる。

レンジか。緊張した。

「ちょっといいか」

思わずハルヒロは、はい、と答えそうになった。ランタじゃないんだから。

「うん。……いいけど」

立ち上がって、少し歩いた。レンジの背中を追いかける。覚えていないが、ずっとレンジはハルヒロたちの前を走っていたのだろう。実際のところ、追いかけるというほど近い関係性ではなかったようだ。雲泥の差。比べ物にならない。ハルヒロにとってレンジは遠い存在だった。

記憶がなくても、こうしていると、そうなんだろうなと実感できる。レンジは濠《ほり》の手前で足を止めた。ハルヒロはレンジの隣で立ち止まったが、肩を並べているのがしっくりこなくて、一歩下がった。

「覚えてないってのはどんな気分だ」

いきなり訊《き》かれて、ハルヒロは戸惑った。

「……うーん。……まあ。……変な気分、かな」

「マナトやモグゾーのことも覚えてねえんだろ」

「……覚えてない、ね」

「そうか」

レンジは、ふっ、と小さく鼻を鳴らした。笑ったのか。そういうわけでもないようだ。この受け答えは何なのだろう。よくわからない。

でも、なんとなく、サッサのことがよほど堪《こた》えているのかな、という気はした。

レンジは最初から自信満々だったとランタが言っていた。過信では決してないのだと、レンジは自らの力で証明しつづけてきたのだろう。ハルヒロの想像でしかないが、レンジのような男にとって、苦楽をともにした仲間の死は、それまで経験したことのない挫折だったのではないか。

だからといって、残念だったね、とか、お悔やみ申し上げます、とか、言えるような雰囲気でもない。

「レンジはさ」

「あぁ？」

その一声だけで怖い。ハルヒロは萎縮してしまいそうになったが、やっぱいいや、と引き下がったら引き下がったで、怒られそうな。怒られはしないかもしれないけど。

「……レンジは、自分の仲間には、もっとこう、……何ていうか、いろんなこと、話したりするの？　かな、……って……」

レンジがなかなか口を開かないので、ハルヒロは不安になってきた。謝ったほうがいいだろうか。謝るのも変か。変でもないか。どうだろう。

「話して何になる」

ようやくレンジはそれだけ言った。

「……何、って」

ハルヒロは手で顔をこすった。ロンやアダチ、チビちゃんは、こういう態度をとられても平気なのだろうか。

「お互いを理解しあえるとか、……みんなで意見を出しあえたりとか、利点はそれなりにあるんじゃない、……かな、……と、思うけど……？」

「他人同士が理解しあえるなんて幻想だろ。俺が誰かのことをわかってるなんて思うのは錯覚だ。誰にも俺のことはわからない」

「……まあ、そういう考え方も、ある、……かな。幻想、か。……錯覚。……うん。それは、まあ……」

「意見を求めることはある。俺だって万能じゃねえからな。何かを決断するときの材料は、少ないより多いほうがいい」

「……ああ。万能ではないんだ？」

「何が言いたい？」

「い、いや？　べつに……」

「万能なわけねえだろ。万能だったら――」

「ハルヒロ」

レンジは軽く頭を振って、ため息をついた。

「……何？」

「おまえはどう思ってる」

「……え」

「あの男のことだ」

レンジは視線でどこかを示した。ランタたちでも、チーム・レンジでもない。たぶん、トッキーズでもないだろう。

シノハラたちオリオンの十名が陣どっている場所あたりに、レンジは目をやった。

そういうことか。

意見を求めることはある、とレンジは言った。

レンジはハルヒロに問うている。オリオンのことをどう思うか、と。いや、レンジは、あの男、と限定した。

オリオンには、何人か中核的な、幹部級と言っていいメンバーがいる。丸眼鏡のキムラ、それから、昔、メリイの仲間だったハヤシなどだ。ハヤシは今回、オリオンの十人以上を率いて、辺境軍本隊に加わっている。

キムラはそうとう癖の強い、奇矯な男ではあるものの、あくまでオリオンのナンバー2でしかない。

レンジが言った、あの男、とは、誰なのか。

当然、シノハラだろう。

しかし、シノハラは義勇兵団の一員として動いていた。レンジもそうだ。ハルヒロよりもレンジのほうが、シノハラと接する機会は多かったのではないか。それに、ハルヒロと違って、レンジには過去の記憶もある。レンジはハルヒロよりもシノハラのことを知っているはずだ。

ハルヒロにしてみれば、逆に訊きたい。レンジこそ、どう思っているのか。

でも、レンジは、他人に意見を求めることはあっても、自分の胸中をさらけ出すことには意義を認めていない。レンジ自身がそう明言した。ハルヒロとは相容《あいい》れない考え方だが、人それぞれだ。それはおかしいと非難したり、改めたほうがいいと忠告したりするのはどうなのか。友人でも、仲間でもないわけだし。そもそも、レンジは間違っているのか。そんなことはないだろう。

ただ、ハルヒロとは違う。ずいぶん違うんだな、と感じる。かけ離れているほど何もかも違うから、友だちになることも、組むこともなかったのか。

そうはいっても、同期だ。

これは本当に不思議なのだが、ハルヒロは何も覚えていないのに、レンジのことを、何のつながりもない、どうでもいい人間だとは見なせない。どういうわけか、レンジは信頼できるのではないか、という印象を持っている。

怖い、けど。

ランタじゃないが、とにかく圧がすごすぎて。

レンジは、自分の思いや感情を素直に表現する男ではない。かといって、裏がある、というのとは違う気がする。おそらく、見た目ほど冷淡でもない。平然と他人を裏切るようなことはしないのではないか。独裁者的なところはあるのかもしれないけれど、自分のために仲間を犠牲にしたりはしない。事実、チーム・レンジはずっと五人でやってきた。そこはレンジだから、かなりむちゃなことをたくさんしてきたはずだが、サッサを失うまで、誰も命を落とさなかったのだ。そして、サッサを死なせたことで、レンジは大きな痛手を被っている。ハルヒロにはそう見える。

レンジはあてにしていい。

半ば勘だが、ハルヒロは自分の判断を信じることにした。

どうも信じきれないのは、むしろ、あの男だ。

「……これは、ここだけの話にして欲しいんだけど。曖昧っていうか、微妙で」

「ああ」

「おれたちは、開かずの塔の地下で目が覚めて、そのときには記憶を失ってた」

「ひよむーがおまえらの中に交じって、小細工しようとしてたらしいな」

「……ひよむーは、誰かの指示で動いてるみたいなんだ。ご主人様って、ひよむーは呼んでた」

「その主人とやらは、ジン・モーギスじゃない」

「違う。それはありえない。——で、その話をあの男としたんだけど、こう言ったんだ」

ハルヒロは一つ息をついてから、はっきりと発音した。

「開かずの塔の主って、あの男が」

「……開かずの塔の、——主？」

レンジが鸚鵡《おうむ》返《がえ》しに言うくらいだから、驚いているのだろう。

「それは、……何者だ？」

「わからない。でも、あの男が、開かずの塔の主って言葉を出したのは間違いない。開かずの塔の主が南征軍を招き寄せたとは思えないって」

「他には」

「……これは、もっと曖昧なんだけど。あの男は、ひよむーのことも、……何ていうか、たとえば、記憶を失う前のおれとかレンジより、知ってるような……」

「だとしても、不思議じゃねえな。あの男は俺らよりずっと義勇兵歴が長い」

「そうなんだけど。……でも、ジン・モーギスと開かずの塔の主はたぶん、ひよむーを介して繋《つな》がってる。どこかの時点で手を組んだのは、確実だと思う」

「その件に、あの男も一枚嚙《か》んでると？」

「だとしたら、オリオンが辺境軍に加わったのも、すんなり説明がつくだろ」

「義勇兵団とのパイプ役になるってのは、あくまで名目か」

「……そういう可能性もあるんじゃないかって。確証はないんだけど」

「現時点では、な」

レンジは右手の親指で軽く唇をさわった。

「そう簡単に尻尾を出す男じゃねえ。だが、人間ならミスはする」

「……おれはけっこう世話になってたみたいなんだ。メリイは、もっと」

「人望がある男だ。顔が利く。評判もいい」

「もしかすると、記憶を失ってなかったら、怪しんだりしなかったかもしれない」

「俺はいけ好かないやつだと思ってた。とくに根拠はなかったが、水と油だ」

「レンジとはぜんぜん違うタイプだもんね」

「そうだな」

「自覚はあるんだ」

「人に好かれたいと思ったことは一度もねえ」

自分のことを話しているじゃないか。茶化したらどうなるだろう。笑ってすませてくれるとは思えない。

「……あの男は、人に好かれるように、振る舞ってる？」

「俺にはそう見える」

「つまり、……べつにそういう人間じゃないのに、演技してるってこと？」

「目だ」

「目が、……笑ってない？」

そんなことはないような気がする。シノハラはよく笑う。その柔和な表情に違和感を覚えたことはない。

「違う」

レンジはわずかに首を横に振る。

「やつの目は動かない。笑ってやがるときも、じっと一点を見すえてる。目の前の相手を観察してるってことだ」

「……レンジこそ、よく観察してるね」

「おまえもやつを観察しろ」

レンジはそう言うなり踵《きびす》を返して歩きだす。体重を感じない身のこなし。それでいて、躍動感がある。

歩き方一つとっても、モノが違う、違いすぎる、と思わずにいられない。劣等感を抱くのも馬鹿馬鹿しい。自然と仰ぎ見てしまう。

ふと、レンジが足を止めた。

「忘れても、そう鈍ってはねえな」

振り返って、言う。

「むしろ見違えた。あてにするぞ」

ハルヒロは顔面のあちこちが引きつるのを感じた。どう答えればいいのか。ありがとうございます。がんばります。へりくだりすぎだろうか。

ハルヒロは結局、うなずくだけにしておいた。何か気の利いたことを言えればよかったのだが、自分には所詮、無理だろう。

3．眠らぬ王は眠れないのか

いったい、誰が。

誰、というより、何ものが置き忘れたのだろう。

むやみやたらと広大で、果てしなく平らかな風早荒野《かざはやこうや》に、いつからその山はぽつりと佇《たたず》んでいるのか。

人は呼ぶ。

お嘆《なげ》き山《やま》、と。

その名の由来には諸説ある。定説はこうだ。

山の頂上にそびえる古城の半ば崩れた姿は、昼間なら遠目からでも確認できる。それは城のようで、ただの城ではない。かつては旧《ふる》き神を祀《まつ》るための神殿だった。その神殿の跡に、大胆不敵にも、いにしえの王が城を築かせた。やがて王が死ぬと、城は亡き王の墓標となった。恐れを知らぬ王の偉業を讃《たた》え、哀悼の意を表するため、人びとは墓標に向かって嘆きの歌を唄《うた》ったという。

風早荒野の夜闇は、無数の星々が浮き上がるように輝いていても、息が詰まるほどに濃厚だ。重苦しい暗闇に押し潰されてしまわぬように振り仰げば、煌々《こうこう》たる灯火《ともしび》に彩られたお嘆き山の頂上が目に入る。

義勇兵団が放った密偵によると、古城の修繕作業は今現在も行われているようだ。とくに、山頂近くの急斜面を登りきった先にそびえ立つ城壁は、かなり修復が進んでいる。

城門へと通じる細い道以外には、逆茂木のようなバリケードがそこらじゅうに設置されているらしい。道を行けば、城壁から弓、弩《いしゆみ》、投石で狙い撃ちされる。道を避けて進むためには、バリケードを撤去しないといけない。バリケードにかかずらっていたら、やはり射撃を浴びることになる。義勇兵団の魔法使いたちを中心として一気に押し進むにせよ、正攻法で落とそうとしたら、少なからぬ犠牲を覚悟しなければならないだろう。

そこで、裏口を衝《つ》く。

裏口といっても、山頂部を囲む城壁に表門と裏門があるわけではない。

その裏口に関する情報を辺境軍と義勇兵団に提供したのは、シノハラだった。

もともとシノハラ率いるオリオンは、不死族《アンデッド》たちの巣窟と化していたお嘆き山を、独自に探索していたのだという。古城にも何度となく侵入したことがあるのだとか。

しかしながら、オリオンの狙いは古城ではなかった。

神殿跡に城を築いた王。亡くなった王は、自らの居城にそのまま葬られた。

言い伝えどおりなら、古城の中に王の棺《ひつぎ》のようなものがあるはずだ。ところが、シノハラたちがいくら探しても、身分の高い者の亡骸《なきがら》がどこかに安置されていたような形跡は見つからなかった。

ひょっとしたら、王の墓所は別にあるのではないか。シノハラたちはさらに探索を進めた。そして、ついに発見した。

地下だ。

古城の地下に、秘密の墓所が隠されていたのだ。

正確には、墓所なのではないかと推測される空間、と言うべきかもしれないが、ややこしいので、墓所、と呼ぶことにする。

オリオンは何年にもわたって調査し、墓所の出入り口を二つ探りあてた。古城内と、それから、お嘆き山の裾野にも通路の出入り口があり、どちらも岩戸で封印されていた。

オリオンは二つの出入り口から墓所への進入を試みた。そこはやはり墓所に違いない。

シノハラやキムラが主張するには、十中八九、王は古城の地下に葬られている。そう信じるに足るだけの証拠を、彼らは得ているのだという。

シノハラたちは、王が眠る部屋を、玄室、と称している。なんとオリオンは、その玄室にも足を踏み入れたのだとか。

ただ、玄室に入るたびに死者が出た。そのため、シノハラは撤退の決断を下さざるをえなかった。

今回のお嘆き山攻略戦において重要なのは、山裾からも、古城内からも、墓所に入ることができる、という点だ。

山裾の出入り口を山裾口、古城内の出入り口を城内口とする。いずれも玄室に通じている。ちなみに、距離的には、城内口からのほうが、ずっと玄室に近いらしい。すなわち、山裾口から墓所を通って玄室を突破し、城内口から出ることができれば、古城に入りこめる。

お嘆き山攻略戦は、辺境軍と義勇兵団による合同作戦だ。

辺境軍からは、ジン・モーギス総帥に指揮を任されたトーマス・マーゴ将軍率いる精兵約百名。そして、ハルヒロ、クザク、ランタ、ユメ、メリイ、セトラの六名と、シノハラ以下、オリオンの二十三名が参加する。

義勇兵団は、チーム・レンジ、トッキーズ、荒野天使隊《ワイルドエンジェルズ》、鉄拳隊《アイアンナックル》、凶戦士隊《バーサーカーズ》の総勢七十名を派遣した。

このうち、シノハラとキムラらオリオンの十名と、ハルヒロたち、チーム・レンジ、トッキーズの二十六名が、別働隊として墓所経由で古城内侵入を目指す。

残りは本隊だ。お嘆き山を正面から攻め落とす構えを見せ、敵を牽制《けんせい》しながら、別働隊の合図を待つ。

作戦の成否は別働隊に懸かっている、といっても過言ではない。

というか、そもそも、別働隊が古城内に入りこんで合図を送るまで、本隊は総攻撃を仕掛けない。別働隊が成果を上げることができなければ、始まらない作戦なのだ。

「だぁっ……！」

クザクが豪快に大刀を振り下ろして人型のポ、、ーンをぶった斬る。

「ナハハッ……！　ポーンなんざッ！」

仮面の暗黒騎士が不吉に、不埒《ふらち》に笑いながら、怪鳥のごとく別のポーンに躍りかかった。刀を不届きに閃《ひらめ》かせて、「ポーンッ！」とその頭部を搔《か》っ斬る。「――だぜ！」

「くっそつまんねっ……」

クザクは呟《つぶや》きながら、棒切れを振り回すように大刀を振るう。大刀が軽々と振るわれるたびに、ばったばったとポーンが斬り倒されてゆく。

「ふぅわっ！」

ユメはなんと、蹴りだ。寄せ来たポーンを前蹴りで後退させると、間髪を容《い》れず回し蹴りをお見舞いして吹っ飛ばす。そうかと思ったら、ひょっと跳んで他のポーンに「ちゃちゃちゃいっ！」と目にもとまらぬ高速三連キックを浴びせて吹っ飛ばす。さらに、違うポーンを「――はにゃっ！」と掌底で一撃、これまた吹っ飛ばしてしまう。

「おまえはカンフーマスターかよ……ッ!?」

仮面の暗黒騎士がポーンをポーン、ポーン、ポポーン、ポーンと斬り飛ばしつつ、ユメにツッコミを入れる。なんでそんなに楽しそうなんだか。まあ、ランタだからか。所詮、ランタだし。

メリイとセトラは背中合わせになって互いを庇《かば》いあい、近づいてきたポーンたちをバトルスタッフと槍《やり》で撥《は》ね返している。

何だろう。ランタやユメが激しく動き回りすぎなので、あまり動かないメリイとセトラを見ていると、心が落ちつく。癒やされる、とまで言ってしまうと、さすがに言いすぎか。戦いの最中だし。そうだ。癒やされている場合じゃない。

ハルヒロはメリイに迫ろうとしていたポーンに背後から組みついて、左手で頭を押さえ、右手のダガーを使って首をガッと一気に捻《ね》じ切る。ポーンは雑兵、歩兵といった意味らしい。墓所のポーンは、体中に白っぽい帯みたいなものを巻きつけたような恰好《かっこう》をしている。そんなわけでオリオンは、ミイラ男、マミー、とも呼んでいるようだ。実際は布や包帯というより、土っぽい、粘土と土器の中間みたいな手ざわりで、頭をちょん切ったり壊したりすると、今、ハルヒロが仕留めたポーンのように、ばらばらになって崩れてしまう。ポーンの素材は、土と骨らしい。

「ありがとう、ハル!」

メリイが声をかけてくれたので、ハルヒロはちょっとだけ安堵《あんど》した。口数が少なすぎなので。セトラも元気を出してくれるといいのだが。とはいえ無理をして欲しくはないし、セトラにしろメリイにしろ、やるべきことはやってくれる。そこは信用している。もし足りない部分があれば、そこはハルヒロがカバーすればいい。これでもリーダーなので。

墓所の通称、玄関ホール。山裾口を入ってすぐの広い部屋だ。もちろん、オリオンが名づけた。しかし、どうだろう。玄関ホールというか、造りはなんとなく劇場のようだ。

この玄関ホールに入ってすぐ、オリオンの面々がなかなか強めに発光する棒状の道具を十本以上、あたりにばらまいたので、最低限の明るさは確保できている。それでも光が届かない天井はよくわからないが、壁も床も石組みか、石板を敷きつめてあるのか。中央が低く、周りが高くなっていて、その低い真ん中あたりが舞台のように見えなくもない。とりあえずハルヒロたちは、その舞台的な場所を目指している。

ポーンは弱い。でも、あとからあとから押し寄せてくる。おかげでなかなか進めない。やられそうな感じは正直まったくしないのだが、ハルヒロたちだけだったら押し返されてしまうかもしれない。

「着実にいきましょう！」

シノハラが鈍い銀色の光沢を帯びた盾でポーンを打ち払う。剣身が短めで身幅が広く、切っ先が斜めにカットされているやや独特な形状の剣は、ずいぶん斬れ味が鋭いようだ。シノハラの剣は紙でも切断するようにポーンを斬り裂いてしまう。

オリオンは名うてのクランだ。手練《てだ》れはシノハラだけじゃない。マツヤギとかいう、鎚《つち》矛《ほこ》を左右の手で一本ずつ持った巨漢戦士の壮烈な戦いぶりも、目を瞠《みは》るものがある。魔法使いも二人いるし、狩人《かりゅうど》や盗賊もいる。一見してわかるほどバランスがいい。

「ムフッ！」

あの丸眼鏡の神官は、そこに存在しているだけで何か大切なバランスを崩しているような感もなきにしもあらずだが。

「ムフハァッ……！」

キムラはいちいち変だ。神官なら戦闘しなくても、というのは、メリイに戦わせている手前、ハルヒロが言えた義理ではない。そうはいっても、あんなふうに積極的に前へ出なくてもいいような。オリオンは他に戦闘要員がたくさんいるわけだし。

あと、戦い方も何か変だ。

何かというか、キムラはバックラー的な小さな丸盾で身を守りつつ、ぐっとポーンに肉薄して、鎚矛を振り上げる。横や斜めに振り回す、上からまっすぐ振り下ろす、といったオーソドックスなのではないかとハルヒロには思えるような使い方を、どういうわけかキムラはしない。必ず下からいく。絶対に振り上げるのだ。狙う箇所は、なんでか知らないが、決まっているようだ。

「クッフォーアァッ……！」

股間だ。

キムラはポーンの股間めがけて鎚矛を振り上げる。

「ツハァッ……！」

股間に鎚矛を食らったポーンは、ばらばらになって崩れるというより、ファァンッと破裂するように飛散する。キムラはそれが気持ちよくてたまらないのだろうか。

「ンッフゥーッ……！　トヴォァーッッ……！」

すごい声が出ちゃってるんですけど。

もはやキムラは、ポーンを破壊することで性的快感をえているかのようですらある。どんな神官だよ。それとも、まっとうな義勇兵時代の記憶を失っているハルヒロの、なんとなく的なふわっとした観念がおかしいのか。その可能性もなきにしもあらずだ。

「今、必殺のっ――」

キムラと同じく神官服を着た男が、助走して前方宙返りする。

「輪転破斬《サマーソルトボム》ッッッッ……！」

その勢いで両手持ちした戦鎚《せんつい》を振り下ろし、石床ごとポーンを粉砕。大粉砕だ。

「――うううぅうらあぁっ……！」

そこから体をねじって戦鎚を持ち上げ、さらに振り下ろすまでの動作も速い。恐ろしいほどの速さだ。

タダ。タダさん。ハンパないです。タダさんがポーンを撃破するたびに爆発音のような音が轟《とどろ》くのだが、何なの、あの音。あれはもう、神官なのにとか、そういう問題でもないような。いったいどういうことなのだろう。

「俺ちゃぁぁーんっ！　アタァアーック……！」

タダと比べると、キッカワはいかにも軽量級だ。ピューッと跳んでいって、ポーンの首をストーンと斬り飛ばす。キッカワは俺ちゃん俺ちゃんうるさい目立ちたがり屋だが、そのわりにけっこう無駄のない、スマートな立ち回りだ。

「豹《ひょう》のように舞い！」

これがトキムネになると、もうスマートなのか無駄がないのか、よくわからない。軽やかなのは間違いないが、ポーンを一撃するたびに、くるっ、くるくるっ、と長剣を回すのは何なのか。無意味だと思うのだが、ひょっとしたらあれでリズムをとっていたりするのかもしれない。リズムをとる必要があるのかな、という話ではあるのだが。

「——鯱《しゃち》のように刺ぁーす……！」

ああやっていきなりポーンの一団の中に飛びこんで、盾を地面に押っつけて逆立ちし、その盾を支点にしてぐるぐる回転しながら周囲のポーンを蹴飛ばしまくったりする人なので、どうしてもリズムをとらないといけなかったりするのだろうか。わからないが。本当に。ハルヒロにはわからない。けれどもまあ、豹のように舞い、鯱のように刺す、というよりは、蝶《ちょう》のように舞い、蜂のように刺すなのではないかとは思う。

とにもかくにもトッキーズ、たいがいヤバいのだが、一番ヤバい、最《さい》ヤバなのは、トキムネでもタダでもない。

あの人だ。

魔法使いらしいのに、剣。

剣なんですね。

しかも、二刀流だ。

いや、持っていたけれども。二本の剣を腰に吊《つ》っていた。だから驚くには値しないのだが。実際、この目で見ると、圧倒的というか、ただただすごいというか。

何かのように舞っているのは、トキムネよりも彼女だろう。

鍔広《つばびろ》の大きな帽子を被《かぶ》っているミモリの剣捌《さば》きは、何というか、雄大だ。遅いわけではないのだろうが、せかせかしたところがない。剣をぶぅーんと大振りして、ズパッとポーンを斬る。右の剣を振りきったら、引き戻したりしない。右の剣を振りきって、左の剣を振りきる。あんふうに剣を振ると体が泳いでしまいそうだが、彼女は軸がしっかりしている。全身が傾いても、勢いよく反転しても、ぶれない。ミモリは止まらない。滞ることもない。流れるように剣を振りつづける。その所作が微塵《みじん》も作為めいていないのだ。ひたすら剣を振っていたら、こんな形になりました、というような。ある種の完成形なのではないかとさえ感じさせる。大袈裟《おおげさ》かもしれないが、そう思わせるほど、ミモリの剣技はスケールがでかい。まさに天衣無縫だ。

そして、あれだけ剣を使ってみせながら、ミモリは魔法使いなのだ。

まさしく、魔法使いならでは、と言うしかない。

ミモリは二本の剣でポーンを撫《な》で斬りにしながら、その剣先でエレメンタル文字を描き、呪文を詠唱する。

「デルム・ヘル・エン・バルク・ゼル・アルヴ……！」

タダが戦鎚でポーンを粉砕するごとに爆発音が響くかのようにハルヒロは錯覚したが、やはりあれは本物ではなかった。耳をつんざき腹を震わせる、これこそが爆発音だ。

ミモリが剣先で示した五、六メートル前方で、文字どおりの爆発が起こった。

炎熱魔法《アルヴマジック》の一つ、爆発《ブラスト》による爆炎、爆風で弾《はじ》け飛んだポーンは、三体か四体、せいぜい五体といったところだろう。でも、その数以上のインパクトだった。

「コーレーガー……ッ！」

アンナさんはキッカワやトキムネにがっちり護衛されている。誰もアンナさんには手出しできないだろう。そんなアンナさんはといえば、とくに何もしていない。いや、まったく何もしていないということはないか。どーんと胸を張っている。

「アンナさんたちトッキーズの実力でショーヨー！　ドーダー！　マイッただローガー、クッソザコドモー……ッ！」

偉そうだ。

ものすごく堂々と、偉そうにしている。

神官は仲間に何かあったときに動いてナンボ、みたいなところもある。だとするなら、アンナさんのあれはあれで正解なのかもしれない。トッキーズにはトッキーズのやり方がある。欠員も出ていないようだし、うまくいっているのだろう。アンナさんの態度にしても、いっそすがすがしい、と思えなくもない。神官だから、いざというときに備えている。ただ備えているだけだからといって、申し訳なさそうにしていることはないのだ。堂々としていたっていい。

それにしても意外なのは、チーム・レンジだ。

腰にランタンを吊《つる》している丸刈りの戦士ロン、とても小柄な神官チビちゃんが、黒縁眼鏡の魔法使いアダチをしっかりと守って、手堅く確実にポーンを倒している。レンジなどは、ガンガン攻めていって一人で敵を全滅させてしまいそうな雰囲気を漂わせているが、そんなことはない。仲間たちとつかず離れず、近づいてきたポーンを淡々と大剣で斬るさまは、あまりにもあっさりしすぎていて、休憩しているようにさえ見える。

いや、しっかり戦っているし、人並み以上に戦果を挙げているのだが、あのくらいはレンジにとって休んでいるのと変わらないのではないか。そんなふうに思わせるほど余裕ありげな大物感。あれこそ、レンジのすごみなのかもしれないが。ちょっと拍子抜けしないでもない。

「——……っ!?」

不意にハルヒロは何かを感じた。何かとは何だろう。その瞬間は本当に、何か、としか言いようがなかったが、すぐにわかった。

飛んでくる。

舞台に向かって左、いや、左前方からか。

ハルヒロより早く、セトラが注意をうながした。

「クザク……！」

「──のぁっ!?」

とっさにクザクは、飛んできた物体に大刀を当てて逸《そ》らした。けっこう大きかった。あのクザクが、少しだけではあるものの体勢を崩しかけたくらいなので、重量もありそうだ。何なんだ、あれは。

「次々くるぞ……！」

ハルヒロは叫んだ。球体か。弾丸。拳大くらいか。でかい。

「回避……！」

シノハラも盾で弾丸を防ぎながら声を張り上げる。

「んにゃっ」

ユメがのけぞって躱《かわ》した弾丸は、ポーンを直撃して打ち砕いた。

「──みかこしないなあ！」

「それ言うなら、見境ない、だろうがッ！　ヌァッ……！」

ランタは謎の挙動でシュッ、シュッと素早く左右に移動し、二発、三発と弾丸を回避する。ランタに当たらなかった弾丸も、ポーンを破砕した。

「ホ、ハ、ホーントです！」

シノハラが弾丸が飛んでくる方向を剣先で指し示した。

「先に潰してください……！」

前もって、ホーントについては聞いている。ポーンと違い、ホーントは上半身だけの人間みたいな形をしていて、両腕を地面についた姿勢でその場から動かないのだという。そして、頭部から弾丸を射出する。ホーントはいわば、固定砲台だ。

クザク、ユメ、ランタ、メリイ、セトラが揃《そろ》っていれば、パーティは十全に機能する。

ハルヒロはホーントがいるとおぼしき方向に走ろうとした。

「ヴァカッ！」

ランタに追い越されて、置き去りにされた。

「ここはオレ様に任せろっつーの……！」

呆《あき》れるほど速い。今さら引き止めるのは無理だ。ハルヒロは足を止めた。ホーントの処理はランタに任せよう。他にも何人か行くだろうし。でも、あの速さならきっとランタが一番乗りだ。

違った。

「オェッ……!?」

ランタが奇声を発する。

見れば、ランタの先を疾駆する影が。

「――レンジ……!」

ハルヒロは呆気《あっけ》にとられた。

いつの間に。

レンジがチーム・レンジから離れて、単独でホーント狩りに向かっている。

「ムムッ……!」

キムラが丸眼鏡を光らせた。

ランタに先んじて突っ走っていたレンジが急停止する。

「何だ……!?」

蚊か。いや、蚊ではないだろうけど。蚊柱みたいな。蚊の大群のようなものがレンジに襲いかかる。

「グフッ……! 玄関ホールで、ファ、ファン、ト、ム、までお出迎えとはァ!」

キムラは興奮を隠せていない。そもそも隠すつもりがないのか。そうかもしれない。何しろ、あのキムラだ。

「――ッ……！」

レンジは大剣を振り回して、蚊の大群めいたファントムを払いのけようとする。一応、剣圧で追い散らすことはできるのだが、暖簾《のれん》に腕押しというやつだ。ファントムは極小の羽虫みたいなものの集合体で、一匹一匹、剣で斬るのは難しい。剣圧で吹き飛ばしても、すぐに戻ってきてしまう。

「無駄だァ……！」

だから、キムラ。興奮するのは百歩譲っていいとしても、喜ぶのは違うだろ。

「ファントムはァァ！　物理攻撃がほぼほぼ効かないィィ！　相手なのですよ、魔法でなァァければァァ……ハァッ!?」

「――コォッ……!?」

レンジに追いつこうにもファントムがいるのでどうしようか的に足が鈍っていたランタを、誰かが突き飛ばす。かなり小柄な、あれは――、

「光……！」

チビちゃんだ。チーム・レンジの神官。チビちゃんが、なぜ。

「ルミアリス……！」

何か短い言葉を口にしながら前転して、チビちゃんはレンジの前に出た。掌《てのひら》をファントムに向ける。

「詠唱、短くないですかァァ!?」

キムラが絶叫した。詠唱。あれは詠唱だったのか。光。ルミアリス。たしか正式には、光よ、ルミアリスの加護のもとに、じゃなかったっけ。

「神罰覿面《ジャッジメント》……！」

マジか。

ハルヒロは誇張でも何でもなく、目が潰れるんじゃないかと思った。危ない感じがしたので、目をつぶった。それでも、閉じた瞼《まぶた》を通して真っ白い光が網膜を焼くような、すさまじい光だった。あと、音もした。ツゥンッ、というような、耳穴を貫くような、聞き覚えのない音だった。チビちゃんはハルヒロからだいぶ離れたところで光魔法を放ったが、強風に煽《あお》られるような感覚もあった。

「——光魔法のォォ！　究極奥義ィィィ……！」

キムラがわめく。ホントうるさいよ。

ハルヒロは目を開けた。まだ見えづらい。でも、チビちゃんの究極奥義魔法とやらで、ファントムは消し飛んだようだ。

「ぜぁっ……！」

レンジがホーントに斬りかかる。

さっきまでは冗談抜きで休憩していたのだろう。そうとしか思えない。

違う。

速度というより、動きの質が。

段違いだ。

レンジは踏みこんで、大剣を振るっているのか。何かまったく別のことをやっているのではないか。レンジが手にしている大剣は、片刃で、分厚くて、峰がギザギザになっている。ずいぶん長いし、重いはずだ。人間があんなふうには扱えないはずだ。レンジはまるで、大剣の柄《つか》に鎖でもつけて、その鎖をぶん回しているかのようだ。おまけに、そんな鎖大剣が二本と言わず三本くらいあって、レンジがそれらを同時に振り回しているとしたら、ああいう具合になるかもしれない。ならないか。まあ、ならないだろう。レンジがどんなふうに大剣を使っているのか、ハルヒロには解明できそうにない。

「……獲物ォーッ！　オレにもとっとけー……ッ！」

ランタが何か言っている。でも、レンジが聞き容《い》れるわけもない。レンジを止められる者がいるとは思えない。

「さすがですね」

呟《つぶや》くシノハラの顔を、ハルヒロは偶然、目撃した。といっても、折にふれてシノハラの様子をうかがうようにしていた。おかげで、目にすることができた。

シノハラは無表情だった。

あれは、さすがだ、と誰かを讃《たた》える者の顔つきではない。どんなとき、人はあそこまで表情というものを失うのだろう。ハルヒロにはちょっと思いつかない。

でも、一瞬だった。シノハラは間もなく笑みを浮かべた。いつもの笑顔だ。愛想のいい人格者。何でも許容できますよ、とでも言いたげな。

「ふん……」

タダが戦鎚《せんつい》を肩に担いであたりを見回した。

トキムネがくるっと長剣を回して、ポーンを斬り倒す。

「──そろそろ、だいたい片づいた感じか？」

レンジはホーントを狩り尽くしたようだ。ランタが地団駄を踏んでいる。

「ウッキィーッッ！」

「猿かよ……」

クザクがぼそっと言う。

見たところ、少なくとも発光棒の明かりが届く範囲にポーンはいないようだ。

「ドフォッ……！」

キムラはまた丸眼鏡を不気味に光らせた。しかし、あの笑い方。一向に慣れない。何度聞いてもイラッとくる。毎回、微妙に違うような気も。そのせいで、毎度、新鮮な気持ちで腹が立つのか。いらないだろ、そんなバリエーション。

「とりあえずは片づいたようですねえ。ゴフォフォッ……」

「先を急ぎましょう」

シノハラは剣を鞘《さや》に納めて玄関ホールの奥に顔を向けた。

「のんびりしていると、次が来ます」

気のせいだろうか。玄関ホールのそこかしこで、ポーンだのホーントだのの残骸がうごめいているような。見たところ、散らばっている土くれが実際に動いているわけではないようだから、きっと気のせいなのだろう。

今のところは。

オリオンとトッキーズが移動しはじめた。レンジはすでにチビちゃん、ロン、アダチを引き連れて、玄関ホールの奥へ、奥へと向かっている。

ハルヒロもクザクやユメ、メリイ、セトラに目配せして、チーム・レンジを追った。

仮面をつけ直したランタが合流する。

「……薄気味の悪ィートコだぜ」

まったく同感だが、仮面の暗黒騎士に同意するのも癪《しゃく》なので、ハルヒロは黙って歩を進めた。

シノハラ率いるオリオンは、墓所を探索するたびに、そうとうな数の敵を倒した。それにもかかわらず、墓所に足を踏み入れるごとに、敵はまた現れる。

シノハラたちは、敵の残骸が吹き溜《だ》まりになるように集まっているところや、敵になりかけている元残骸を目の当たりにしたこともあるらしい。

墓所の敵は尽きることがない。敵の素材は墓所内にいくらでもある。素材さえあれば、それによって敵が生成される。倒しても倒しても湧いてくる、ということだ。

もちろん、自然現象でこんなことが起こるわけがない。

何らかの力が作用し、敵を生成している。その力を持った者が、墓所のどこかに存在しているのだ。

おそらくは、死してなお、眠ることのない、いにしえの王が。

4．愛の諸相

玄関ホールの突き当たりには、金属とも岩ともつかない材質の扉らしきものがあった。高さは三メートル以上で、幅も同じくらい。ほぼ正方形だ。左右上端の角は丸まっているので、正方形とは言えないいか。石壁に嵌《は》めこまれていて、いかにも開きそうだが、どうやって開ければいいのだろう。把手《とって》のようなものはない。ただ真ん中あたりに、五つの円をずらして重ねた形のへこみがある。

ちなみに、その扉は一つではない。

まったく同じ扉が二つある。

扉と扉との間隔は、十数メートル。

向かって左側の扉の前にはシノハラが、右側の扉の前にはキムラが立っている。

「今から、墓所の基本的な仕掛《ギミック》けを実演してお見せします」

シノハラが扉のへこみに右手を当てる。

「私たちはこれを、合わせ解錠、と呼んでいます。――キムラ」

「オフォッ」

キムラも扉のへこみに右手を押しあてた。

「とくと、ごろうじろ……」

「ごろうとじろうって、誰え？」

ユメがランタに耳打ちして訊《き》く。

「オレに訊くなッ！」

ランタは首をひねる。

「……つーか、マジ誰だ？　ゴローとジロー……？」

「ごらんなさい、という意味だ」

セトラが冷たく言うと、ランタは仮面の奥で、ゴッホホンッ、ウェッヘンッ、と咳払《せきばら》いをした。

「ま、まァ？　トーゼン知ってたケドよ。あったりめーじゃねーか。誰だと思ってんだ。オレ様だぞ？」

「へぇ、そっすか」

クザクが鼻で笑う。

「――ンだ、テメー？」

食ってかかろうとするランタを放っておいてもいいのだが、さすがに見苦しい。制止しようとしたら、扉に動きがあった。

「おっ……」

ハルヒロは目を瞠《みは》った。開くのだろうと思ってはいたが、意表を衝《つ》かれる開き方だ。

二つの扉には溝があって、意匠というか、模様か何かなのだろうとハルヒロは受け止めていた。違ったようだ。扉はいくつものパーツで構成されていて、溝は継ぎ目だったらしい。それぞれのパーツが、重い音を立てながら奥のほうへ、奥のほうへとずれて、位置を変えてゆく。

「ふぬぉー」

二つの扉は、内側に折り畳まれるようにして開き、通り抜けられる穴になった。

ユメの目が真ん丸になっている。

「めっさ妙きっちんな開き方するやんかあ。なあ、メリイちゃん」

「……ええ」

メリイはユメを見て、少しだけ表情をゆるめた。

「そうね。妙きっちんじゃなくて、妙ちきりんかもしれないけど」

「ぬぁ。そうなん？　妙ちんきりんかあ」

「ユメおまえ、まだ間違ってっからな？　言っとっケドよ」

「うっさいなあ。ランタなんか、存在じたいが間違ってしまってるやんかあ」

「オレ様の存在は絶対的正義だッ。……いや、正義っつーのもアレだな。あんまカッコよくはねーな。悪か？　絶対的悪。ンー。こっちのほうがよさそうな気はするな」

どっちもどっちだよ。

ハルヒロだけではなく、聞いていた者は皆、そう思ったに違いないが、誰もそこには言及しなかった。あまりかまうと、付け上がるし。無視《スルー》するのが一番いい。

「――さてはて」

キムラが振り向いて、例のごとく丸眼鏡を光らせる。もう光っても、ああ、光ったな、くらいにしか思わなくなってきた。

「さてはて……ッ！」

そうかと思うと、キムラは丸眼鏡をキランッ、キラキランッ、と連続で光らせてくる。だからそれ、どうやってるんだよ。つい疑問を抱いてしまうハルヒロは負けたのか。勝ち負けの問題なのか。違うような。でも、敗北感がぬぐえない。

「念のため、ここいらでもう一度、ご説明申し上げておくことといたしましょうか。ヴォホッ！　不肖このワタクシ、オリオンの知恵袋たるキムラが……！」

自分で自分のことを知恵袋と称してしまう人間は、そんなに多くないだろう。まあ、自信があるのは悪いことではないし、キムラは実際、知的能力は高いようだ。作戦を開始する前、オリオンの知恵袋から墓所についての情報をひととおり解説してもらったのだが、よく整理されていて非常にわかりやすかった。今回の説明も簡潔で、かつ的を射ていた。頭がいい人なんだろうなと感じさせる。それ以上に変だけど。

墓所の要点は、さっきシノハラとキムラが披露した、合わせ解錠だ。

玄関ホールから先に進む道は二つある。扉Aと扉B。この二つをシノハラとキムラが開けた。

墓所内の扉は、あの五つの円をずらして重ねたようなへこみを押すだけで開けることができる。

ただし、合わせ解錠しなければならない。

扉Aと扉B、どちらか一方だけ開けるということはできないのだ。対になっている二つの扉のへこみを、必ず両方、押さなければならない。そうすることによって、両方の扉が開く。

この仕組みというかルールというか仕掛け《ギミック》を解明するのも、なかなか骨だったはずだ。オリオンはそれを成し遂げた。素直にすごいと思う。ハルヒロみたいな人間からすると、なんでそこまでして、とも思ってしまうが。

とにかく、オリオンのおかげで、墓所の進み方は判明している。

道が分岐したら、どちらかではなく、どちらの道も進まないといけない。その先には扉がある。

組み合わされた二つの扉のへこみを、両方とも押しこむ。すると、扉は二つとも開く。

山裾口から墓所に入ると、まず玄関ホールに出る。

玄関ホールには扉が二つ。扉Aと扉Bだ。合わせ解錠すると、二つの道が現れる。

扉Aの先をAルート、扉Bの先をBルートとする。

Aルートは、オリオンが食堂と名づけた部屋へと繋《つな》がっている。食堂にも扉が二つ。その先はそれぞれ、厨房《ちゆうぼう》、礼拝堂だ。扉が一つずつある。これを合わせ解錠することによって、中庭と呼ばれる部屋へと行きつける。この中庭がAルートの終着点だ。

Bルートは、大ホールから、謁見の間、衣装部屋に分岐する。二つの部屋の扉を合わせ解錠して、主寝室へ。Bルートの終着点が、この主寝室だ。

そして、中庭の扉と主寝室の扉を合わせ解錠すれば、いよいよ玄室が待っている。

もっとも、玄室の全容は明らかではない。壁画の内容などから、その最奥部に、死してなお眠らぬ王、リッチキングがいるに違いないと、シノハラたちは考えている。だが、オリオンはそこまで到達できていない。

なお、お嘆《なげ》き山《やま》の頂上にある古城の城内口から墓所に入ると、宝物庫という複雑な構造の部屋に出る。宝物庫はけっこうな迷路で、敵を倒しながら進むとなると、たいそう過酷なのだとか。オリオンは宝物庫を突破できていないが、見取り図は完成させている。宝物庫は玄室に通じているはずだという。

いずれにせよ、シノハラたちが睨《にら》んでいるとおりなら、墓所の敵はリッチキングによって生みだされている。死してなお眠らぬ王を永遠の安らかな眠りにつかせてしまえば、墓所は単なる墓所と化す。宝物庫もたやすく通り抜けられるだろう。

というわけで、別働隊はここから二手に分かれる。

Ａルートは、ハルヒロたちとトッキーズ、それから、案内役としてオリオンのキムラがつく。総勢十三名。

Ｂルートは、チーム・レンジと、シノハラ以下残りのオリオン。こちらも十三名だ。

「それでは、またのちほど」

シノハラがハルヒロたちに笑いかけた。

レンジもこっちのほうを見ている。こっちのほう、というか、ハルヒロを。ただ見ているのではない。レンジの眼差《まなざ》しには意味がある。ハルヒロにはわかる。ハルヒロ以外にはわからない。

ハルヒロは、うなずきはしなかった。ただレンジを見返した。それだけでレンジは察してくれたようだ。

まるで心が通じあっているかのようで、変な感じだ。同期だといっても、ハルヒロは覚えていない。誰が見ても実力の差は歴然としている。とても対等だとは思えない男に、あてにするぞ、と言われてしまった。

しっくりこない、というか。むずがゆい、というか。変な感じ、としか言えない。レンジ、何か間違ってない？　おれだよ？　他の誰かと勘違いしてるんじゃ？　半分以上、本気でそう思っていたりもする。

「ワタクシたちも行きましょうか。ズフォッ……」

キムラを先頭に、ハルヒロたちは扉Aの先へと進む。キムラとクザクやセトラ、トキムネ、キッカワがランタンを持っているから、それなりに明るい。玄関ホールと食堂を結ぶ廊下は扉と同じくらい、つまり、幅も高さも三メートルほどで、石造りだ。石壁には何か彫刻が施されている。文字や記号ではなく、絵のようだ。

「我々オリオンが調べたところでは、風早荒野《かざはやこうや》に棲息《せいそく》する獣や巨人などが描かれているのですよ、グフェッ……」

「食い物か」

タダが呟《つぶや》いた。

どういうこと？

誰もツッコまない。どうツッコんだらいいかわからないよ、タダさん。

「……ところで、あの――」

ハルヒロはさっきから自分にぴったりと寄り添っている長身の女性におずおずと声をかけた。

「……ミ、ミモリさん」

「ミモリン」

「……はい？」

「あたしのことは、ミモリンと」

「あぁ、……えーと……」

「前はミモリンだった」

「それは、……記憶を失う前ってこと？」

「そう」

ミモリは力強くうなずいた。

「だから、ミモリンと」

「……なるほど」

そうだったのか。それは知りませんでした。なんとなく、知りたくなかったような気もする。でも、しょうがないか。記憶がないとはいえ、自分がしでかしたことだ。しでかした、というと大仰だろうか。とにかく、ハルヒロはミモリをミモリンと呼んでいた。なんでなんだよ、過去の自分……。

「あー、と、えー、——ミモ、……リン」

ミモリ、いや、ミモリンがいきなり立ち止まった。

両手で顔を覆う。下を向く。

「……えっ」

ハルヒロは要求に応えただけだ。そのはず、——だよね？

「どうした、……の？」

「また、ハルヒロに、ミモリンと呼んでもらえた」

ミモリンは肩を震わせはじめた。

「胸がいっぱい」

「……ンー」

キッカワが洟《はな》を啜《すす》る。

「まーねえ。正直ねえ。ハルヒロたち、やっべーんじゃねーの的なアレはあったからね。はっきり言うとねえ。確実にアウトっしょ死んじゃってるっしょ的なね？　確証はなかったわけだけど、流れてくる噂《うわさ》的にはほぼほぼ確定みたいな流れだったからねえ。ミモリさんはねえ。つらい思いしたよね。ウンウンウン。そこはねえ。それでも信じるって、ミモリさんは言ってたけどね！　ハルヒロは必ず生きてる、また会えるって！　あれはねえ。もう涙なくしてはみたいな感じだったよねえ。泣いたわー俺ちゃんも。ほんのちょっとだけどね！　純愛ってこれよね、みたいな!?　とはいえ、ミモリさん一途《いちず》すぎじゃねーのって俺ちゃんなんか思っちゃったりしてたけど、マジこれってなったら一歩も退《ひ》かないで貫く人なんだよねえ、ミモリさんは」

「オイ、パルピーロォ」

アンナさんが近づいてきてハルヒロの胸倉を摑《つか》んだ。

「ゆっとっケドナー？　アンナさんは何回も何回も説得したデスヨ。ヨーシンバー？　生きてるニセーヨー？　死んでるニセーヨー？　テメーみてーなハゲチャビン、ヨクヨク想《おも》いを寄せてアゲテー？　死んで花実が咲くモンカー、女のサカーリは短いもんデスカラネー？　タイムイズマネー、ウェイストォブタァーイム、さっさかさっさか次行けゴー、ネクストだっテネー？　バット、ミモリン、ゴーントゥーして首を縦に振らねーわけデスヨー。ノーマラーハウ、こればっかりは聞けねーとばかりニネー？　テメー、ハゲチャビン、パルピーロォがドシテーモー？　忘れランナイノーとばかりにどこマーデモー、テッメーを愛しちゃってんデスカラネー？　フ●ッキュー」

アンナさん、あなた、中指立てながら涙ぐんでますけども。どうしちゃったんですか、いったい。

――などと、からかえるような雰囲気ではとてもない。

ハルヒロとしても、そんな気分にはなれなかったりする。

なんというか、すごい。アンナさんは仲間として、友だちとして、ミモリンのことをものすごく大事に思っているのだ。その気持ちはひしひしと伝わってくる。強い思いに、ハルヒロは圧倒されてさえいる。

「あぁー……」

クザクが何か言おうした。でも結局、何も言葉が出てこなかったようだ。

ハルヒロも何をどう言えばいいのかわからない。どうしたらいいのだろうか、これは。正解があるのなら、誰か教えて欲しい。

「まッ」

仮面の暗黒騎士が、ヘッ、と短く笑う。

「いィーんじゃねーの？　ゆってもよォ。おまえみてーなノラクラしたボンクラヤローが、だぞ？　ここまで熱烈に愛されちまうなんて、一生に一度あるかねーかなんだからよォ。ありがたく受けとっとけっつーの」

「ボンクラじゃない」

ミモリンがランタを睨みつける。

「ハルヒロはボンクラじゃない。ノラクラもしてない。決して」

「……す、すませんッ」

ランタは首をすくめて小声で謝った。情けないやつ、とは思わない。レンジほどではない、というか、種類が違うけれど、ミモリンには独特の迫力がある。

「とりあえず」

タダがアンナさんの腕にそっと手をかけた。ものすごくやさしい手つきだった。

「そこまでにしとけ、アンナさん」

「……ンムー」

渋々といった空気を思うぞんぶん醸しながら、アンナさんはハルヒロの胸倉から手を放した。

ちなみにタダは戦鎚《せんつい》を担いでいて、いつでも振り下ろせそうな構えだ。しかも、明らかに殺気として感知せざるをえないものを全身から放散させている。

「ハルヒロ」

「……はい？」

「おまえらの身に何があったのか、よくは知らねー。記憶を失ったとか、そんなのもどうだっていい」

「まあ、……そう、でしょうね。そのへんは、こっちの事情なんで」

「だがな」

「……だが？」

「うちのミモリは十分苦しんだ。苦しめたのは誰だ。おまえだ」

「え、……おれ、なの？」

「おまえ以外に誰がいるんだよ。これ以上、むやみやたらとミモリを苦しめるなら、僕はおまえを許さない殺す」

「……言いきりましたね」

「殺す」

「二回も……」

「だめっ」

あまりにも突然で、ハルヒロは一瞬、目を疑った。

ミモリンがタダを殴ったのか。

殴った。

「――ごはっ……！」

タダはひっくり返った。

動かない。

いや、ゆっくりと上体を起こした。眼鏡がずれている。唇から、血が。

タダは何かを吐き出した。カツッ、とその何かが石床に当たった音がする。

「ぺっ……」

どうやら、歯らしい。抜けたのか。奥歯かな？

タダは左手の人差し指で眼鏡の位置を直した。笑ってるよ、あの人。

「……いいパンチだったぞ、ミモリ」

「タダがハルヒロを殺すって言ったから」

「おまえが何と言おうと、僕はハルヒロを殺す」

「だめっ」

ミモリンがタダに、今度は何だ。キックか。やばいって、それは。顎を蹴り上げるのは。

ハルヒロはとっさにミモリンに組みついて止めた。

「――や、やめてっ!?　やめようか!?」

「ミモリ！」

タダが猛然と立ち上がった。

「これ以上、ハルヒロがおまえを弄ぶなら！　僕はハルヒロを殺す！」

「だめなの！」

「や、おれ、弄んだりとかしてないよね!?　あちこち行ったあげく、たまたま記憶なくしちゃっただけなんだけど……!?」

タダは首をひねった。

「……そうだったか？」

「そうだよ！」

「そうか」

タダは肩をすくめた。

「とにかく、僕が言いたいのは、もうミモリを傷つけるなってことだ」

「……傷つけたいとか、そんなことはこれっぽっちも思ってないんだってば」

「ソシタラバーッ！」

アンナさんが唾を飛ばし飛ばし、詰め寄ってくる。

「サッサートゥ！　ミモリンの愛を受け容れりゃーいーデショーヨー！」

ミモリンの顔が迫ってきた。

「受け容《い》れて。ぜひ」

「……そ、――んなこと、言われても……」

「モテてんなぁ」

クザクは腕組みをして、感心しているのか何なのか知らないが、こっちの身にもなって欲しい。

「めっちゃモテてんじゃないっすか、ハルヒロ。モテるだけのことはある人だけどね」

「ケッ！　どこがだよッ！」

ランタが吐き捨てる。

「――カーッ！　ペッ！　ペッ！」

わざわざ仮面をずらして、痰《たん》を吐くな、痰を。

「青春だな！」

トキムネの笑顔は場違いというか、現実離れして感じられるほど爽やかだ。歯が白すぎる。どうやったらそんなに白くなるのか。

「んー、てゆーかさ？」

キッカワが口を挟んできた。

「ハルヒロ、彼女とかいないの？　たとえばだけど、パーティ内恋愛とかさ？　パリナイラヴ？　的なぁ？　やっぱこう、発展しちゃったりすることもあったりなんかしちゃったりする系の？」

「……そっちはどうなんだよ」

「あぁーうちはね？　トッキーズはほら、ファミリーみたいな？　てゆーか、ファミリーなんだよね！　パパ・トキムネ、ママ・アンナさん、長男・タダっち、長女・ミモリさん、末っ子・俺ちゃん、飼い犬・イヌイみたいな」

「クッ……」

イヌイが邪悪としか表現できない顔つきになったので、飼い犬扱いされて気分を害したのかと思いきや、そうでもなかったようだ。

「ワンッ……」

吠《ほ》えた。

ちっちゃい声ではあったが。

「で、どうなのどうなの？」

キッカワは、流した。というか、キッカワだけではなく、誰もイヌイの「ワンッ」にふれようとしない。もはや飼い犬以下のような気も。

「パリナイラヴ事情のほうは？　どうよ？　結局やっぱ多少はさ？　そこはあり寄りのありでしょ？　ないわけないよね？　どうだったりするの、そのへん？　たとえばたとえば、メリイとかさ？」

「えっ……？」

ハルヒロはつい、メリイのほうを見てしまった。

メリイも、偶然だろうか、ハルヒロのほうを見ていた。

結果として、二人は見つめあう恰好《かっこう》になった。

そして、同時にうつむいた。

「あらあらあらぁ……？」

キッカワがハルヒロの肩を抱いてくる。

「あれあれあれあれぇ……？　ちょっとちょっとちょっと何よ何なのよ？　もしかするとひょっとしてもしかするとぉ……？　ハルヒロ、メリイとバッチシ付き合っちゃってたりする系の感じ？」

「ち、違うよ。な、ないから。そ、そういうの……」

「けどよォー」

ランタはふてくれされたようにしゃがんでいる。仮面を押し上げ、ハルヒロを見上げる。何だよ、その疑ってるような眼差《まなざ》しは。ランタのくせに。

「オレはまァ、いろいろあって？　パーティ離れてたワケだけどよォ。それまでは一応、何もなかったっちゃー何もなかったケドな？　オレがいねェー間はなァ？　どォーだったんだかなァ？　そのヘン、おまえは忘れてっかもしんねーワケだけどよォ？」

「——おれは、忘れて……？」

「メリイは覚えてんじゃねーの？　仮に、当事者だっつーのに、おまえが忘れちまってたとしても、な？　そういう可能性は十分あるワケだよな？」

「おォ！」

クザクが右の拳で左の掌《てのひら》を、ぽん、と打った。おォ、じゃないだろ？　おォ、じゃ。

「むぬぅー……？」

ユメがメリイの肩を、ちょんちょん、とつついた。

「メリイちゃんなあ？　ハルくんとつきあってたん？」

「えっ、つ、つっ……？　つき、……つっ、えっ、やっ、そんなっ……」

メリイ？　メリイさん？　完全に慌てふためいているようにしか見えないんですが、どうしたどうした？　何があったの？

もしかするとひょっとして、何かあった、——のだろうか？

むろん、ハルヒロには心当たりがない。あるわけがない。何かあったとしても、ハルヒロは覚えていないわけなので。

万が一、何かあったとする。ハルヒロはそれを忘れてしまった。しかし、メリイは覚えている。

まあ、ハルヒロは不可抗力で忘れた、というか、忘れさせられたのだ。じつはこんなことがあってね、といった具合に教えてくれればいい。

——とは、ならないだろう。

たぶん、なかなかそうはいかないんじゃないか、という気がする。なんとなく。

何か、あった……？

ハルヒロのほうからメリイにそう訊《き》くのも、それはそれでどうなのか。やっぱりとくに何もなかったというのが事実なら、あったんじゃないのという前提で尋ねること自体が恥ずかしい。何かあったのだとしたら、それを覚えていない状態でどうなんですかと確認するのは、ちょっとこう、いや、ちょっとではないか、だいぶ無神経というか。けっこうひどい、ような。

「あなたたーち……ッ！」

突然、キムラが怒鳴った。

「そのへんにしておいていただけますかねえ、ここはッ！　墓所……ッ！」

鎚矛《つちほこ》を足許《あしもと》に叩《たた》きつける。振り上げて敵の股間を狙う以外の使い方もするのか。それはそうか。

でも、キムラはべつに、苛立《いらだ》ちや怒りにまかせて鎚矛を振るったわけではないようだ。

「――ンだソレ……ッ!?」

ランタが目を剝《む》く。キムラが鎚矛を足許に打ちつけたとき、石床が砕けるような音はしなかった。なぜか。

キムラが鎚矛を打ち下ろした先は、石床ではなかったからだ。

あれは何なのか。影のような、真っ黒い、でも、違う、影なんかではない。それはかなり薄っぺらいみたいだが、いくらかは厚みがある。幅は十センチ程度で、長さはどうだろう。数十センチ。五、六十センチといったところか。ぺらっぺらな、真っ黒い、蛇。キムラはその敵が床を這《は》い進んで忍び寄ってきたので、すかさず鎚矛で強烈な一撃を加えたらしい。

「シャドーというやつか」

セトラが呟《つぶや》くように言う。墓所入りする前に説明を受けた。墓所にはさまざまな敵がいて、侵入者を排除しようとする。シャドーはその一種だ。床や壁、天井を伝って移動し、攻撃能力はほぼないが、侵入者に絡みついて動きを封じようとする。なお、シャドーはしばしば群体として行動する。

「墓所……！　グホッ……！」

キムラが笑いだす。

「ウォホフォッ！　ヌブフォッ！　墓所の中なのです、ここは、そう……！　ウェハウェハウェハ……！　もっと緊張感を持っていただきたァァい……ッ！　ウヘェアーッ！」

馬鹿笑いしながら、壁を、床を、鎚矛でぶっ叩く。シャドー。シャドーだ。そこらじゅうにシャドーがいる。しかし、何もそんなに笑うことはないのではないか。とりあえず、シャドーよりキムラのほうがよっぽど怖い。

「蛇退治だな！」

トキムネがくるっと長剣を回して、床のシャドーをスパッと斬る。

「ふん……」

タダは体を一回転させ、その勢いのまま戦鎚《せんつい》で壁を盛大に破砕した。

「叩っ壊してやる……！」

「すげっ……」

クザクは足首に巻きつこうとしていたシャドーを「おわっ」と振り払った。

「油断してんじゃねェ、ヴォケッ……！」

そのシャドーをランタが刀でぶった斬る。

「いっぱいいるなあ！」

ユメは大ぶりのナイフでシャドーどもをスパスパ斬り払っている。セトラが槍《やり》で次々とシャドーを突く。メリイも戦闘用の杖《つえ》でシャドーを打ちすえる。

ハルヒロもじっとしているわけにはいかない。ダガーを抜こうとしたら、先を越された。

誰に？　ミモリンだ。

ミモリンは二本の長剣を抜き放ち、三、四匹のシャドーを一挙に斬り飛ばした。

「大丈夫」

「……何が？」

「ハルヒロは、あたしが守るから」

ありがたいんですが、自分の身くらい自分で守れますよ……。

というか、ありがたい、――のかな？　そうでもないかな？

ハルヒロが自身の意見を表明する間もなく、ミモリンはシャドーをばっさばっさと始末してゆく。

「ハルヒロ！」

「……はい」

「大好き！」

そうですか。

でも、それはそれとして、ハルヒロはやるべきことをやるだけだ。そう思っているのだが、体が動いてくれない。てんで力が入らない。頭も回らない。

どうしたらいいのだろう。

5. たとえばこんなラプソディー

どうもこうもない。切り替えだ。切り替えるしかない。切り替えは大事。まあ、ハルヒロはわりあい切り替えられるほうだ。テンションを上げて、よっしゃーやったれーみたいな感じで事に臨むほうではないだけに。ミモリンは折にふれて距離を詰めてくるので、意識しないというのは大変難しいが、どうやら食堂に到着したようだし、なんとか切り替えたい。切り替えよう。

「食堂、ねェ……」

ランタが、ヘッ、と鼻を鳴らす。

食堂。

たしかに、そんなふうに見えなくもない場所だ。

幅は十メートル少々だろうか。奥行きはかなりあるみたいだが、明かりが届かないので定かではない。天井もずいぶん高そうだ。

特徴的なのは、この部屋をほとんど占領しているかのような印象を与える幅七、八メートルの巨大な石台と、それを囲んで配置されている無数の小さな台だ。形状からも、巨大な石台はテーブルを、小さな台は椅子を模しているのではないか。

まあ、確実に椅子だろう。もう石椅子と呼んで差し支えないと思う。

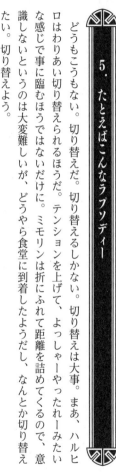

何しろ、どの石椅子にもポーンが腰かけている。

すべての石椅子に、もれなく、だ。

巨大石テーブルを囲んで、石椅子に座ったポーンたちが、会食しようとしている。

そんなふうに見えるから、食堂。

なるほど、このネーミングには納得感がある。

「……あのポーンたち、動かないけど」

ハルヒロはキムラに訊く。

「近づいたら、襲ってきたり？」

「ブフォッ……」

キムラは丸眼鏡のフレームを押さえ、レンズをギラギラッと光らせた。あれはもしかして、うまくランタンの明かりを反射するように角度などを調整しているのか。だとしたらすごい技巧だ。ものすごくどうでもいいのだが。無駄な技術だ。

「どうでしょうねえ。テーブルと椅子が並ぶいかにも食堂然としたこの光景はワタクシも何度となく目にしていますが、これほどの数のポーンが居並んでいるのは初めてのケースです。過去には、妙にがらんとしている、これは素通りしてしまえるであろう、──と思いきや、隠れていた敵が襲いかかってきて乱戦に突入、危機一髪、などということもありました」

「……ケッ。役立たずだなッ」

ランタが毒づくと、キムラはなぜか笑いだした。

「グエアハッ……！　ヴォグフォヘェファファフォッ……！　ゲヘンゲヘンッ、ブヘンッ、ンゲヘハァッ!?　オゴァフォッ……!?」

咳《せ》き込んでいる。笑いすぎだ。しかも、変な笑い方をするから。自業自得だ。

「キムちん、だいじょうぶかあ……？」

ユメがキムラの背中をさすったら、ランタが即ギレした。

「ウォイーッ！　ユメ、そんなヤツ心配してやることねーんだっつーの！」

「そんなんゆうてもなあ」

「ヌブッ……」

キムラがニヤッとした。丸眼鏡をキランッと光らせたことは言うまでもない。

「ジェラですか？　ジェラですね？」

「ちッ、違ェーよッ！　つーか、ジェラって何だよ……」

「ジェラ、すなわちジェラリティー。いわゆるジェラシーのことですが何か？」

「……ジェラリティーはいらなくない？」

ツッコまなければいいのに思わずツッコんでしまって、ハルヒロは苦い敗北感のようなものを味わう羽目になった。

「そんでそんでそんで？」

キッカワがハルヒロのツッコミを流して話を進めようとしたので、助かったような、ちょっぴり寂しいような。

「どうすんの？　どうしちゃう？　行く？　行っちゃう？　行っちゃったりする？　どうしよっか？　俺ちゃん決めていいなら、さくっと決めちゃうけど？　どうする？」

「キッカワ、テメーが女とのデートみてーなノリで決めるのだけは絶対的にダメだッ！」

「んだよーランタ、冷たいじゃーん。俺ちゃんとランタの仲じゃーん。友だちじゃーん」

「友だちではねーだろ。同期ではあっけどな。それだけの関係じゃねーか」

「同期なんて友だちの一種じゃーん。混ぜても危険なし系の含まれてるアレじゃーん」

「何でも友だち呼びするヤツは信用できねーんだよ」

「え、なんでなんでなんで？　結局、人類皆友だちじゃん？　や、そこまでは俺ちゃんも思ってないんだけどねー！」

「思ってねーンかいッ……！」

ハルヒロはため息をついた。というか、ため息をつくようにして、細く細く息を吐き出すことによって、どうにかイライラをやわらげようとする。

ほんっっっっっっっっっっっっっっとに。

うるさいな、こいつら。

ぜんっっっっっっっっっっぜん、黙らないし。

ランタだけでも厄介なのに、トッキーズ、とくにキッカワ、それからキムラがいることによって、さらに混沌《こんとん》としている。

「ハルヒロ」

ミモリンに声をかけられた。

見ると、ミモリンはガッツポーズをしてみせた。

「生きて」

「……生きてますけど?」

「ソーユー意味じゃねーでショーガヨー! ユーイディオットトウスノロマヌケー!」

アンナさんに罵倒されてしまったが、何も感じない。もはや罵られ慣れてしまったのだろうか。それもどうなのだろう。慣れてはいけないような気も。

「クッ……」

いつの間にか、眼帯で片目を隠したポニーテールの怪しすぎる男が、セトラの背後に立っていた。

「貴様――」

そう言いかけたイヌイの首に、槍の穂先が突きつけられている。さすがだ。セトラはちゃんとイヌイの気配を察知していたらしい。

「何だ？」

「……クッ。貴様……」

それにしても、イヌイの変な喉の鳴らし方は何なのか。笑っているのだろうか。ひたすら気色が悪い。

「彼氏はいるのか？」

「何？」

「彼氏はいるのかと、問うている……」

「……頭がどうかしているのか？」

「俺は正常だ。極めて、正確無比……」

「そうとは思えないがな」

「――で、貴様、……彼氏はいるのか？」

もしかしてイヌイは、あれだろうか。ひょっとして、ナンパしている……？

なんで？　よりにもよって、ここでナンパ？　このタイミングで？　一応、作戦中というか、墓所攻略中というか、一応じゃなくて、がっつり攻略に取り組んでいるところなんだけど……？

「つーか、イヌイッ！　おまえッ！」

ランタが食ってかかった。

「けっこう前とはいえシホルを口説こうとして物の見事にフラれたヤローが、今度はセトラかよ！　分別なさすぎなんだっつーの！」

「……あの女か。クッ……！」

イヌイは眼帯をつけていない右目をクワッと見開いた。いろいろな意味で禍々《まがまが》しい。

「だが……！　ここに、あの女はいない！　ならば……！　今、我が眼前に存在している美女にこそ！　俺は……！　心惹《ひ》かれる……！」

「自分の欲望に素直すぎでしょ……」

クザクは呆気《あっけ》にとられているというか、衝撃を受けているようだ。シホルの件はハルヒロたちにとって深刻な問題なので、クザクの気持ちはわかる。イヌイの気持ちは理解不能すぎてやばい。

「なるほど」

セトラはいつもどおり表情を変えずに、槍《やり》で容赦なくイヌイの右目を狙った。

「——ヌッ……!?」

イヌイはとっさに跳び下がった。間一髪、というか、躱《かわ》しきれなかった。セトラの槍は、イヌイの右頬から右耳までザックリ斬り裂いた。

セトラは槍を構えた。やはり無表情だが、完全にやる気だ。やる、と一口に言っても、さまざまなやるがあると思うけれど、セトラはたぶん殺る気だろう。

「願い下げだ」

「……クッ」

イヌイはあたかも相手を威嚇する猛禽《もうきん》のように、あるいは客人を迎え入れようとするかのように、両腕を大きく広げた。

「望むところだ……！」

「……話が通じない男なのか？」

「俺はただ！　志が高い！　それだけだ……！」

「ははは」

トキムネが爽やかに笑って、片目をつぶってみせた。

「眼帯を外すなよ、イヌイ。まだ早いぞ！」

「クッ……！」

イヌイは眼帯に手をかけた。やるなと言われると、逆にやりたくなる、といったような心理なのか。単純に、トキムネが煽《あお》ったとも解釈できる。

どっちでもいいのだが、やめて欲しい。眼帯がイヌイの中の何を封印しているのか。ハルヒロはむろん、知らない。知りたくもない。でも、とんでもなくろくでもないことが始まるのではないか。そうに決まっている。

「もういい」

タダの言葉にめずらしく共感できた。そうだよ。そういうナンセンスなドタバタ喜劇みたいなのは、もういいから。もう、というか、そもそも要らないのだが。

ところで、タダさん、何してるんですか。

「……え？」

いつ、テーブルの上に？

「飽きた」

そんなことを言いながら、戦鎚《せんつい》を担いだタダがテーブルの上を悠然と歩いてゆく。

「て、……ちょ、……え？　ちょっ――」

ハルヒロはタダを制止しようとする。制止しなければ、と思うし、制止したいのだが、どうやって止めれば？　言っても聞かない人だし。実力行使？　追う？　追いかけて、腕ずくで止める？　そのためには、ハルヒロもテーブルに上がらないといけない。どうなのだろう、それは。いいのか？

いいも悪いもないか。というか、手遅れかもしれない。

石椅子に座っているポーンたちが、次々と身動きしはじめている。どうやら、立ち上がろうとしているようだ。

「はっ……！」

タダが一笑して、立ち上がりかけたポーンを戦鎚で殴り壊した。

ダーンッ。

ツダーンッ。

ダーンッ。

ツダーンッ。

ダーンッ。

ツダーンッ。

ツダダターンッ。

おもしろいようにポーンが破壊されてゆく。おもしろい。おもしろいのか。どうだろう。

おもしろがっていていいのだろうか。

「絶妙なリズムとビートだな！」

トキムネがわけのわからないことを言ってテーブルに跳び乗った。

「みんな、タダに続くぞ！　最高の音楽を奏でよう！　セイッ……！」

テーブルに上がってこようとしたポーンを、盾で打ち払う。くるっと長剣を回して、別のポーンに斬撃を見舞う。

「……セイ、じゃないよ」

ハルヒロはぼやきながらもテーブルに上がった。すでにランタもクザクもトッキーズに追従しているので、こうなったら流れに乗るしかない。

「――ユメ、メリイとセトラは離れないように！」

「おっけーやあ！」

「ええ！」

「了解だ」

三人は心配ない。大丈夫だろう。

タダがポーンをダーンツダーンダーンと砕きながら、どんどん先へ先へと進んでいる。それをトキムネ、キッカワ、イヌイ、ランタとクザクが競うように追っている。競うように、というか、明らかに競っている。

ユメ、メリイ、セトラの集団には、ミモリンとアンナさんも加わった。キムラも彼女たちの中にちゃっかり交じっている。鎚矛《つちほこ》を振るおうとせず、丸眼鏡をキランキラン光らせて、キムラは何をやっているのか。キムラなので怪しんでしまうが、ただ様子をうかがっているだけなのかもしれない。だったら紛らわしいことをしないで欲しい。

もっとも、ハルヒロもダガーを抜くだけは抜いて、戦ってはいない。ポーンは数こそ多いものの、ほとんど烏合《うごう》の衆だ。石椅子から立ち上がってばらばらに襲いかかってくるだけで、仲間同士で連係攻撃みたいなこともしてこないから、正直、怖さはない。タダたち先頭集団の速度が鈍って、後続が追いつく形勢になってきたので、ハルヒロはその間で慎重に位置取りしつつ、状況を見定めようとしていた。

タダたちは、両側だけではなく前からもポーンが押し寄せてきて、その処理に手間取っているというほどではないにせよ、やはり当初のようには前進できていない。でも、時間の問題だろう。タダたちは遅かれ早かれ敵の群れを突破する。敵がポーンだけなら。

「——タダさん、上です……！」

ハルヒロがとっさに警戒をうながすと、タダは戦鎚でポーンを叩《たた》き割るなり、大きく跳び退《すさ》った。降る。降ってくる。拳大の弾丸が。見えないが、天井にへばりついてでもいるのか。きっとホーントだ。ホーントどもが直下のタダたちめがけて弾丸を射出している。前方から殺到してくるポーン軍団も弾丸を食らってどんどん打ち砕かれているが、やつらは同士討ちなんて意に介さない。

「いったんテーブルから下りろ……！」

トキムネが指示を出して、左方向の石椅子へと跳んだ。

「うぇーい……！」

キッカワがトキムネに続く。

「クッ……！」

イヌイも。

「——ッンだよ……ッ！」

「ぉわっ……！」

ランタとクザクはテーブルの右方向に飛び降りた。

ユメとメリイ、セトラは右へ。ミモリンとアンナさん、キムラは左へ。ハルヒロはユメたちのあとを追った。

タダはまだテーブル上にとどまってポーンと弾丸を戦鎚で打ち払っているが、いつまで捌《さば》きされるか。

「タダ……！」

トキムネが声をかけても、タダはテーブルから下りようとしない。意固地だな、あの人。とはいえ、テーブルから下りたトキムネたち左方向グループ、ハルヒロたち右方向グループにも、ホーントの弾丸は飛んでくる。ポーンたちも前のほうから続々と押しかけてくるので、状況はさしてよくなっていない。

「デルム・ヘル・エン・バルク・ゼル・アルヴ……！」

ミモリンが爆発《ブラスト》を発動させた。轟音《ごうおん》が鳴り響く。ちょうどタダの真上あたりだ。ミモリンはそのあたりにいそうなホーントどもを狙ったのだろう。

「――ぬお……!?」

タダがテーブルから転がり下りる。土砂だ。それから、瓦礫《がれき》。弾丸の代わりに、大量の土砂と瓦礫が降り注いできた。ミモリンの爆発《ブラスト》は、ホーントごと天井を爆砕して崩落させてしまったらしい。

「ごめん……！」

ミモリンが謝る。

「ネヴァマイデショーヨー！」

アンナさんは即座に励ましたが、タダにしてみればたまったものではないだろう。

「……魔法はやめろ！　生き埋めになる……！」

「にゅうっ！　見えないけどなあ……！」

ユメが弓を構えた。矢をつがえて、撃つ。撃ちまくる。どうなのだろう。天井のホーントに当たっているのかどうか。まだ弾丸が飛んでくるし、正直、まったくわからない。やらないよりはマシか。

「ポーンがゾロゾロとよォ……！」

ランタが迫りくるポーンを刀で斬って、クザクの尻を蹴る。

「テメーはシッカリ盾になれっつーの……！」

「やってんでしょうが……！」

クザクは大刀で斬り倒すだけではなく、ポーンを蹴倒したり、左腕で押し倒したり、肩から体当たりをして倒したり、獅子《し し》奮迅《ふんじん》だ。

「っ……！」

メリイがバトルスタッフで弾丸を叩き落とす。

「――ぇやぁっ……！」

セトラはメリイに躍りかかろうとしていたポーンを槍《やり》の一突きで仕留めた。

ハルヒロも降ってくる弾丸を避けつつ、ダガーでポーンの首を掻《か》き切ったり、ポーンを蹴り転ばせてランタやメリイ、セトラにとどめを刺してもらったりしているのだが、このままでは埒《らち》が明かない。

「キムラさん……！」

「ここはァァ！」

テーブルを挟んで向こう側にいるキムラがすぐさま絶叫した。

「各員、いっそうの奮起をォォ……！」

「……それだけかーい」

ツッコみにも力が入らない。いっそうの奮起。仰々しい言葉だが、ようするにただ、頑張ろうね、というだけのことでしかない。とんだ役立たずだ。キムラに少しでも期待したハルヒロが馬鹿だった。

「トキムネ……！」

タダが叫ぶ。

「こうなったら、あれをやるぞ！」

「おお、あれか！」

トキムネの笑い声はこんなときでもすがすがしい。

「ははっ！　どれだよ！」

言われたあれとやらに心当たりがないようなのに、よくもあんなふうに爽やかに笑えるものだ。

「これだ……！」

タダがふたたびテーブルに跳び上がって、戦鎚を振りかぶった。いや、振り上げたわけではないので、振りかぶった、とは言えないか。タダは両足を広げて腰を落とし、体をひねって戦鎚の鎚《つち》部分を右足の向こうに置いた。戦鎚を思いきりぶん投げようとしているのか。そんなふうにも見える。

「なるほどな！」

ぴんときたのか、トキムネが蝶《ちょう》ならぬ豹のように舞った。テーブルにひょいと跳び乗り、さらに跳躍する。

そうしてトキムネが着地した先は、なんとタダの戦鎚、その鎚部分だった。

「――へっ……？」

そこまで大きくはない鎚部分に、よくもあんなふうにぴたりと着地を決められたものだ。

感心したのも束《つか》の間《ま》だった。

「うああああぁぁぁらああぁぁぁ……！」

タダが戦鎚《せんつい》を振り上げる。すると、どうなるか。

鎚部分にはトキムネがいる。そのトキムネは当然、と言っていいのかどうか、打ち上げられる恰好《かっこう》になった。

「ホゲエエェェェェー……ッ!?」

ランタが奇声を発した。何もそんな声を出すことはないと思うが、驚くよね、それは。

ハルヒロも度肝を抜かれた。

「何してんの……」

「つぁあ……！」

トキムネはただ打ち上げられただけではなく、自分でもジャンプしたようだ。かなり高いところまで到達して、スパパッと剣を振るった。ホーントの残骸らしきものがざざーっと落ちてきたので、何匹かやっつけたらしい。ついでにトキムネも落下してきて、着地の衝撃をやわらげるためか、ぐるぐるっと回転して起き上がった。

「来い……！」

タダはもうスタンバっている。またやるのか。やるらしい。

「よし！」

トキムネがタダの戦鎚めがけてジャンプ。タダがトキムネを打ち上げる。トキムネは天井のホーントどもを斬って、その残骸もろとも落ちてくる。

「来い、トキムネ……！」

「――ああ……！」

トキムネが準備万端のタダめがけてジャンプ。タダの戦鎚によって打ち上げられる。天井のホーントどもを斬り倒し、落下。トキムネは回転して、起き上がる。

「……でたらめだよ」

「来い……！」

タダはもう待ち構える。トキムネは一瞬、跳ぼうとしたが、やめた。

「どうした!?」

タダが怒鳴る。トキムネは笑顔で首を横に振った。

「悪い、タダ。意外ときついわ、これ」

「何だと!?　だったら、ハルヒロ！」

「――ぇっ!?」

「来い！」

「おれ!?」

「おまえだ！」

「……なんで!?」

「早くしろ！」

「えぇぇぇ……」

　どうしてハルヒロなのか。ランタも身軽だし、ああいうことをやりがたりそうだから、適任だと思うのだが。

「――ッソォアッ！　わりと減ンねーなァ、敵……ッ！」

　けっこう一生懸命ポーンたちとやりあっているし、ランタはダメか。でも、キッカワとか、他にも。ああ、けれども、そんなことを言っている場合じゃない。言ってないけど。行ってはいる。文句を言っている暇があったら、今は少しでも天井のホーントを減らすべきで、そのためにできることがあるのならやるしかない。ハルヒロはやむなくテーブルに上がり、跳んだ。

　戦鎚。その鎚部分。うまく着地しないと。というかこれ、跳ぶ必要ある？　べつにこの段階ではジャンプしなくてもよくない？　鎚部分にそっと立つとかでも問題ないような。むしろ、そのほうがいいような。もう遅いわけだけど。間もなく鎚部分に着地する。

「うぁぁりゃあああぁぁ……！」

「――ぉぶっ……！」

　打ち上げられた。

　自分でも跳んだのだが。タイミングは合ったと思う。そこは存外、難しくなかった。

　あぁ。

こんな感じ？

速いね？

みるみる天井が近づいてくる。天井というか、天井から生えているかのようなホーントたちが。ほとんど明かりが届かなくても、ぼんやりとは見える。

ホーントが撃ちだした弾丸がすぐそばを通りすぎていって、あれ、食らってたらやばかったよな、と他人事《ひとごと》のように思う。自力でよけた実感はない。たまたま当たらなかった。紙一重だった。

「――っく……！」

ハルヒロはホーントにしがみついて、弾丸を射出する頭部をくりぬくようにダガーで断り裂き、その直後にはもう隣のホーントに飛びついていた。やばいなあ、と頭の隅で思っている。考えるのとか、無理。次はこれ、その次はあれ、といった具合に、いちいち判断を下すのではとても追っつかない。いいのか、こんなので。反省はあとだ。何回も繰り返したくはないし。一回の打ち上げで、なるべくたくさんのホーントを始末したい。

「あぁっ――」

九匹までは確実に数えていた。おそらく十二匹は片づけたと思う。でも、ここまでか。十三匹目にはいけなかった。しょうがない。近くに手ごろなホーントがいなかったのだ。

「っ……」

ということはもう、落ちるしかない。

受け身だ。

とらないと。受け身。

トキムネがやったやつだ。両足で着地する。ただし、強い衝撃をそのまま両足で受け止めない。体を転がして、衝撃を逃がす。分散させるというか。

いきなりやって、できるものなの……？

やるしかない。最悪、失敗して怪我《けが》をしたとしても、神官が何人もいるわけだし。そう考えると気が楽だ。楽かな？　そうでもない？

「ぉぉ……っ……!?」

とにもかくにもやってみたら、なんとなくできてしまった。ダーンと着地してグルッ、ではなく、ダラァァールンッ……トッ、みたいな。正確な表現ではないかもしれないが、いい具合に体が動いてくれた。足が痺《しび》れていたりもしない。我ながら、あの高さから落下して着地した直後とは思えないほど、ハルヒロはすっと立っている。

「よし、来い……！」

見れば、タダがまたスタンバっている。ハルヒロの心情としては、行きたくない。本当にもういいやなんだけど。

「……ぅあいっ！」

おかげで奇妙な返事になってしまった。やるのか。やるしかないか。まだ弾丸が降ってくるし、ということはホーントがまだいるわけで、誰かが処理しないといけない。その誰かはハルヒロ以外であってもいい。ハルヒロがやらなければならない道理はないのだが、これはなかなか危険で、きっとコツもいる。たまたまハルヒロは、そのコツをつかんでしまった。やりたくはないが、二度目もきっと、そこそこやれるだろう。

ハルヒロはタダの戦鎚の鎚部分に、ジャンプはしなかった。あれはまったく無意味だからだ。そっと乗った。

「どうぞ！」

「うぉおおぉあらあぁぁああぁぁぁ……！」

打ち上げられる。あと何回、繰り返さないといけないのか。最小限の回数ですませたい。そのためには、一回で可能な限り多くのホーントをやっつけることだ。自分、けっこう前向きだな、と思いながら、ハルヒロはホーントに取りすがり、ダガーを振るった。すかさず次のホーントへ。やるしかない。やるよ。やってやる。やるけどさ……。

6．強者どもが夢のあと先

食堂の突き当たりまで進んだところで、申し訳ないが、少し休ませてもらった。

ミモリンが正座して、ハルヒロに目で何かを訴えている。

「そのヒザコゾーをマクラに横になれってことデショーガー！　このブタノクソー！」

アンナさんにどやされたが、申し訳ないけれども遠慮させてもらった。ハルヒロは壁に背をあずけて座り、呼吸を整えた。

「……大丈夫っすか？」

クザクに心配されるようでは終わりだ。終わりということはないか。でも、強烈な後輩感、もしくは弟感みたいなものを放ってやまないクザクに気遣われると、どうにも落ちつかない。

「大丈夫。もう平気だよ」

ハルヒロは立ち上がった。

「ハッ！　あったりめーだろうがッ」

すかさずランタが毒づいてくる。

「あの程度でへたばるようじゃー先が思いやられるっつーの。おまえは昔からやせ我慢だけが取り柄なんだからな。平気じゃなくたって平気なフリしてろ、ヴォケッ」

「……はいはい」

「適当に流してんじゃねェーッ」

「どうすればいいんだよ……」

本当にめんどくさいやつだ。いなくなってしまえばいいのに。完全に消滅して欲しいとまでは思わないし、たまにでいいので、目の前から消えてもらいたい。

「ランタの憎まれん口はなあ」

ユメが腕組みをして、ぷっふぅ、とため息をついてみせる。

「いつまでも、いついつまでも、治らないんやからなあ?」

「人間、そうは変わんないっすよね」

クザクは、ハハッ、と笑った。

「てか、ランタクンの場合は成長してないってことか」

「ンだとォ、コラァッ！　ちょっとくれー背がデケェーからって調子乗ンじゃねェーぞ、このクソがァッ！」

「いやぁ、毎回言うけど、ちょっとじゃないっすよ。ランタクンよりはだいぶでかいし」

「性懲りもなく高身長自慢かァーッ!?」

「史実やしなあ」

口を挟んだユメに、ランタは突っかかる。

「ソレ言うンだったら、史実じゃなくて事実だろーがッ！　あと、憎まれん口じゃなくて憎まれ口だからな！　そうとう昔もまったく同じ間違えしてたからな、言っとっケド！おまえこそ、ちぃーッとも成長してねーんだよッ！」

「ユメは成長したもん！」

「どこがだよッ」

「いっこいっこゆえないけどなあ、あっちこっち成長したんやからなあ！」

「ンだよその曖昧なッ！　あっちこっちっておまえ……」

ランタは仮面をずらして首を引き、ユメの全身を上から下まで見た。何回か見た。

「……ま、まァ、成長、……してねェーとも……？　言いきれねェートコもなきにしもあらず的な……？　そォーいうカンジも、なくはねェーかなって思えなくもなかったりしねェーでもねーがな……」

「そおやろお？」

ユメは胸を張って得意げだ。

「どこを見て……」

メリイが顔をしかめてぼそっと呟《つぶや》く。

「う、うっせーなッ！」

ランタの顔が真っ赤になった。慌てて仮面をつけ直す。

「ドコ見よォーとオレの勝手だし、隠してあるトコ無理やり見たワケじゃねェーんだから、責められるイワレはねェーわ！」

「うわ、開き直ったよ、この人……」

「黙れッ、クザク！　そこに直れ！　叩《たた》ッ斬ってやらァ……ッ！」

「ところで――」

セトラは自分の真後ろに立っているイヌイの喉仏に槍《やり》の穂先を突きつけている。

「刺されないとやめないのか、それは？」

「クッ……！」

イヌイは眼帯をつけていない右目を見張り、槍の穂先を素手で摑《つか》んだ。

「やれるものならやってみるがいい……！　むしろ、やれ！　望むところだ……！」

「……いいのか？」

セトラがめずらしく戸惑っている。

「いいんじゃないか？」

トキムネが白い歯を見せて笑う。

いいのかよ。

「ああ、やれ」

タダはめんどくさそうだ。どうでもいいのかもしれない。

「いっやー、でもでも、激しいよねイヌイんは！　激熱ラヴだよね！　ラヴ、ラヴィー、ラヴリィーって感じ！　俺ちゃんも恋したくなってきちゃうなー！」

キッカワは身をよじっている。

「イヌイは真性ホーケーの変態ですカラネー」

アンナさんは関係あるのかないのか、よくわからないことでディスっているし。

「イヌイは、真性……」

ミモリンはなぜか、余人が知らざる真相を突き止めてしまったかのように口を手で押さえた。いや、真相といえば真相なのか。どうなのだろう。本当なのか。まあ、どっちでもいいんだけど。

混沌《カオス》だよ。

「――さてはて」

キムラは丸眼鏡をキランッと光らせた。さらにあのレンズがキラキラキランキラン光るところを見せつけられたり、さてはて、を何回も聞かされたりしたくない。あれは地味にランタの言動と同等か、それ以上にイラッとくる。

「トキムネさん」

ハルヒロはトキムネに呼びかけた。トキムネはうなずく。

「おう、そうだな。そろそろ――」

食堂の突き当たりは、行き止まりではない。扉がある。二つだ。石壁のほぼ両端くらいの場所に、金属とも岩ともつかない材質の扉が一つずつある。

どちらの扉にも、真ん中あたりに五つの円をずらして重ねた形のへこみがある。

ハルヒロは右の扉の前に、トキムネは左の扉の前に立った。

「じゃあ――」

うなずきあって、それぞれ扉のへこみに手を当てる。

途端に両方の扉が音を立てはじめた。内側に折り畳まれるようにして開いてゆく。

「おれたちは、礼拝堂ですよね」

ハルヒロたちはここから右のルートを進む。

「俺らは厨房《ちゅうぼう》だったか」

トッキーズは左だ。

そして、ハルヒロたちが礼拝堂、トッキーズが厨房で扉を開けると、合わせ解錠が成立して中庭で合流できる。

「では、ワタクシは――」

キムラはどうするのか。

「ウエホッ……」

変な笑い方をして、右の扉の前にいるハルヒロたちのほうへと歩いてきた。

「オレらじゃなくて、あっちでもいいんだぜ？　つーか、アンタはあっちのほうがいいんじゃねーの。あっちに行けよ」

ランタが蠅《はえ》を追い払うように手を振ると、キムラはだしぬけに笑った。

「ズェハァッ……！」

「――ヒッ……」

怯《おび》えたのはランタだけじゃない。クザクやメリイ、ユメもビクッとした。セトラは不審そうというか、この男はどうかしているんじゃないか、頭の中はどうなっているのかと不思議に思っているのかもしれない。

ハルヒロの心境は、セトラに近いだろうか。

「……キムラさん」

「何でしょうか、ハルヒロロローン。ロロロローン。ロローン。ローン」

「……いや。やっぱりいいです」

この丸眼鏡の短髪男はシノハラの腹心だという。どの程度、シノハラの真意を知っているのか。

ハルヒロが疑っているとおり、シノハラが開かずの塔の主と繋《つな》がっていたとする。キムラはそのことを承知しているのだろうか。シノハラが何か企《たくら》んでいるとしたら、キムラはその陰謀の片棒を担いでいるのか。

キムラ以外のオリオンの面々はどうなのだろう。たとえば、ハヤシは。

ハヤシはメリイの仲間だった。オリオンに探りを入れるなら、糸口になりそうなのはハヤシだ。

しかし、ハヤシは別働隊に加わらなかった。お嘆《なげ》き山《やま》攻略本隊のオリオン十三名。シノハラはハヤシをそのまとめ役に任じた。

キムラがシノハラの腹心なら、本隊のオリオンを指揮させるのが自然なのではないか、という気がする。しかし、シノハラはキムラを同行させた。それくらい信頼している、ということなのか。常に一緒にいてもらいたいほどの相手なのか。

仮に、キムラがシノハラと一心同体と表現しうるほど近しい男なのだとしたら。ハルヒロとレンジは、シノハラを要注意人物として観察対象にしている。キムラもシノハラと同様に扱うべきだ。オリオンの全員がシノハラの意に従っている、ということも考えなければならない。

ただ、シノハラは腹心のキムラにさえ胸の裡《うち》を明かしていない、という可能性もある。極端な言い方をすれば、シノハラは親友や仲間すら裏切っている。

もちろん、現時点では何とも言えない。そうかもしれないし、そうではないかもしれない。わからない。

「それじゃ、またあとでな！」

トキムネが片目をつぶって、軽く敬礼みたいな手振りをした。

「オゥ」

ランタが片手を挙げて応じると、アンナさんがキレた。

「オゥじゃねーデショーガー！　生意気なんデスヨー、ハエのウンチのブンザイデー！」

「……ひでェー言われようじゃね？」

それなりに精神的なダメージを負っている様子のランタに同情する気にはなれないが、いきなり蠅のうんち呼ばわりされたら、さすがにハルヒロも自分の存在価値を疑ってしまうかもしれない。アンナさんの罵倒芸はキレッキレだ。

「ハルヒロ」

ミモリンの視線は遠くからでも熱を感じる。

これが熱視線というものなのか。

「好きです」

「……あ、はい」

どうしたらいいんだよもう。

まあ、とりあえずはどうもしない。ミモリンを含めたトッキーズとはここでお別れだ。一時的に、ではあるけれども。予定ではすぐ合流するし、合流できないと困るわけだが、先のことばかり考えてもしょうがない。まずは集中だ。目の前のことに集中しよう。

扉を通り抜けた先の廊下は、不気味なほど静かだった。一応、というか、しっかり視覚聴覚を研ぎ澄ませて警戒しつつ進んでいる。でも、一向に何も起こらない。

「次の礼拝堂ですが――」

キムラが口を開く。

「この部屋に関しては、ワタクシが把握している限り、毎回、同種の敵がたむろしています。おそらくは、今回も――」

どうしてか、キムラのくせに笑わない。例の笑い方をしないキムラは、キムラではないようにさえ思えて、これはこれで違和感がある以上に、なんとも不吉だ。

「その敵とは？」

セトラが淡々と、単刀直入に訊《き》く。

キムラは丸眼鏡のフレームを押し上げた。レンズが光らない。やはり変だ。本当は、光りまくるほうがよっぽど変なのだが。

「ワタクシたちオリオンが、レイスと名づけたモノです」

結局、礼拝堂に辿《たど》りつくまで、敵は現れなかった。

礼拝堂はこれまでと違って明るかった。高い天井から光が射《さ》しこんでいる。天井には色つきのガラスのようなものが嵌《は》めこまれ、その向こうに光源があるらしい。ここは地中のはずだから、自然光ではないだろう。何の光なのか。不明だが、暗くないのは助かる。

明るいおかげで、礼拝堂が直径二十メートルほどの円筒形の部屋で、中央が石段状に高くなっていることが一目瞭然だった。

その石段に、人が腰かけている。

人にしか見えない。

六人いる。

当然、なのかどうか。体格も、年恰好《としかっこう》も、身なりも、ばらばらだ。共通点はある。六人とも、ハルヒロたちと似たり寄ったりの、つまり、義勇兵風の出で立《いた》ちだ。

「ワタクシたちはレイスのことを、ヒトマネ、とも呼んでいます」

キムラが右手に鎚矛《つちほこ》を持ち、左手にバックラーを構えて、進みでる。

「過去、この墓所で命を落とした義勇兵たち。彼ら、彼女らを模した、動く人形――」

石段のレイスたちがおもむろに立ち上がる。

見たところ、まだ若そうな男性と、中年男性、それから、かなり大柄な女性の三人は、戦士だろう。精悍《せいかん》な顔つきの若い男性は大剣使い。中年男性は斧《おの》使い。大柄な女戦士は長剣と大きな盾を携えている。

白髪交じりの初老の男は、キムラのように白い服を着ているので、神官だと思われる。半白神官が両手持ちしている錫杖《しゃくじょう》は装飾過多だが、あんなもので殴打されたらただではすまないだろう。

三角帽子を被《かぶ》った顎髭《あごひげ》の長い痩せぎすの男は、見るからに魔法使いだ。木製ではなさそうな、白っぽい杖《つえ》を持っている。

かなりがっしりした体つきで、すでに長剣を抜いている女性がハルヒロは気になった。手の甲をこちらに見せる、ちょっと癖のある剣の握り方。胴回りや腿《もも》にずらりと鞘《さや》が並んでいる。彼女はナイフを何本持っているのか。かなりの数だ。鞘の大きさからすると、投げナイフかもしれない。鉄兜《てつかぶと》を被っていて顔はわからないが、防具は胸鎧《むねよろい》や脛当《すねあ》てなど最小限度だ。あの足運び。滑らかな体重移動。生前、ということになるのか。レイスが模している女性は、そうとうな手練《てだ》れだったに違いない。

「よいですか」

キムラがレイスたちを見すえたまま、静かに言う。

「全力で撃破してください。我がオリオンのシンゲンも、ワタクシの恋人だったヨコイも、在りし日とは比べ物にならないとはいえ、それでも非常に強力です」

今、さらっと、すごいこと言わなかった？　すごい？　のかな？　どうだろう。べつに、すごくはないかもしれないが。

「デルム・ヘル・エン・トレム・リグ・アルヴ」

それどころではなさそうだ。石段のもっとも高いところにいる顎髭の痩せぎす魔法使いが、杖でエレメンタル文字を描いて呪文を詠唱した。

「……火炎壁《ファイアウオール》！」

　メリイが叫ぶ。炎が立ちのぼった。まさしく炎の壁だ。炎が目隠しになって、石段が見えなくなる。その寸前に、レイスたちが動きだした。あのがっしりした女性が石段を下りてくる。大剣使いは向かって右へ。斧使いと剣と盾の女戦士が左へ。

「来るぞ！」

　ハルヒロは視線と身振りでクザクには右へ、ユメには左へ向かうように指示を出した。ランタはもう左方向にすっ飛んでいる。

　間もなく火炎壁《ファイアウオール》の右から大剣使いが、左から斧使いと女戦士が躍りでてきた。クザクが大剣使いを、ランタは斧使い、ユメが女戦士を迎え撃つ。

「――キムラさん……!?」

　キムラは火炎壁《ファイアウオール》の真ん前に突っ立っている。何やってるんだ、あの人は。待ち構えていた。そういうことか。

　あのがっしりした女性だ。キムラの恋人。おそらく彼女がそうだろう。ヨコイ、といったか。ヨコイが火炎壁《ファイアウオール》を物ともせずに突破して、キムラに斬りかかる。

「ファーハァッ……!?」

　キムラはバックラーでヨコイの長剣を受け止め、鎚矛を振り上げようとした。本物ではないにせよ、元恋人が相手でも積極的に股間を狙いにいくのか。

でも、ヨコイはたやすく長剣で鎚矛を払いのけ、キムラを攻める。攻めたてる。キムラはバックラーと鎚矛でなんとかヨコイの猛攻を防御しようとしているが、防ぎきれていない。キムラはあちこち斬られて、たちまち満身創痍《まんしんそうい》になった。

「ウヒィィィィ！　ヨコヒィィィィィイヒイイィィィ……！」

喜んでいるようにも見えなくはないが、本格的に斬り刻まれてしまいそうな勢いだし、放っておくわけにもいかない。助けに行こうとしたら、セトラに制止された。

「おまえは魔法使いを……！」

「……頼む！」

ハルヒロはキムラの援護をセトラに任せることにして、火炎壁《ファイアウオール》を回りこむべくクザクと大剣使いの脇を駆け抜けた。顎髭の痩せぎす魔法使いと初老の半白神官は、石段から下りていない。まるでハルヒロが来ることを見越していたかのようだ。

「デルム・ヘル・エン・ヴァン・アルヴ」

痩せぎす魔法使いがまた魔法を発動する。これは。

「――っつっ……!?」

熱い。一瞬で眼球が乾いて、喉がからからになった。ものすごい熱風だ。けれども、吹き飛ばされてしまうほどではない。これくらいなら踏み止《とど》まれる。風に逆らって進むことも、なんとかできる、が――、

「デルム・ヘル・エン・イグ・アルヴ」

また魔法か。火球が襲いかかってくる。一つではない。二つ、三つと、びゅんびゅん飛んでくる。ハルヒロはとっさに熱風にあらがうのをやめた。熱風に押されてのけぞりそうになりながら、身をよじって火球を躱《かわ》す。三つ目はけっこうぎりぎりで、髪の毛が多少焦げたが、どうにかよけきった。

「――っ……!?」

今度は魔法ではない。半白神官だ。突っこんでくる。錫杖を思いっきり横様にぶん回してきた。大振りにも程がある。ハルヒロは身を屈《かが》め、頭を下げて錫杖をやり過ごした。でも、止まらない。錫杖が。というか、半白神官が。体ごと錫杖をぐるんっと一回転させ、そのまま二回転目に突入する。食らったら、死ぬかも。ハルヒロは横っ跳びした。

「デルム・ヘル・エン・リグ・アルヴ」

あの痩せぎす魔法使い。小刻みに魔法をぶつけてくる。火柱が上がって、ハルヒロはもう少しでそれに体当たりするところだった。火炎柱《ファイアピラー》とかいう魔法だ。

「くっ……！」

ハルヒロが慌てて下がろうとしたら、痩せぎす魔法使いはさらに火炎柱《ファイアピラー》を重ねてきた。

「デルム・ヘル・エン・リグ・アルヴ」

「――あづっ……!?」

背後だ。すぐ後ろに火柱が。火柱が前にも後ろにも。右か左か。ハルヒロは迷う前に右へ進もうとした。その先で半白神官が手ぐすねを引いて待ち受けていた。半白神官がハルヒロめがけて錫杖を振り下ろす。

「おっ……!?」

頭で考えていたら間に合わない。ハルヒロは体が動くに任せた。錫杖が左耳を掠《かす》めた。当たりはしなかった。ハルヒロは半白神官の脇をすり抜ける。すれ違いざまに足払いをかけた。半白神官はひっくり返りながら、なんと、光魔法の祝詞を唱えた。

「光よ、ルミアリスの加護のもとに……!」

半白神官は、んごっ、と背中から石床に倒れこんだ。それでも、左の掌《てのひら》をハルヒロに向けた。

「咎光《ブレイム》……!」

「――なっ……」

何も起こらない。発動しなかったのか。光魔法が不発だった。なんで。理由はいい。ハルヒロは半白神官に飛びかかった。押さえつけ、ダガーで半白神官の首を斬り裂く。まるで土袋のようだ。傷口から土がどばどばとあふれ、どんどん崩れてゆく。半白神官は土と化した。いや、土だけではない。白い物体が交じっている。骨か。

「レイスは光魔法を使えない……!? 魔法は使えるのに……!」

「デルム・ヘル・エン・ヴァン・アルヴ」

そう。レイスは光明神ルミアリスの加護をえることはできないが、魔法は使える。痩せぎす魔法使いが魔法を発動させた。吹きつけてくる。熱すぎる風が。ハルヒロは熱風に煽《あお》られて体勢を崩しそうになった。

「っ……」

「デルム・ヘル・エン・イグ・アルヴ」

そこに火球が飛んでくる。一つ、二つ、三つ。なんていやらしい。ハルヒロは斜め後ろにでんぐり返しをして一つ目と二つ目をよけ、横っ跳びして三つ目を躱した。

「——やっぱいいな、これ!?」

「にゃーん……！」

ユメか。ユメだ。だいぶ低くなった火炎壁《ファイアウォール》を跳び越え、転がって片膝立ちになる。そのときにはもう、ユメは弓を構えていた。矢を放つ。速い。続けざまだ。

「マリク・エム・パルク」

痩せぎす魔法使いもいい反応をしている。魔法の光弾《マジックミサイル》。複数の光弾を出現させ、ユメの矢を撃ち落としただけではない。

「マリク・エム・パルク！」

魔法の光弾《マジックミサイル》を連発して攻勢に転じた。

「はっ、ちょっ、にゅんっ……！」

ユメは素早く転がったり、宙返りをしたりして、光弾を回避してみせる。

「うちゃあ……！」

しかも、隙あらば矢を射かけるのだから、とんでもない。

「マリク・エム・パルク……！」

詠唱が短く出が早い魔法の光弾《マジックミサイル》でなければ、ユメと撃ち合うことはできないだろう。あの痩せぎす魔法使いは、状況に応じて適切な魔法をタイミングよく使っている。生前はさぞかし頼りになる義勇兵だったのではないか。

火炎壁《ファイアウォール》は消えかけている。

クザクは大剣使いにかなり手こずっているようだ。ランタは斧使いを倒したみたいだが、ユメと戦っていた女戦士を相手どっている。

ヨコイはやはりそうとう強い。キムラとセトラ、メリイは、三人がかりでもヨコイに苦戦している。

ユメはハルヒロのほうを一切見ない。ハルヒロなど存在しないかのようだ。余裕がないわけではないだろう。ユメは意図的にハルヒロを無視している。

なぜか。

決まっている。ハルヒロの仕事を邪魔しないためだ。

ハルヒロはとうに意識を床の下まで沈めていた。

もちろん、本当に沈めるわけではない。あくまでイメージだ。

隠形《ステルス》。

ハルヒロは石段を上がってゆく。

「マリク・エム・パルク……！」

痩せぎす魔法使いは四つの光弾を繰りだした。ユメは兎《うさぎ》のように軽快で迅速な身のこなしで光弾をよけ、放った矢で痩せぎす魔法使いの三角帽を射貫《いぬ》く。三角帽はまたたく間に土と化した。

「デルム・ヘル・エン・ヴァン――」

痩せぎす魔法使いは怯《ひる》むことなく呪文を詠唱しようとする。しかし、その魔法が完成することはない。

すでにハルヒロは痩せぎす魔法使いに肉薄していた。痩せぎす魔法使いの背中にダガーをねじこむ。背面打突《バックスタブ》。

「おぉっ……――」

痩せぎす魔法使いの苦悶《くもん》は一瞬で終わった。もう崩れはじめている。痩せぎす魔法使いはほぼ一瞬で土と骨になった。

「んにゃっ！」

ユメは、やった、というふうに一跳ねしただけで身を翻した。ゆっくり喜んではいられない。仲間たちはまだ他のレイスと戦っている。

「——ッつまでやってんだ、ヴォケカスがァ……ッ！」

自分に活を入れたのか、それとも、クザクあたりを罵ったのか。ランタが突然、二人、いや、三人に増えた。一瞬そう錯覚させる、暗黒騎士独特の体の使い方なのか。ランタならではの我流なのだろうか。

女戦士は完全にランタを見失ったようだ。棒立ちになった女戦士の両腕が斬り飛ばされる。女戦士は振り返ろうとしたのか。その途中でランタは女戦士の首を刎《は》ねた。女戦士は見る間に崩壊し、土と骨に帰した。

「——絶技、暗黒裂斬……ッッ。ヤッベ、カッケェー、オレ様最高ォォォーゥ……ッ！フォォォーウ……ッ！」

「ぬあぁっ……！」

クザクが大刀で大剣使いが振り下ろした大剣を防ぐなり、撥《は》ね上げる。大剣使いの胴がガラ空きになった。

「つぇあ……！」

間髪を容《い》れず、クザクは大剣使いの胴を薙《な》ぎ払って真っ二つにした。大剣使いも骨交じりの土と化した。

「ホオオゥゥエエエァァアアァァァ!?」

キムラがすっとんきょうな大声を発し、鎚矛《つちほこ》を振り上げる。ヨコイの股間を狙ったのだろう。ヨコイは軽やかにバックステップを踏んで、キムラの鎚矛をあっさり躱した。

「――フォゴオォ……ッ!?」

キムラの額に何かが刺さった。投げナイフか。ハルヒロはその瞬間を見逃してしまったが、ヨコイが投げたらしい。

「キムラさん……!?」

「ワワワワタッ！　ワタクシの頭蓋はァァ！　これ鋼のごとしッッ！　ゆえにこの程度のことではァァ！　びくともしないのですよォォ……！」

「けっこう深々と突き刺さってるけど……」

「ダイジョォォヴイィーッッ！　サササ刺さっているだけです！　フォフォ骨がワタクシを守るゥゥ！　ワタクシフォネに守られるるるゥゥ……！」

どう見ても大丈夫ではなさそうだが、本人がそう言い張るのなら勝手にすればいいというか。どうでもいいとまでは言わないが。ヨコイもレイスなのに、何かこう、当惑しているようだ。気持ちはわかる。レイスに気持ちがあるのかどうか不明だけど。

「それにしても思いだしますねえ……」

投げナイフがしっかり刺さっているキムラの額から、ぴゅぴゅっ、と血が噴きだす。

「思いだされてしまいますねえ、ヨコォォイィィ！　ワタクシとウヮナタとの愛と情欲の日々ィィ！　そこはウヮナタとワタクシですからァァ？　血と涙なしでは成立しませんでしたァァ……！」

「うわ、なんか聞きたくない……」

ハルヒロは耳をふさぎたくなった。というか、あの変な人を黙らせたい。ヨコイのレイスも同じ気持ちだったのか。レイスに気持ちなんてものがあるとしたら、だが。ともあれ、ヨコイはさらに投げナイフを投擲《とうてき》した。

「オォゥウフッッ!?」

一本ではない。キムラの右胸、左胸、それから、腹にも刺さった。三本だ。

「──甘美なァァこの痛ァァみィィ……!?」

「ド変態にも程があンだろ……」

ランタの言葉にうなずきたくはない。でも、今回ばかりはうなずかざるをえない。

「ち、治療を──」

せっかくメリイが声をかけても、キムラは耳に入らないのか。ヨコイに詰め寄って鎚矛を振り上げる。無駄だってば。ほら。またよけられた。ヨコイは、いいかげんにしろ、という感じで投げナイフをキムラに浴びせた。今度も三本。右腕、右腿《みぎもも》、左腿だ。

「──いってエェエエァァアアァァアァ……ッッ!?」

とうとうキムラはぶっ倒れた。

「そりゃ痛ェーだろ……ッ！」

ランタが飛びだしていって、ヨコイに斬りかかる。動きがいちいち大きいランタに対して、ヨコイは効率的だ。肘を曲げ伸ばしする、手首を返すといった動作で、長剣を振るというより、ランタの刀に当ててゆく。ランタは刀を両手持ちしているが、ヨコイは右手だけの片手持ちだ。それなのにランタが押されているようにさえ見える。

「――オォッ!?　コイツ……ッ!?」

「気をつけろ、ランタ……！」

ハルヒロはつい声をかけてしまった。ヨコイは左手が空いている。何をしてくるかわからない。

「黙ってろ、パルポロリン……ッ！」

ランタはヨコイの右側方に跳んだ。しゃがんだ姿勢で静止する。ところが、その一瞬後にはヨコイの左側方にいた。ランタはヨコイの右から左へ高速移動しながら一刀のもとに斬って捨てようとしたのか。でも、ヨコイはぴんぴんしている。

「――妙技、隼返《はやぶさがえ》し……ッ！　コレも防ぐかよ、マジでやるじゃねーかァ！」

ランタに向かって静かに歩を進めようとするヨコイに、クザクが躍りかかった。

「おおりゃあぁっ……！」

ヨコイはクザクの大刀を長剣で巧みにいなした。子供扱いと言ったら大袈裟《おおげさ》かもしれないが、ヨコイに胸を蹴られて「わっ……」とのけぞったクザクにしてみれば、それくらい大きな力の差を感じたかもしれない。クザクは力任せに大刀を振り回してヨコイを下がらせ、どうにか体勢を立て直した。

「――なんかすっげぇ上手《うま》いんだけど、この人……!?」

「だから引っこんでろっつーの、ヘタクソ……!」

ランタがふたたびヨコイと斬り結びはじめた。ハルヒロも加勢したいのは山々だが、迂闊《うかつ》に手出しできない。在りし日とは比べ物にならない、とキムラが言っていた。あれでか。彼女はもっと強かったのか。

「ンクッ、ヌゴ……ッ……」

キムラが起き上がろうとしている。無茶だ。死んじゃうって。メリイがキムラに駆け寄ってゆく。セトラとユメも。

「――ナイフが刺さったままじゃ……!」

「おまえは魔法の準備を」

セトラがキムラの額に刺さっている投げナイフを引っこ抜いた。

「んにゃ！」

ユメも次々と投げナイフを抜いてゆく。

「フグッ、フググッ……」

キムラは全身から血を噴出させて震えている。メリイが額に手を当てて六芒《ろくぼう》を示した。

「光よ、ルミアリスの加護のもとに、――光の奇跡《サクラメント》！」

「……ッッッッッッッッッ！」

キムラはまずブリッジの体勢になって、そこから万歳をするように身を起こした。血まみれだが、傷はふさがっているはずだ。壮絶な姿ではあるものの、そんなキムラよりランタとヨコイの一騎討ちを注視するべきなのではないか。ハルヒロもわかってはいるのだが、なぜかキムラを見てしまう。癖になりつつあるのか。すごくいやだ。

「ときにメリイ氏、恵みの光陣《サークレット》は使えますか」

「……使え、――ますけど」

「ワタクシに策があります。協力なさい。いいですね？　ワタクシの言うとおりにするのです。これからワタクシが言うとおりになさい。いいですね？」

メリイはカクカクッとうなずいた。あれは断れない。首を縦に振るしかないだろう。迫力が尋常ではない。明らかに常軌を逸している。

「ヨコイとの決着は、ワタクシがつけねばァア！」

キムラは鎚矛をぶんぶん振り回しながらヨコイに突撃してゆく。

「どきなさいィイ！　オヌシたちィイ……！」

「ちょっ、危なっ……!?」

「――オヌシって……ッ!?」

クザクとランタを追い払って、キムラはヨコイの前に立ちはだかった。

「光よォォ！　ルミアリスの加護のもとにィィ！」

キムラが祝詞を唱え終える前に、ヨコイが投げナイフを投擲する。ほぼ同時に、三本も。レイスの記憶や思考はどうなっているのだろう。知るよしもないが、ヨコイはキムラをそうとう嫌がっているようだ。寄るな、汚らわしい、とでも言いたげな投げ方だった。キムラは首を曲げて一本だけ躱《かわ》したが、左肩と右腿に一本ずつ命中した。

「――ンヌァ！　恵みの光陣《サークレット》ォォ！」

なにくそ、とばかりにキムラは光魔法を完成させた。ちょうどキムラが立っている場所に、揺れきらめく光の円陣が現れる。

「カァァァ……！」

投げナイフがキムラの左肩と右腿から抜け落ちる。傷が癒えてゆく。いや、でも、ヨコイはキムラの目と鼻の先にいるわけで。当然、手をこまねいて見ていてくれるはずもない。それはそうだ。そんな義理はない。ヨコイは踏みこんでキムラに長剣を叩《たた》きこんだ。

「ギィィィエェェェェ……!?」

一太刀食らって、キムラはうずくまった。

ヨコイは容赦なく長剣を乱舞させる。ひどい。光の円陣の中で、キムラは斬られ放題だ。頭と首だけはバックラーと鎚矛でなんとか庇《かば》っている。

「――ビィィイイェェェエアアァァァァ……!?」

「ふぉぉ……」

ユメが目を真ん丸くしている。

「……何だあれは」

セトラは呆気《あっけ》にとられているようだ。

「光よ、ルミアリスの加護のもとに、――恵みの光陣《サークレット》！」

メリイが光魔法を発動させた。でも、それはキムラがさっき使ったのと同じものではないのか。ハルヒロの勘違いではなかった。キムラは光の円陣の中で斬られっぱなしだ。その円陣の光が、何というか、強まったような。ような、というか、強まった。重なっているのか。キムラの恵みの光陣《サークレット》に、メリイの恵みの光陣《サークレット》が。

「リィィイイイィ！　高まるゥゥゥゥ……!?」

おかげで、ヨコイに斬られたそばから、キムラは回復している、――のだろうか。

もしかして、あれがキムラの言っていた策とやらなのか。

メリイは杖《つえ》を握り締め、下を向いている。

「……わ、わたしはっ。言われたとおりにしただけだからっ……」

「ベフェゴフォズヒャァッ!? 痛い痛い痛いですねえこれは痛ァァい! 痛いの痛いの飛んでけェェエ! ぜんぜん飛んでかねェェエ……!?」

「……あれ、もう、特殊な趣味なんじゃ」

クザクは半分顔を背けながらも、怖いもの見たさで見物しているといったふうだ。

ランタは刀を鞘《さや》に収めた。

「付き合いきれねーっつーの……」

「……!?」

ヨコイは左手で投げナイフを抜こうとしたようだが、ついになくなってしまったらしい。ならばとばかりに、キムラを蹴る。光の円陣から蹴りだそうというのだろう。

「ヌヌヌヌヌヌヌヌヌヌヌヌヌヌヌ……」

キムラはこらえる。亀みたいになって耐えている。これでは埒《らち》が明かない。ヨコイは長剣を両手持ちして振りかぶった。キムラめがけて振り下ろす。そのときだった。

「――ヌッハァッ!」

キムラの丸眼鏡が妖しく光った。ヨコイの長剣をキムラのバックラーが受け止め、鎚矛が唸《うな》りを上げる。股間。結局、股間だった。鎚矛を股間にぶちこまれた途端、ヨコイは、ぱんっ、と破裂するようにして土と骨に変わった。

「クッッ、ブッ、グッ……」

二重になった光の円陣の中心で、キムラがゆらりと立ち上がる。あちこちに刺さっていた何本もの投げナイフがどんどん土と化し、全身の傷がみるみる癒えてゆく。

「感じるゥゥ。感じますよォォ。愛をッッッ。ですが、これは、……ワタクシの中にある、愛の残滓《ざんし》……」

キムラは土くれを踏みつけた。

「ウヮナタはワタクシが愛したヨコイではない。麗しき思い出を汚す邪悪なるモノ。ヨコイ、ウヮナタは戻らない……ィィィィイイヤアアアァァァ……」

「……号泣してンじゃねーか……」

ドン引きしているのはランタだけではない。みんな同じだ。いや。

「めっさ好きやったんやなあ……」

ユメだけは少し涙ぐんで、うんうん、とうなずいている。

「好きだったんですよォォ」

キムラは血と涙と鼻水にまみれた顔をユメに向けた。

「ワタクシの初めてにして最後、最愛の女性ヨコイフォーエヴァー……」

「まァ……」

ランタは、ヘッ、と笑った。

「そんなに愛されてたっつーなら、その女も幸せだったんじゃねーの。知らんケド……」

「ワタクシはヨコイを愛することができて幸せでした。されど、過去は過去です」

キムラは片膝をついてバックラーと鎚矛《つちほこ》を床に置いた。丸眼鏡を外し、取りだした手拭いで顔をゴシゴシゴシゴシ拭きまくる。そうして丸眼鏡を付け直すと、キムラはもうけろりとしていた。

「さては、のんびりしている時間はありません。先に進むとしましょう」

いろいろと言いたいことはあるが、ハルヒロはぜんぶのみこんだ。仲間たちを先に行かせてハルヒロも進もうとしたら、キムラが動かない。やはりまだ感傷に浸っているのか。

「キムラさん……？」

「ハルヒロ氏」

キムラは丸眼鏡をキラッと軽く光らせて手招きした。

「おい、おまえら——」

ランタが仮面をずらして訝《いぶか》しそうにこっちを見ている。

まだ鈍く光りつづけているキムラの丸眼鏡は、何を伝えようとしているのか。

ハルヒロはランタに目配せをした。ランタは察したようで、仮面の位置を直した。立ち止まったクザクの尻を、「行くぞッ」と足蹴にして歩いてゆく。

「ケツ蹴んないでよ、センパイ……」

「うっせッ」

「……何か？」

ハルヒロは一応、声をひそめて尋ねた。キムラは頭を下げた。

「先ほどは失礼しました」

「いえ。……ちょっと、びっくりしましたけど」

「ワタクシとしたことが、まことにお恥ずかしい。いまだに彼女と再会するたびに取り乱してしまいがちなワタクシです。むろん、彼女ではないわけですが」

「……見た目は似てるっていうか、瓜二つ《うりふた》なんですよね。しょうがないんじゃないかと」

「彼女や、シンゲンをはじめ、何人もの仲間がこの墓所で命を落としました」

「シンゲンさんって、あの顎髭《あごひげ》の？」

「ええ。ワタクシたちオリオンにとって、ここは因縁の地です。なぜだと思いますか」

「……はい？」

「ワタクシたちオリオンが、なぜこれほど多くの犠牲を払ってまで、墓所を攻略しようとしてきたのか。不思議ではありませんか」

「まあ、……それは」

「一つには、オルタナからそう遠くないにもかかわらず、あまたいる義勇兵たちがほとんど手をつけていなかった、未開に近い冒険の地だったからです。オリオンが墓所の謎を完全に解き明かすことができれば、その名は半永久的に残るでしょう。ロマンですねえ」

「はぁ。ロマンですか。……なるほど」

「ハルヒロ氏。アナタはそういったことに関心を持つタイプではない。わかります。じつを言えば、ワタクシも同じなので」

「え？」

「墓所攻略はシノハラくんの悲願です。あのシノハラくんがそこまで熱く望むのなら、ワタクシたちオリオンとしては総力を挙げてこれに取り組むしかありません。否やはない」

「なんか」

ハルヒロは頬をさわりながら、上目遣いでキムラの表情をうかがった。キムラは足許《あしもと》に目を落としている。

「……キムラさんは、そこまで乗り気じゃなかったんですかね。ひょっとして」

「そのようなことはありません。断じて」

キムラは即答したが、選んだ言葉ほど強い語調ではなかった。

「シノハラくんがいなければ、オリオンは生まれなかった。シノハラくんの包容力、観察眼、判断力、明快な表現力、類《たぐ》い稀《まれ》なリーダーシップ、並外れたコミュ力、恐ろしいほどの調整力、それらなしではオリオンは成立しませんでした。オリオンはシノハラくんに救われた者たちの家なのです。突然、グリムガルに放りだされ、思いを致す故郷とてないワタクシたちにとっての、マァァイ・ホォォーゥム……」

キムラはふざけているのか。真面目に話しているのか。判然としない。

「シノハラくんったら、あんなふうに見えて、ロマァーンティックなところもあるのですねえ。仲間が何人斃《たお》れようとも、シノハラくんは墓所の探索を完全に断念しようとはしませんでした。今回も、お嘆《なげ》き山《やま》攻略にかこつけて、シノハラくんはこの墓所で目的を達しようとしているのかもしれません」

「目的？」

ハルヒロは眉をひそめた。

「……目的って、具体的に何なんですか？」

「クブッ……」

キムラは例の変な含み笑いをして、首を横に振った。どういう意味なのだろう。言えない、言いたくない、ということなのか。それとも、キムラにもわからないのか。

「ワタクシは、……ハルヒロ氏、こんなことをアナタに言っても仕方ないのかもしれませんが、ワタクシはシノハラくんのことが、気がかりなのです。……友として、ね」

「それは、――どんなところが？」

「アナタもご存じでしょうが、シノハラくんはとてもいい人間です。ワタクシは彼をリスペクトしている。彼はオリオンのマスターで、ワタクシにとっては大切な友人です。しかし、ときおり彼は……」

　キムラの顔が苦しそうにゆがんでいる。たぶん、演技ではない。そんな気がする。キムラは苦悩している。少なくとも、ハルヒロにはそう見える。

「……ワタクシが彼の力になってあげられればいいのですが、……あるいは、ワタクシでは不足なのかもしれません。……ときに、隣にいても、遥《はる》か遠くにいるかのような……」

「キムラさん」

　踏みこんでみよう。ハルヒロは意を決した。キムラは、もしかすると、シノハラの隣にいるようでいて、こちら側の人間なのかもしれない。

「開かずの塔を知ってますよね」

「……ええ」

　キムラは丸眼鏡の位置を直した。レンズは光らない。表情が硬くなった。警戒しているようだ。

「もちろん。それが何か？」

　吉と出るか、凶と出るか。ここで引き返すという手もある。ただ、もともとシノハラが口に出したことだ。キムラも知っているのかどうか、確認する。それだけだ。

「じゃあ、開かずの塔の、主のことは？」

「アァールジィー？」

「や、……あるじ、です」

「……アルジ……」

キムラは首をひねって考えこんでいる。とぼけているのか。それとも、本当に心当たりがないのか。どちらだろう。難しいところだ。

「……ハルヒロ氏」

「はい」

「アナタたちは、開かずの塔の地下で目覚めたとか。自分自身の名を除く、記憶を失った状態で」

「そう、ですけど」

「もしや――」

急にキムラが顔面を寄せてきた。近いんだけど。

キムラの鼻がハルヒロの鼻とぶつかりそうだ。近すぎる。

「アナタたちは会ったのですか、その開かずの塔の主に？　だとするならば、アナタたちから記憶を奪ったのは、開かずの塔の主という人物なのですか？　人物とは限りませんね。それは人間なのですか？　記憶が失われる。そのような現象には十中八九、遺物《レリック》が関係しているはずです。ひょっとして、ワタクシたち全員が、その開かずの塔の主に記憶を奪われた上でオルタナに導かれ、義勇兵になったということなのではありませんか……？」

7．経験値

おそらくキムラは、ハルヒロから聞くまで開かずの塔の主のことを知らなかった。

もっとも、ハルヒロも開かずの塔の主その人と会ったことはない。シノハラが一度、その言葉を口にした。ひよむーには仕える主人がいて、その人物なり何なりが、どうやらハルヒロたちから記憶を奪ったらしい。ひよむーの言動からすると、彼女の主人は開かずの塔にいるものと考えられる。すなわち、開かずの塔の主と、ひよむーの主人とは、同一人物なのではないか。

レンジがいれば相談できたのだが、別行動をとっている。ハルヒロの独断で、そこまではキムラに説明した。

「……なるほど。これがもし、何らかの陰謀だったとして、——残念ながら、シノハラくんがまったく関わっていないとは断言できませんね。正直、オリオンが辺境軍に加わるという決定にも、疑問がなくもなかったのです。ワタクシたちに意見を求めるでもなく、シノハラくんはそれを決めたのですが、……これまでもそのようなことはままあったとはいえ、今回は事が大きすぎました」

キムラが言うには、シノハラが辺境軍のジン・モーギス総帥と意を通じているとしても、とくに違和感はないという。

必要があれば、シノハラは敵とでも笑顔で握手できる。八方美人というより、そうしなければならないのに、個人的な感情が邪魔してそれができない、ということがシノハラにはない。いつもにこにこしているのは、そうしていたほうがふくれっ面でいるよりいいからだ。むしろ、不機嫌な顔をする理由がない。シノハラはきわめて合理的な人間で、だからキムラにすれば信用できるのだという。

「ワタクシのように、揺らがぬ愛を胸に抱きつづけられる者ばかりではありません。人の心は移ろいやすい。シノハラくんは道理で動く男です。義理人情もまた、道理に含まれるわけですから」

腹心にして親しい友人であるキムラにとっても、シノハラはただのいい人ではない。必要に応じて、いい人になれる。いくらでも善人や人格者になれる男なのだ。

「……いずれにせよ、ワタクシはやはり、シノハラくんを案じています。ワタクシにも秘していることがあるのならば、シノハラくんなりにそうする必要があるのでしょう。もしかすると、敵を欺くにはまず味方から、といったようなことなのかもしれません。しかし、ハルヒロ氏に疑念を抱かせているのはまずい。これは捨て置けません」

少なくとも、シノハラの真意を探りたい、という一点においては、キムラと意見が一致した。ただし、キムラはあくまでシノハラの仲間で、友人だ。シノハラか、ハルヒロとレンジか、という選択を突きつけられたら、キムラはシノハラを選ぶだろう。

キムラのことを味方だとは思わないほうがいい。けれども、シノハラが何かおかしなことをしていて、それを正すべきだとキムラが感じたら、あえてこちら側につくかもしれない。協力しあえる。その余地はある、ということだ。

礼拝堂の奥に扉があった。ハルヒロは扉のへこみに手を当てた。すると、扉はすぐに内側へ折り畳まれるようにして開きはじめた。合わせ解錠が成立したのだ。ハルヒロたちと別れて厨房《ちゅうぼう》に向かったトッキーズは、先に扉のへこみを押していたのだろう。

「お次は中庭っつーワケだな」

仮面の暗黒騎士が、フンッ、と鼻を鳴らすと、キムラが丸眼鏡をキラッと光らせた。

「ええ、そのとおりです」

「――っしゃぁ、行きますかぁ！」

クザクが明るい声で言った。ハルヒロは一つ息をつく。

「進もう」

礼拝堂と違って、廊下は暗い。もっとも、進むごとに行く手から光が射《さ》しこんできた。中庭は、ここが地中だとは思えない、外なんじゃないかと錯覚してしまうほど、明るい場所だった。

天井がずいぶん高くて、二階がある。ただし、二階はU字形だ。大部分が吹き抜けになっている。

あの天井はどうなっているのか。ぼんやりと白く発光している。晴れた空とまではいかないにせよ、昼間の曇り空と同程度の光量はありそうだ。

「――おっ!?　やっほーっ！　ハルヒロたちじゃーん！　俺ちゃん参上だよー！　モチのロンで俺ちゃんだけじゃなくて、トッキーズ勢ぞろいしちゃってるよー！　イエーイ！」

ハルヒロたちが中庭一階に入った場所から、十メートルほどは離れているだろうか。キッカワが手を振っている。その隣で両手を思いきり挙げて、ミモリンは何を表現しているのだろう。よくわからないが、ミモリンは明らかにハルヒロを見ている。

「心配してなかったが、やっぱり無事だったな！」

トキムネが親指を立ててみせた。アンナさんは胸を張って、いつもどおり偉そうだ。

「ミミズのウンチどもにしては、首尾グッドやりやがったみたいデスネー！」

「あざぁーっす！」

「ヲォイ、クザクッ！　ミミズのクソ呼ばわりされてアザァースじゃねェーだろ、ウンコカスヤローがッ！」

「……個人的には、ランタクンにウンコカス呼ばわりされるより、アンナさんにミミズのウンチ呼ばわりされるほうが、腹立たないんすけどね。あの人は悪意ないっすよ」

「オレはあるっつーのかよッ」

「えっ？　あるでしょ？」

「まァ、ないとは言えねーケドな」

「クッ……」

いつの間にか、イヌイがセトラの背後に立っていて、喉頸《のどくび》に槍《やり》の穂先を突きつけられている。

「……懲りない男だな」

セトラは呆《あき》れているようだ。呆れないわけがない。

「この俺が懲りるときがあるとすれば！」

イヌイが眼帯をしていない右目をクワァッと見開く。恐ろしいほど血走っている。

「それは封印を解かれた俺が魔王として目覚め、滅ぼされたのち、魂が六道輪廻《りんね》の果てにふたたび魔王として蘇《よみがえ》って、物の見事に蘇ったからにはやはり懲りない！」

「……懲りないんかぁーい」

ユメが力なく呟《つぶや》いた。すかさずキムラが丸眼鏡をキランッと光らせる。

「ボヘァッ！　その意気やよし、ですねえ！」

メリイがため息をついたのと同時に、ハルヒロもため息をついて、かぶる形になってしまった。しかも、お互いそのことに気づいて、なんとなく、すみません、みたいな。謝るようなことではないと思うが、二人して恥ずかしがっていたら、いきなり硬い物がドガッと砕ける音がした。見れば、タダが自慢の戦鎚《せんつい》を石床にめりこませている。

「おまえら十分休んだだろ。やるぞ」

「タダの言うとおりだな！」

トキムネは朗らかに笑って盾を構え、長剣を抜いてくるくるっと回した。キッカワが剣で盾を、カンッ、と叩《たた》く。ミモリンも両手で長剣を抜いた。

ちなみに、アンナさんはとくに何をするでもなく、相変わらずそっくり返っている。その後ろで禍々《まがまが》しい気を放っているイヌイは、いつの間にセトラの背後から移動したのだろう。なんでもイヌイは、盗賊から戦士を経て狩人《かりゅうど》に鞍替《くらが》えしたらしいが、単なるヤバい変人ではない、ということか。

「ふぅーっ」

クザクが大きく息を吐いて、大刀の柄《つか》を握る。握り直す。

「……あれっすよね。中庭の敵は」

言わずもがなで、一目瞭然だ。この中庭に足を踏み入れてすぐ、敵の姿は目に飛びこんできた。

それは腕が二本、脚も二本あり、胴体から頭が突きだしている。人のような形をしているが、サイズはかなり違う。うずくまっているので正確にはわからないが、たぶん身の丈五メートル以上あるだろう。中庭には二階がある。あの姿勢でも、敵の頭の位置は二階より高い。

「ワタクシたちオリオンは、ゴーレムと呼んでいます」

キムラが丸眼鏡をギラギラッと光らせて言う。

「大きさにはバラツキがありまして、あれは大型のゴーレムです。ようは人型のデカブツですが、動く岩のかたまりですからねえ。とにかく硬い。ワタクシたちは頭部を破壊することによって撃破しました」

「頭っすね」

クザクがうなずく。

「けど、頭っていっても、なんかこう、ただの丸っこい筒みたいな――」

「んにゃあ！　光ったやんかあ！」

ユメの言うとおりだ。ゴーレムの頭部の中心あたりに赤い光が灯《とも》った。

「……動くぜ」

ランタが腰を落とす。

ゴーレムがぶるぶるぶるぶる震動しながら、立ち上がろうとしている。

「デルム・ヘル・エン・バルク・ゼル・アルヴ……！」

ミモリンが長剣の先でエレメンタル文字を描き、爆発《ブラスト》を発動させた。単発ではない。二連発だ。頭部が爆煙に包まれても、ゴーレムは止まらない。上体を起こし、曲がっていた膝を伸ばす。もう立ち上がってしまう。

「――テンデ効いてねーデショー!?」

アンナさんが叫んだ。実際、ゴーレムの頭はちょっと黒ずんだくらいで、ひび割れたり欠けたりしている様子はない。一つ目のような赤い光も弱まっていない。

「そういえば、ハルヒロ！　いつかあったな、こんなことが！」

トキムネは笑顔で、やけに楽しそうだ。何だろう。たとえば、ランタにああいう態度をとられたらかなりムカつきそうだが、トキムネだとそんなことはない。人徳だろうか。

「……まあ、同じようなことがあったとしても、覚えてないんですけどね」

「そうか！　よし、前衛は散れ……！」

トキムネは大声で言うなり駆けだした。タダ、キッカワ、それからミモリンも続く。一応、魔法使いのはずだが、前衛なのか。イヌイはいない。どこにいったのか。

「ハルヒロォ……!?」

ランタにせっつかれると、どうしても、いちいちうるさい、わかってるよ、と思ってしまう。相性が悪いのか。ランタの性格がよくないせいか。ランタに人徳がないのか。ぜんぶだろうか。

「おれたちもトキムネさんの指示に従う！　クザク、ランタ、あと、ユメも前衛で！　メリイはアンナさんと、何かあったときに備えて！　キムラさんもお願いします！　セトラはカバー、頼む！」

「うっす……！」

「しゃァーねェーなァ！」

「ぬっきゃあ……！」

「はい！」

「ワタクシにお任せあれ」

「了解した」

完全に立ち上がったゴーレムを、見る間にトキムネとタダ、キッカワとミモリン、そしてクザク、ランタとユメが包囲した。アンナさんとキムラ、メリイ、セトラはゴーレムから離れている。ゴーレムが飛び道具でも使ってこない限り安全だろう。

しかし、イヌイはどこにいったのか。どこでもいいか。あの人のことは忘れよう。

「――輪転破斬《サマーソルトボム》ッッッ……！」

タダが先制攻撃を仕掛けた。助走をつけて前方宙返り。そこからの叩きつけ。タダはゴーレムの右膝に戦鎚をぶち当てた。でも、ゴーレムはびくともしない。長い腕をぶん回して、タダを追い払う。

「牽制《けんせい》しながら集中攻撃……！」

トキムネがゴーレムに躍りかかって、左脚を盾と長剣でぶっ叩く。ゴーレムがトキムネめがけて腕を繰りだした。トキムネは素早く下がる。

「──っさあぁぁぁ……！」

クザクが続き、ゴーレムに大刀を浴びせると見せかけて、左の脛《すね》を蹴る。ゴーレムがクザクに体を向けようとする。

「ほいにゃあ！」

すかさずユメが跳び上がって、ゴーレムの尻を大ぶりのナイフでカツンと突く。

「すっ……！」

ミモリンは二本の長剣をゴーレムの左腿《ひだりもも》にお見舞いした。

「へっへへーっ！　ゴーレムちゃーん！　こっちだよーん！」

キッカワは剣で盾をカンカン叩いている。あれはどうなのだろう。

「──ッゼエェエエアァッ……！」

キッカワが馬鹿げたことをしている間に、ランタがゴーレムの体を駆け上がってゆく。あっという間に頭のてっぺんまで。

「我流！　最高潮滝登り……！　ガハハッ……！」

何やってるんだか。

いや、頭の上に登られて、ゴーレムはどうにも気になるのか、両手でランタを捕まえようとする。けれども、ゴーレムの動作は鈍い。柔軟さも乏しい。

「無駄、無駄、無駄だぜ……ッ！」

ランタはゴーレムの頭部から肩、背中、また肩へとひょいひょい移動して、硬そうな両手をよける。かいくぐる。

「ずああああああぁぁぁぁぁぁぁぁ……！」

そこに、タダだ。何とかの一つ覚え、というのとは明らかに違う。タダは狙いすまして、一撃目より長い、かなり長い助走距離をとって、すさまじい勢いで跳躍した。

「んぬあああああぁぁぁぁぁぁっっっっ……！」

前方宙返りといっても、一回転ではない。二回転した。

「ああああああああああああああああぁぁぁぁぁぁぁぁぁぁ……！」

やれと言われて、できるような芸当ではない。身体能力的にも難度が高いし、それ以上に怖いって。下手をしたら、ゴーレムに、つまり巨大な岩塊に、頭や背中から突っこむことになる。大怪我《おおけが》をするどころか、即死してもおかしくない。タダは恐怖というものを知らないのか。さもないと、あんなことはできないのではないか。

「輪転破斬《サマーソルトボム》ッッッッッッッッッ……！」

タダの戦鎚はゴーレムの右膝を直撃した。一撃目とほぼ同じ箇所だ。もしかしたら、まったく同じかもしれない。

ゴーレムの体勢が崩れる。タダの大胆にも程がある輪転破斬《サマーソルトボム》は、ゴーレムの右膝を、なんと三分の一ほども砕いてしまった。

「イエーイ……！　さっすがタダっち、イエーイ、ウェーイ……！」

キッカワが快哉《かいさい》を叫ぶ。宴会じゃないんだけど。

「グッジョォーブデショーッ……！」

アンナさんも興奮している。鼻息がたいそう荒い。

「わーい」

ミモリンも両手を挙げた。微妙なテンションだが、そう見えるだけで、ミモリンなりに盛り上がっているのかもしれない。

「――ヌォッ……!?」

ゴーレムが片膝をつくような恰好《かっこう》になり、全身が傾いたせいで、ランタは飛び降りざるをえなくなったが、まあ些細《ささい》な問題だ。

「畳みかけるぞ、みんな！　ラァァーイッッッ……！」

ラーイ、とは何なのか。さっぱりわからない。タダやミモリンもよっぽどだが、結局のところ、トッキーズはトキムネがいてこそ、あのトッキーズなのだろう。

トキムネはランタほど身軽ではないし、敏捷《びんしょう》でもない。体だって小柄とは言えない。軽装でもない。それなのに、トキムネは地面を蹴り、ゴーレムの左膝を蹴って、ぐんぐん舞い上がる。

そこからトキムネ劇場が開演した。

トキムネは盾でゴーレムの横っ面をぶん殴る。

長剣をくるっと回して、赤く光っている目みたいな部分を突く。

さらに、盾でガーンガンッとゴーレムの頭をぶっ叩く。

くるっと回した長剣でガガーンと斬りつける。

トキムネはゴーレムの巨体を足場にして、暴れる。暴れ回る。大暴れする。豹のように、舞い、鯱のように刺す。

後先を、それどころか何も考えず、でたらめに体を動かしているかのようだが、そうではないのだろう。いや、あまり考えてはいないのかもしれないが、トキムネの動作には合理性がある。はちゃめちゃではない。綱渡りをしている感じがまったくないのだ。危なげがない。余裕さえあるように見える。

「……チッ」

タダが舌打ちをして戦鎚《せんつい》を担ぎ上げた。

「気持ちよさそうに乱舞《らんぶ》りやがって、トキムネめ。僕は前座かよ」

「ハハッ！　そうふてくされるな……！」

トキムネがゴーレムの頭頂部を蹴って、真上に高く、高く、ジャンプする。

「わぁ……」

ハルヒロは思わず声を洩《も》らしてしまった。

オーバーラップ文庫&ノベルス NEWS
第7回
オーバーラップ
文庫大賞
金賞
文庫
注目作
受賞作発売!!
星詠みの魔法使い
1.魔導書作家になれますか?
著:六海刻羽　イラスト:ゆさの
ノベルス
注目作
「僕は君に三度目惚れしたんだ」
亡霊魔道士の
拾い上げ花嫁1
著:瀬尾優梨　イラスト:麻先みち

2101 B/N

「スターやんなあ……！」

ユメが何かよくわからないことを言った。よくわからないのだが、少しわからなくもないような気もする。

ゴーレムが、ぐ、ぐ、ぐ、と首をもたげて、トキムネを振り仰ぐ。

「ヤァハアァーーーーッッ……！」

トキムネがゴーレムの頭上で一回転、――はしないで、半回転で留《とど》めた。

すると、どうなるか。

当然、トキムネの足が上を、頭が下を向く。

ついでに言うと、トキムネはゴーレムの頭上というより、顔面上にいる。

トキムネは長剣を突きだして、そのまま落下する。

「フィニィイイイイィーーーーーーーーーーーーーーッッッシュ……ッ！」

刺さった。

突き刺さっちゃったよ。

ゴーレムの赤く光る目のような部分に、トキムネの長剣が、ズザザッと。

深々と。

根元まで。

「――セェッ……！」

トキムネはすぐさま長剣を引き抜いて、トーン、トトーン、といった具合にゴーレムの巨体上でステップを踏み、石床に降り立った。

両脚を揃《そろ》えて背筋を伸ばし、盾を引き寄せる。爪先に向けた長剣の切っ先で、すうっと半円を描き、真上まで持ってゆく。

「……う、わっ」

クザクは棒立ちになっている。見とれているのだろう。

ランタはゴリッと奥歯を噛《か》んだ。

「カッコいいじゃねェーか、クッソ……」

ゴーレムは動かない。目のような部分はもう、ほのかにも光っていない。

「イエス……ッ！」

キッカワがトキムネと同じポーズをとった。トキムネみたいに恰好よくはない。

「ナンヤカンヤゆーてますケドモー、アンナさんのタマモノですカラネー！」

アンナさんの自信というか、あの圧倒的な自己肯定感の源泉はどこにあるのだろう。

「そうだな」

トキムネは片目をつぶってみせた。

「ぜんぶアンナさんのおかげだ。アンナさんが最高だから、そんなアンナさんと一緒にいられる俺たちも最高だぜ！」

源泉はきっと、あなたなんでしょうね。

　トキムネがあんなふうに全面的、大々的に肯定するものだから、アンナさんはああいう人になってしまったのではないか。それとも、もともとアンナさんはああいう人だから、トッキーズのシンボル的な存在になりえたのか。どちらなのだろう。

　どのみちハルヒロは、トキムネのようにもアンナさんのようにもなれない。少しだけうらやましいが、べつになれなくていいかな、とも思う。ならないほうがいいかも。

「――スッ、スッ、スッ……！」

　キムラが笑いだした。あれはどういう笑い方なのか。ひょっとして、歯と歯の間から笑い声を押しだしているのだろうか。丸眼鏡のフレームを押さえ、レンズをギランギラン光らせている。

「あなたがたは、じつに、じつに才能豊かで、かつ個性的で、まったくもって頼もしい義勇兵たちですねえ。ワタクシは感銘を受けていますよ。スッ、スッ、スッ。よもやこれほどまでとは……」

「なんか、ラスボスっぽくもある言《い》い種《ぐさ》なんすけど……？」

　クザクの言うことも微妙にわからなくはない。

「べへェッ！」

　笑い方がやばすぎなんだよ。キムラ。

「そう思われるのならば、あるいはそうなのかもしれませんねえ」

「とりあえず否定しようよ……」

ハルヒロは思わず口を挟んでしまった。キムラはのけぞって額を押さえた。

「──アヒィィージョアァァーッ！」

だから、恐ろしいんだってば、笑い方が。もはや、それは笑ったのか、違う感情表現なのではないかとツッコまざるをえない別次元の何かだ。アヒージョって。でも、ツッコんだら負けのようにも思えるので、あえてツッコまないけど。

「クッ……」

見れば、イヌイが二階にいる。知らぬ間に上がっていたようだ。いったいどこから上がったのか。二階には手すりというか胸壁のような部分があり、イヌイはそこに両手を置いて肩を落としている。

「俺の出番が……」

「──ンなの知るかよ……ッ」

図らずもランタに共感してしまった。

「いや？」

トキムネが中庭の奥のほうに目をやる。

「そいつはどうかな」

「ヌッ……!?」

イヌイが胸壁の上に跳び乗った。それだけではない。

「トゥオォォォォーーーーーーーーーーウ……!」

イヌイは胸壁から一階へと身を躍らせる。いきなり何なのか。まさかとは思うが、こっそり二階に上がって出番をうかがっていたのに、活躍する機会がなかったものだから、ダイヴで見せ場を？　アホなのかな？

違った。

イヌイが今まさにダイヴを敢行した胸壁が、弾《はじ》け飛ぶ。飛んできた何らかの物体によって、破壊されたのだ。

イヌイがうまいこと着地を決めたのかどうかなんて正直どうでもいい。二階の胸壁をぶち壊したのは弾丸だろう。ホーントか。

「各自、華麗に回避しろ……!」

トキムネがやたらといい声で指示を出す。華麗に、は要らないと思うのだが。来る。来る。ばんばん飛んでくる。弾丸だ。

「ウエエエェェェエェェエエェー……!」

「イヤッハァー……!」

「なんすかこれ!」

「クソがぁ！」

「フ●ァーーーック……！」

「ボヘハヘハァァァァァァァ！」

「やかましいな……」

飛び交う声だけ聞くと阿鼻叫喚《あびきょうかん》だし、ハルヒロ含めて皆、逃げ惑ってはいるのだが、今のところはなんとか全員、弾丸を食らわずにすんでいるようだ。トキムネなどは、たまに盾で弾丸を打ち払う以外、ほとんど動かない。タダは飛んできた弾丸を戦鎚で淡々と打ち落としている。敵の位置や数を見極めようとしているのだろう。ハルヒロも逃げ回りながら、一応そうしようと努めているのだが、どうだろうか。

「……敵、動いてないですか!?」

「ああ、動いてるな」

トキムネが優雅に肩をすくめてみせる。

「ホーントは動かないんじゃなかったか？」

なんか、あの人を見ていると、危機意識が薄らいでしまって、いいのやら悪いのやら。

「ゾフォッ！　動きませんねえ」

キムラが丸眼鏡を光らせる。

「ホーントならば動かないはずです。——もしや、新型ですか!?」

「や、でも、あれって……」

ハルヒロは足を止めた。やはり二階だ。弾丸が床や壁にぶち当たる音とはまた別の音がする。何か大きなものが、移動しているのか。それによって、二階の床を軋《きし》ませている。つまり、足音なのか。一階から二階はあまりよく見えない。いや、でも、見えてきた。

「ゴーレム……!?」

一階でさっきトキムネが倒したゴーレムと、おおよそ同じような姿形だ。頭部の中央に赤い光が灯《とも》っている。でも、一階のゴーレムほど大きくはない。一回り小さいようだ。小型、と表現するのは若干抵抗を感じる。まあ、中型といったところだろう。

中型ゴーレムが二階の奥からこっちに向かっている。一体ではない。二階はU字形で、向かって右側から一体、左側からも一体。あわせて二体だ。——で?

今も続々と飛んできている、この弾丸は？

ホーントはどこにいるのか？

「わっしょーい……!?」

キッカワが喚声を上げた。どういうことだよ、わっしょいって。

「あれ、生えてなーい!?　生えちゃってなーい!?　ゴーレムにホーントがぁっ……!?」

「新型ァァ!?」

キムラは首を振る。

「――いいえ！　新型とは呼べませんねえ、あれはただゴーレムにホーントが根づいているだけ！　ハイブリッドとでも称すべきモノ……！」

呼び名なんてどうでもいいが、中型ゴーレムの左右の肩にホーントが三匹ずつ、身を寄せあって寄生している。

「ゴーレムキャノンってトコか……ッ!?」

ランタが言う。ちょっと長いような。

「略して、ゴレキャ！　デスヨネー……!?」

いい具合にアンナさんが略してくれた。

二階右側からゴレキャAが、左側からゴレキャBが、次々と弾丸をぶっ放しながら近づいてくる。

「――っわ……！」

クザクが弾丸をよけて横っ跳びし、その先に別の弾丸が飛んできたものだから、危うく直撃を食らいそうになった。間一髪、斜めに体を転がし、どうにか回避した。

アンナさんやメリイ、キムラは、セトラの引率で、吹き抜けになっていないところに移動している。あそこなら無事か。いや、二階右側にいるゴレキャAからは死角になって見えないだろうが、二階左側のゴレキャBがセトラたちに弾丸を放ちはじめた。

「コォォ！　イキヒィィ！　キテハアァァ！」

キムラが鎚矛《つちほこ》とバックラーで弾丸をバツバツンッと防いだりしているが、トキムネやタダではないので、ずっとは続かないだろう。キムラは変人だが、神官だ。タダさんも神官なのだが。アンナさんも神官だ。ひょっとして、神官は全体的にアレなのか。ひょっとして、ここにいる神官でまともなのは、メリイだけなのではないか。

それはそれとして、早くゴレキャAとBをなんとかしないと。

ちなみに、ハルヒロはちゃっかり隠形《ステルス》していて、今のところは狙われていない。ゴレキャにも隠形《ステルス》は効果があるようだ。

「デルム・ヘル・エン・バルク・ゼル・アルヴ……！」

突然、ミモリンが爆発《ブラスト》を発動させた。いや、突然ではない。イヌイがダイヴした二階の胸壁付近にゴレキャBがやってきた。そこの胸壁は弾丸によって破損している。ミモリンはそこに爆発《ブラスト》をぶつけた。

「ミモリさん、ナイス……っ！」

キッカワが弾丸を盾で弾きながら、歓呼の声を上げる。自分が危機に瀕《ひん》していても、仲間をアゲる系の合いの手は積極的に入れてゆく。あの根性はすごい。

ただでさえ壊れていた胸壁が、爆発《ブラスト》でさらに、そして、その部分の床も砕け、崩れる。

爆煙、瓦礫《がれき》とともに、ゴレキャBも一階に落下する。

「クザァァーク……ッ！　今度はオレらでやンぞ……ッ！」

「うっす……！」

ランタが稲妻のごとくジグザグに駆けてゆく。クザクはあんな器用というか、奇天烈《きてれつ》な
走り方はできない。まっしぐらにゴレキャBへ突進してゆく。

「どうするか」

トキムネは二階右側のゴレキャAを見すえている。

タダは弾丸を戦鎚《せんつい》でガツッと打ち払った。

「僕が二階に打ち上げてやろうか？」

「うーん。あれはなあ。あんまりなあ……」

ものすごく余裕ぶっこいちゃっているが、いいのだろうか、それで。まあ、緊迫感を漂わせて、集中力を高め、必死になって、というのはトッキーズの流儀ではないのだろう。なるべくリラックスして、何事も面白おかしく楽しんでしまう。そういうやり方なのかもしれない。やりたくてもできないけどね？　普通は。トッキーズはあからさまに普通ではない。だから、普通ではない方法が合っているのか。

そんなトッキーズの中でも、まあまあ強烈に普通ではないイヌイは何をしているのか。最初、イヌイはどうやって二階に上がったのだろう。

謎は解けた。

イヌイは石壁をよじ登って二階を目指している最中だった。

そこは普通なのかよ。

ツッコみたい気持ちを抑えて、ハルヒロもイヌイを真似《まね》することにした。登るのはけっこう得意だ。もしかしたら、記憶を失う前、岩壁登りが趣味だったのかもしれない。それとも、断崖絶壁などを日常茶飯事的に登るような、荒々しい暮らしをしていたのか。

いずれにせよ、先に石壁をよじ登りはじめていたイヌイよりも早く二階に上がってしまったものだから、さあ大変だ。

大変、でもないか。ゴレキャAはハルヒロの存在を感知していないようだ。両肩のホーントから一階めがけて弾丸をばんばん撃ちだしている。その模様をただ眺めているだけ、というわけにもいかない。ハルヒロはゴレキャAに近づいてゆく。急ぎはしないが、そろりそろり、というほどゆっくりでもない。もちろん、用心してはいる。しかし、ゴレキャAに気づかれたら一巻の終わりかといえば、そんなことはない。弾丸が飛んでくるとしたら、その前にゴレキャAが体を、ないしはホーントの弾丸射出口である頭をこっちに向けるはずだ。ようするに、準備動作がある。その段階で回避行動に移ればいい。二階から一階に飛び降りてしまえばいいのだ。すると、ハルヒロは二階の真下に落下する。ゴレキャAにしてみれば、狙い撃ちするのが難しい位置だ。着地に失敗したとしても、死ぬような高さではない。多少の怪我《けが》なら、神官が何人もいることだし、すぐ治療してもらえる。どう考えても、びくびくしようがない状況だ。

ハルヒロはゴレキャAの背後に回りこんだ。イヌイはどうしているだろう。ちょうど二階に上がったところか。イヌイもゴレキャAに気づかれていない。

ここからはやや緊張する。でも、時間をかければ成功率が上がるというものでもない。むしろ、迅速に片づけてしまうべきだ。

ハルヒロはゴレキャAに肉薄した。ゴレキャAの体高はせいぜい四メートルといったところだろう。

登るのは得意だ。ゴレキャAは人型で、当然、平板ではないから、余計に登りやすい。ハルヒロはあっという間にゴレキャAの頭部に手をかけるところまでよじ登った。その時点でゴレキャAはハルヒロを異物として感知したようだ。身をよじってハルヒロを振り落とそうとしたのかもしれない。でも、ゴレキャAは人間のように柔軟な背骨を持っているわけではなく、胴体だと腰あたりに可動部があるだけらしい。しかもその動き方は、ぐ、ぐ、ぐ、という感じで、いかにも鈍重だ。必死にしがみつくまでもない。

ハルヒロはダガーを抜いて、ゴレキャAの両肩に寄生しているホーントどもを次々と始末していった。食堂でタダに打ち上げられたときと比べたら、楽々と表現しても差し支えない簡単な仕事だ。

「クッ……！　俺の出番が……！」

イヌイが何か文句を言っている。知ったことではない。

合計六匹のホーントを土くれに変え終えると、ハルヒロは試しにゴレキャAの頭部に組みついて、赤く光っている目らしき部分にダガーを突き立ててみた。というか、突き立てようとしたのだが、ダガーの刃が弾《はじ》かれた。そこはガラスのように透明で、その奥で何かが赤い光を放っている。ガラス的なものは傷ついているものの、これを破壊するとなるとよりいっそう強い力を加える必要がありそうだ。もしくは、根気強く同じ場所を何度も攻撃するか。

やってやれないことはないのかもしれないが、花を持たせる相手はいくらでもいる。ハルヒロはゴレキャAから飛び離れ、二階の胸壁上に降り立った。

ゴレキャAが突っこんでくる。

ハルヒロは後ろに跳んだ。

胸壁の後ろなので、そこには何もない。このまま一階まで落下することになる。胸壁に突撃してぶち破ったゴレキャAも、そのまま一階に落ちてゆく。

「ハルくん……！」

「ハル……！」

「ハルヒロ……！」

ユメとメリイ、ミモリンの声がした。心配してくれるのはありがたいが、まあなんとか大丈夫なのではないか。

トキムネなら、空中で恰好《かっこう》よく一回転して着地を決めたりするところなのかもしれない。むろんハルヒロは、トキムネのようなカリスマ性、スター性に溢《あふ》れた人間ではないから、安全に、体を痛めないことを最優先する。食堂でタダに何度も打ち上げられたあの経験が役に立った。人生、何が幸いするかわからないものだ。着地の瞬間、関節を抜くようなイメージで衝撃を和らげ、転がって起きる。一階に落ちたゴレキャAには、すでにトキムネとタダ、おまけにキッカワが殺到しようとしていた。

「オーゥラァーイ……！」

「ええいどけ、キッカワ！　僕の邪魔だ……！」

「ワオッ、すませぇーん！　メガソーリィー……！」

「よし、どっちがとどめを刺すか、競争だ、タダ……！」

「僕に決まってるだろうが……！」

ゴレキャAは主にトキムネとタダに任せてしまってよさそうだ。

「つぇーあ……！」

見れば、クザクがゴレキャBの赤光りする目玉的な部分に大刀をぶちこんだところだった。ランタがクザクの後ろ頭をはたく。

「ヴァッカ、テメー！　〆はオレにやらせろっつーの……！」

「――ってぇ！　叩《たた》くかな、普通!?」

「このオレ様が普通なワケねェーだろうが、ヴォケッ！」

「あぁ。そりゃそうっすよね。納得」

「——ハルヒロ！」

ミモリンが駆けよってきて、ハルヒロの顔面を両手で挟んだ。

「ハルヒロ！」

「……にゃんれふか？」

「怪我は、なさそう」

「……にゃいれふけろ」

「よかった」

やめて欲しいのだが、そんなふうに涙ぐまれると、邪険にするのも気が引ける。

「……はなひてふへない？」

でも、やっぱりやめて欲しい。

ミモリンはうなずいて、解放してくれた。

助かった。

8．どこにでも隙は生じる

中庭から出る扉は一階ではなく、二階にあった。階段などは見あたらなかったので、全員、胸壁と床が崩壊している箇所から二階によじ登った。約一名を除いて。

アンナさんだけは自力でよじ登りたくないと駄々をこねて、タダにおんぶしてもらうことになった。しょうがないとか言いながら、アンナさんのわがままを基本的には丸呑《まるの》みするのはどうかと思う。甘やかしすぎなのではないか。それがトッキーズの方針なのだろうし、ハルヒロが口出しする筋合いではない。でも、二階に上がって、扉の前まで来ても、アンナさんはまだタダにおぶさったままでいる。それはどうなのだろう。

「何だ？」

タダは威圧的だし、おんぶしてもらっているアンナさんはふだんより目線が高くて気分がいいのか、下目遣いで愉快そうにハルヒロを見下ろしている。

「……や、何でもないです」

「パルピロ！」

仮面の暗黒騎士が進みでて、扉のへこみに手を当てた。

「そろそろオレにやらせろ！　まッ、もうやってってッケドな、ガハハハッ！　オッ……!?」

扉が内側に折り畳まれるようにして開いてゆく。

「シノハラくんやレンジ氏らは、すでに解錠していたようですねえ」

キムラが丸眼鏡をキラッと光らせる。

「――さてはて。あなたたちの実力の程はよくわかりました、……が！　ここまではプロローグにすぎません。墓所の本場は玄室、すなわちここからであるといっても過言ではないのです。ワタクシたちオリオンも、玄室の回廊、前室、中室までしか到達できていません。あなたたちといえども、玄室では文字どおりの死闘を覚悟していただきたい」

「回廊は、こんな形で……」

ハルヒロは指で宙に、コ、を描いてみせた。

「おれたちが開けた扉と、シノハラさんたちが開けた扉は、少し離れてるんですよね」

「そのとおりです。回廊のちょうど中間地点から、前室へと通じる廊下がのびています」

「死闘か」

タダは左手の人差し指で眼鏡のブリッジを押し上げた。

「悪くない。アンナさん、降りてくれ」

「エェー」

アンナさんは渋々と不承不承を絵に描いたような顔をしてタダの背中から離れた。

「ホワーイ、アンナさん自分の足でチンタラチンタラ歩かなきゃならねーデスカネー。やってられっかデスヨー」

ホワーイ、まだタダにおんぶしてもらっていたのか、自分の足で歩けよ、というのがハルヒロの正直な気持ちだが、口に出したりはしない。

「それじゃ……」

先頭に立って回廊を進もうとしたら、トキムネに制された。

「待て、ハルヒロ」

「……はい？」

回廊は高さも幅も三メートルくらいで、今まで通ってきた墓所内の廊下と同じような造りだと思われる。照明らしきものはなさそうだ。中庭は明るいので、その光が射《さ》しこんでいるが、奥のほうは暗くて見えない。

音がする。ハルヒロは耳を澄ます。何の音だろう。

近づいてくる、ような？

つた、つた、つた、という感じの、この音は。

足音か。

「来るぞ」

タダがそう言うなり戦鎚《せんつい》を引っ担いで進みでる。

「……タダさんって、なんで神官に？」

「あぁ？」

タダは振り向かずに答えた。

「戦って怪我《けが》しても、自分で治せるだろ」

「……です、よね」

そんなことだろうと思った。

つたつた音はどんどん迫ってくる。タダが駆けだす。

「ムッ……!?」

キムラが丸眼鏡をギラッと光らせる。

「その敵は……──」

「ぬおぉぉあああぁっ……!」

タダが肩に担いだ戦鎚を鋭く振り下ろす。その寸前になって、ハルヒロはようやく敵の姿を視認することができた。

けっこう不気味だ。白くて、ぬっぺりした、脚だけが走ってくる、みたいな。脚だけ、は言いすぎか。つたつたたつたつた走ってくる白い下半身。そんな見かけだ。

「──どっ……!?」

タダの叫び声は爆音にのまれた。タダの戦鎚が白い下半身をとらえた瞬間、白い下半身が破裂したのだ。

「光よ、ルミアリスの加護のもとにィィ」

キムラが額に手を当てて六芒《ろくぼう》を示す。白い下半身が爆散して吹っ飛ばされたタダだが、とっさに左腕で顔面だけは庇《かば》ったようだ。でも、体の前面が裂けたり削《そ》げたりして、かなりひどいことになっている。キムラはひっくり返っているタダに掌《てのひら》を向けた。

「光の奇跡《サクラメント》ォォ！」

強烈な光が溢れ、タダの傷がみるみるうちに修復されてゆく。

「タダ！」

トキムネが噴きだした。

「自分で治せるって言った先から！　いいボケだな！」

「一発ギャグに近いデスヨネー！」

アンナさんは腹を抱えて笑っている。いや？　笑うところかな？

「――黙れ！」

タダは跳び起きて戦鎚を構えた。

「何だ、今のは!?　少し痛かったぞ……！」

あれを少し痛かったと表現できる神経がすごい。というか、やばい。キムラの光の奇跡《サクラメント》がちょっとでも遅れていたら、下手をすると死んでいたかもしれないのに。あと、アンナさんは神官だから、笑ってはいけない立場なのではないか。

「スペクターです」

キムラが言う。

「得意技は自爆ですよ。というよりも、自爆しかしません。危険な敵です」

「接近戦はまずいってこと……!?」

クザクが叫ぶ。

「ふんにゃあ……！」

ユメが片膝立ちになって、回廊の先に矢を射た。次々と射かける。

どっふぉーん、というような破裂音が二度、三度と響き渡った。ユメの矢がスペクターを撃ち抜いて、自爆させたのだ。でも、回廊は暗いから、標的を狙い撃ちすることはできない。ユメは数撃ちゃ当たるとばかりに矢をばらまいているだけだ。

矢を食らわなかったスペクターが、こっちに突進してくる。

「暗黒よ、悪徳の主《しゅ》よ……！」

仮面の暗黒騎士が刀の切っ先から禍々《まがまが》しい瘴気《しょうき》のようなものを放った。

「暗黒波動《ドレッドウェーブ》……！」

瘴気に包まれたスペクターが爆散する。

「うなななななあ……！」

ユメはさらに十本以上の矢を射て、四、五匹のスペクターを自爆させた。迫ってくるスペクターはいない。

「ヘッ！　もう打ち止めかァ!?」

まるで自分が一人でぜんぶ成し遂げたかのように、愛用の刀をひっさげて意気揚々前進しようとしたランタが、つんのめりそうになった。

「──ンオゥ……ッ!?」

「シャドーか！」

セトラが槍《やり》でランタの足許《あしもと》を突く。扁平《へんぺい》な黒蛇といったようなシャドーが、ランタの左足に巻きついていたらしい。

「よ、余計なコトしやがって……ッ！」

「なんで素直に感謝できないんすかね！　あれっ……!?」

クザクが身をよじる。どうやらクザクもシャドーに絡みつかれているようだ。

「う、動けないんすけど……！」

「自分でどうにかしろ」

「セトラサン、俺に厳しくないっすか……!?」

「ウハハッ！」

ランタがクザクの両足に取りすがっているシャドーを刀でバババッと斬り裂く。

「嫌われてンんだっつーの！　気づけ、アホゥッ！」

「ショックだわぁ！」

クザクは大刀を振り上げた。天井から何匹ものシャドーが落ちてきたのだ。

「ワーウゥ……！」

キッカワがランタンを床に向ける。そうとうな数のシャドーが音もなく床を這《は》っている。

いや、床だけではない。見れば、壁を這ってくるシャドーもいる。さっきクザクが何匹か斬ったが、シャドーは天井伝いにも押し寄せてきているようだ。

「一斉攻撃か！」

トキムネは長剣をくるっと回して、草を刈るように低い位置のシャドーを斬り払い、盾で壁のシャドーを潰した。

「スペクターも来るみたいだぞ！」

たしかに、つたつた音が聞こえる。

ユメがすかさず矢を射て、どっふぉーん、とスペクターを自爆させた。

「ハルくん、矢ぁがなあ、もうそんなにないかも！」

「了解！」

そう返事をしたはいいが、どうしたものか。

「俺にアイディアがある」

トキムネが颯爽《さっそう》と躍り出た。

スペクターがやって来る。

「にゅっ……！」

ユメが矢を射ようとした。でも、トキムネが前にいて邪魔だ。というか、トキムネほどの男がユメの射線を理解していないはずがない。トキムネはあえてユメの前に立った。射るな、自分に任せろ、ということだろう。

「気づいたか!? スペクターは、自爆するまでタイムラグがあって――」

トキムネは、とーん、と跳んで長剣をくるっと回し、ズパッ、とスペクターを斬った。それとほぼ同時に、盾で一撃する。スペクターを押しやりながら、トキムネは跳び下がったようだ。

結果的に、どっふぉーん、と爆散するスペクターとトキムネとの間には、数メートルの距離ができていた。

「うん」

トキムネは振り向いて、白い歯を輝かせた。

「こんな具合だ。わかったか？」

「……おいそれと真似《まね》はできませんけどね？」

「そうか？ やってみたら、意外と簡単だったぞ」

トキムネには簡単でも、みんなにとってそうだとは限らない。

「ものはためし」

ミモリンが飛びだした。

「えっ……」

なぜよりにもよってミモリンが。しかも、シャドーを引きずっている。動きを封じようとしているシャドーを両脚に絡みつかせたまま、ミモリンが力走した。

「ミーモリィーン……!?」

アンナさんが絶叫する。

「ゴオオォォォォーーーーッ！　デスヨネー……!?」

なぜ止めないのか。トッキーズの考えることはわからない。ハルヒロが止めればよかったのだろうが、完全に時機を逸してしまった。ミモリンはもうトキムネを追い越している。ちょうどスペクターも来た。来てしまった。やばいって。ミモリンはミモリンですごい人だが、トキムネとはカテゴリーが違う。まったく別だ。どう考えても、トキムネがやってみせたあの芸当は無理だろう。

「マリク！」

ミモリンは走りながら、長剣の先でエレメンタル文字を描いた。

「エム・パルク！」

魔法の光弾《マジックミサイル》がスペクターめがけて飛んでゆき、炸裂《さくれつ》する。いや、あの光弾にあそこまでの威力はない。衝撃によって自爆を誘発したのだろう。

「……魔法使いだもんな、ミモリン」

すっかり忘れていた。

「オリジナリティーだな！」

トキムネが軽やかに笑う。

そうですね。――そう、……なのかな。

「マリク・エム・パルク！」

ミモリンはぐるっと回って長剣の先でエレメンタル文字を描き、さらに魔法の光弾《マジックミサイル》を発動させる。

「マリク・エム・パルク！」

自爆に次ぐ自爆。ハルヒロには暗い回廊の奥から駆けてくるスペクターの姿が見えないのだが、ミモリンは違うのか。ちゃんと見えているのだろうか。

「マリク・エム・パルク！」

それとも、でたらめなのか。ともあれ、またスペクターが自爆した。

「マリク・エム・パルク！」

そして、自爆。それにしても、どうしてミモリンは魔法の光弾《マジックミサイル》を発動する際、いちいちぐるっと回るのか。あれは必要ない。

「マリク・エム・パルク！」

どう考えても明らかに無駄な動作だと思ってしまう、ハルヒロの心が狭いのか。頭が硬いのだろうか。

「マリク・エム・パルク！」

「オーイェイ……！」

キッカワが体をくねらせて踊っている。

「自爆の花が咲いちゃってるぅー！　フラワーっ！　ミモリンさん、イエスイエスッ！」

「うちは全員、千人力すぎだな」

トキムネは長剣でシャドーを斬り払う合間に肩をすくめてみせた。

「最高にも程がある！」

ちなみに、ハルヒロたちも床や壁を這ってくるシャドーの処理に大忙しだったりする。おかげで、キッカワみたいに踊っている暇はなかったりする。というか、踊っている場合じゃないよね？

「クッ……！」

イヌイはなぜかシャドーどもに絡みつかれて、がんじがらめにされているし。トッキーズ、全員が千人力ではないよね？　ひょっとして、イヌイ、これっぽっちも役に立ってなくない？

「フーム……」

キムラが丸眼鏡をキラッと光らせ、ニヤッと笑う。

「マァァーイルド。……ですねえ」

意味不明にも程があるよ。

「タダーッ！」

シャドーから逃げ惑うアンナさんは、どうするつもりなのか。

「よし来い、アンナさん！」

タダが受け容《い》れるようだ。受け容れる？　タダは屈《かが》んで、どうするのか？

「合体するぞ！」

「デスヨネー……！」

アンナさんはタダに跳び乗った。

肩車だ。

「――パゥワーアァーップ！　デショーガァー……！」

「百倍だ！　うぉらあ……！」

タダはアンナさんを肩車したまま、戦鎚《せんつい》をぶん回して床のシャドーどもを巻き上げ、壁のシャドーどもを吹っ飛ばす。あれは百倍、なのか。アンナさんは小柄だが、けっこうみっちりしているので、そんなに軽くはないだろう。そこそこ重いと思う。

「つぇあ……！」

それでもタダは元気に戦鎚で壁を一撃する。おそらくその衝撃で、ミモリンの頭上から大量のシャドーがどさどさどさっと落ちてきた。

「——ぬっ……」

あっという間にミモリンが見えなくなった。シャドーだ。ミモリンがシャドーの大群に埋もれてしまった。

「ハルヒロ！」

トキムネがいつになく真剣な表情、切迫した声で言う。

「頼む、行ってくれ！」

「——おれが……!?」

正直、お断りしたかったが、おぞましき暗黒のかたまりみたいな有様になっているミモリンをあのままにしておいたら、窒息死してしまうのではないか。それはさすがに寝覚めが悪い。べつにハルヒロは、ミモリンに対して悪感情を抱いているわけではないのだ。なぜか一方的に強い好意を持たれているようで、戸惑うばかりの今日この頃なのだが、死んで欲しくはない。

「とはいえ、だよ……！」

なぜハルヒロなのか。トキムネが行けばいい。アンナさんと合体しているタダとか、キッカワでも、イヌイでもいいわけだし。イヌイは無理か。無理だろう。

ハルヒロは駆けた。床のシャドーを踏んづけ、跳び越え、ひた走る。

ダガーを鞘《さや》に収めて、おぞましき暗黒のかたまりに両手を突っこむと、シャドーどもがどしゃーっと襲いかかってきた。かまわずミモリンを抱き寄せ、力任せに引っぱる。

「……ハルヒロ！」

「ぐなあああああぁぁ……！」

叫んだら、口にシャドーが入りこんできた。

「——ごぼぉっ……!?」

もちろん苦しい。シャドーは喉の奥をふさごうとしている。させるか。ハルヒロはシャドーをガシッと噛《か》み止め、ミモリンをおぞましき暗黒のかたまりから引きずり出そうとする。でも、引っぱっても引っぱってもシャドーはついてくる。

「光よォォ！　ルミアリスの加護のもとにィィ！」

キムラ。この声はキムラか。

「戒めの光《スコルド》ッッッ！」

「ぎゃっ！」「んくっ……！」

何だろうか、これは。光が暴徒と化して殴りかかってきたような。全身が痺《しび》れていて、指一本、動かせない。ハルヒロだけではなく、ミモリンも同じなのか。それから、二人にまとわりついているシャドーも。

「――フゥームゥ……」

キムラ。

何したんだよ、キムラ、あんた。

「さしたる意味はありませんでしたか。やはり……」

やはりってどういうことだ。意味はなかったって。なるほど。こういうことか。

痺れはすぐに和らぎ、体が動くようになったが、それもハルヒロとミモリンばかりではなく、シャドーもまた同様のようだ。結局、ハルヒロとミモリン、そしてシャドーどもは、数秒間、仲よく動作停止《フリーズ》していただけで、状況は変わっていない。

「うべええあぁ……!?」

いや、悪化した。動けるようになってすぐ、シャドーが喉奥にまで。

「むぬぅ……!」

ミモリンも何やらあわあわしている。

やばい。見えない。何も見えなくなった。シャドーか。顔にシャドーが。

「ハル……!」

メリイだ。メリイが、あれか。ハルヒロの喉奥に突撃してきたシャドーを引っこ抜いてくれたらしい。ついでに、目をふさいでいたシャドーも引っぺがしてくれた。

「キムラも手伝って!」

メリイに命じられて、呼び捨てにされたキムラが「――はいぃっ！」と、妙にキレのいい返事をした。

メリイがハルヒロを羽交い締めにして引っぱり、キムラが鎚矛《つちほこ》とバックラーをかなぐり捨て、ミモリンに群がっているシャドーを素手で払いのける。

「まだ来るみたいだな……！」

トキムネが、ひゅっ、と跳んでいって、スペクターを長剣で叩《たた》っ斬るなり盾で押しやり、自爆させる。

「ふちょお……！」

ユメが連続で矢を放ち、二匹のスペクターを撃ち抜いて、どっふぉーんどっふぉーん、と爆散させた。

「――矢ぁがゼロやあ！」

「オレ様がいるだろうがァ……！」

ランタはトキムネのさらに向こうまで駆けてゆき、右側の壁際から左側の壁際まで瞬時に移動した。

どっふぉーん、とスペクターが自爆する。

ランタが斬ったらしい。

「カカカッ……！　やってみりゃーァ余裕じゃねーか！　さッすが、オレ……！」

「んぬー。今のはかっこよかったなあ」

「そッ、そーかァ？　カカカッコよかった？　まァ、トーゼンだけどよ、オレだし……」

「——けどさぁ！　てんで進めないっすね……！」

クザクの言うとおりだ。本当に進めない。

メリイと、それから一応キムラのおかげで、ハルヒロとミモリンに絡みついていたシャドーはおおかた追い払ったり、踏み潰したり、斬り捨てたりした。でも、シャドーはあとからあとから床、壁、天井を伝って攻め寄せてくるし、スペクターも断続的に自爆攻撃を仕掛けてくる。ハルヒロたちは玄室の回廊に足を踏み入れた地点から、ほとんど前進できていない。ずっとその付近で足止めされている。

現時点では、まだそこまで消耗していない。体力的には。でも、ユメの矢が切れたように、それこそ刀折れ矢尽きるときが、いつか必ずやってくるだろう。

いったん退《ひ》いて態勢を立て直そうにも、どこまで退けばいいのかという問題がある。敵は追撃してくるに違いない。それに、オリオンによると、墓所の敵は玄室のどこかにいるというリッチキングが健在である限り、再生する。後退したら、やっつけたはずの敵が待ち構えていました、という事態に陥りかねないということだ。

この状態はよろしくない。退くなら退くで、シノハラたちと合流してからだ。とりあえずは進まないといけない。是が非でも進むしかない。

「トキムネさん！　少しずつでも押し上げましょう！　できるだけ早く、あっちと合流しないと！」

「ああ、任せろ！」

ここで、躊躇《ちゆうちよ》なく笑顔でそう言いきってしまえるような人間に、ハルヒロもなりたい。難しいかな、という気もする。トキムネはいきなりスペクターを二匹、爆散させて、五、六メートルほども前進した。あのスペクター処理法は、斬って押して下がる、という一連の動作が肝だ。一歩進んでも、そのぶん下がらないといけない。スペクターを自爆させ、さらに別のスペクターを自爆させる、その合間に距離を稼ぐのは、口で言うほどたやすくはない。しかもトキムネは、その間に相当数のシャドーを斬り払ってもいるのだ。

「みんな、俺についてこい！　もう一歩も下がらなくていい！」

下がるな、ではなく、下がらなくていい。ああいう表現の仕方一つとっても、やはりハルヒロには選択できない。口先だけ真似《まね》することならできるかもしれないが、行動が伴わないと意味がないわけだし。

「せやぁっ……！」

トキムネはまたスペクターを爆散させる。なんと今回はスペクターを斬って盾で押したあと、下がらなかった。スペクターを押し飛ばした盾で自分の身を守ったのだとしても、あれは度胸がいる。

「――いけるな！　進むぞ……！」

「イエーイ！　俺ちゃんも俺ちゃんもぉー……！」

キッカワはスペクターを剣で突きながら盾で突き飛ばした。

「――ちょわっ……!?」

スペクターが自爆すると、キッカワは尻餅をついた。すぐに立ち上がったので、たいしたことはなかったのだろう。

「いいぞ、キッカワ！」

無茶をするな、おまえに自分の真似は無理だと言わずに、かえって励ますあたりが、いかにもトキムネらしい。

「ちゃーす……！」

キッカワも乗せられて、やる気になっている。失敗したらどうするのか。危ないじゃないか。ハルヒロならそう考えてしまうが、トキムネは仲間を信じているのだろう。うまくいかなかったら、自分が、そして他の仲間たちがカバーすればいい。トッキーズは実際、そうしてきたのだ。無謀だとも思えるが、一人も欠けていない。きっと、トッキーズなりにここから先は本当に危険だというようなラインがあって、そこは踏み越えないようにしている。幾多の逆境、死地を、おそらく好きこのんで乗り越えてきたことによって、トッキーズは独自の危機管理能力を培ってきたのだろう。

「我流……！」

仮面の暗黒騎士が駆け巡る。二匹、三匹と、高速移動斬撃を叩きこんで、スペクターを爆散させる。

「蟬時雨《せみしぐれ》……！　オレ様、カッケェー……！」

ランタはトッキーズ寄りなのかもしれない。だから、ハルヒロとは合わないのだ。

「俺は……！」

クザクは大刀を振り回して、頭上、足許《あしもと》、壁際のシャドーをぶった斬っている。

「やめといたほうがいいっすよね……!?」

「ああ、やめておけ」

ハルヒロの代わりにセトラが言ってくれた。やめておいたほうがいいかな、と思ってしまう時点で、トッキーズにはなれない。いや、クザクまであんなふうになられても困る。なって欲しくない。

「んっ……!?」

トキムネが盾で何かを弾《はじ》いた。

「あれ、──って……」

気が緩んでいたわけではない。でも、ハルヒロでさえ、いくらかは昂揚《こうよう》していた。それがいっぺんに吹っ飛んだ。トキムネは盾で何を弾いたのか。

「弾丸……！」

ホーントがいる。飛んできた。弾丸が。どんどん飛んでくる。

「キッカワ、防ぐぞ……！　キムラもだ……！」

トキムネが盾で弾丸を防ぎながら叫ぶ。

「イエッサァー……！」

同じく盾を持っているキッカワも、弾丸を防御する。

「ヌフォ……！」

キムラもバックラーで弾丸を叩き落とす。鎚矛でも弾丸を打ち返している。

「アンナさん、合体解除だ……！」

「しょうがねーデスネー……！」

アンナさんがタダの肩から飛び降りる。そもそも、その合体は不必要だったと思うのだが。身軽になったタダが戦鎚《せんつい》を振り回して、三、四発の弾丸を一挙に打ち落とす。

「――むぉ……！」

クザクが大刀の平の部分でかろうじて弾丸を受けた。

「チィッ……！」

ランタはひょいひょい弾丸を躱《かわ》している。

「――ンなのぶっ叩いてたら、刃があっちゅー間にアレだしよォ……！」

「っ……！」

ハルヒロもとっさに屈《かが》んで弾丸をよけた。ホーントの弾丸。大きさ、重量、硬さがけっこう絶妙だ。トキムネたちの盾なら、ぶち破られることはまずないし、問題なく防げる。しかし、剣で打ち払うのは難しい。不可能ではないだろうが、よほど頑丈な剣身でないと、刃こぼれしたり曲がったりしてしまうだろう。

「つぇあ……！」

トキムネが盾で弾丸を弾くなり、スペクターを斬って盾で押し飛ばした。スペクター。スペクターもいるのだ。スペクターが自爆して、トキムネはあとずさりそうになったが、持ちこたえた。

「――くっ……！」

間髪を容《い》れず、盾で弾丸を払いのける。もう次のスペクターが。

「マリク・エム・パルク……！」

ミモリンが魔法の光弾《マジックミサイル》を放ってそのスペクターを爆散させなければ、トキムネといえどもちょっと危うかったかもしれない。

「マリク・エム・パルク！　マリク・エム・パルク……！」

ミモリンは魔法の光弾《マジックミサイル》を連発し、スペクターが接近してくる前に自爆させる。

「キィーピラァッ……！　がんばデスヨー……！」

アンナさんが懸命に応援している。

キッカワが弾丸を盾で受け止めそこなって、腹に食らった。

「——ずぉっ……！」

「いけるな……!?」

すかさずトキムネが叱咤《しった》する。あくまで強気だ。

「っっったりまえっしょーっ……！　イエーイ……！」

即座にそう返せるくらいだから、キッカワは大丈夫なのか。盗賊のハルヒロと違って、戦士のキッカワは鎧《よろい》を着けているから、よほど当たりどころが悪くない限り、一発の弾丸が致命傷になることはないだろうが。

「クッ……！」

イヌイが匍匐《ほふく》前進している。速い。

気持ち悪いほど速い。

「ついに俺の出番が……！」

あそこまで身を低くしていれば、飛んできた弾丸が掠《かす》ることもない。イヌイはあの気持ち悪いほど速い匍匐前進でホーントに肉薄し、始末するつもりなのか。

「——おぉぐぉっ……！」

「いや、シャドーがいるって……」

イヌイはシャドーの大群に捕まり、見る間に暗黒のかたまり状態と化した。ポンコツにも程がある。誰も罵らないのは、きっと余裕がないからだ。ハルヒロも正直、ちょくちょく飛んでくる弾丸をよけたり、途切れ途切れに天井や壁、床から襲いかかってくるシャドーを斬り払ったりするので忙しい。周囲の状況を把握しようとするのをやめたら、多少は余力ができるだろう。でも、その余力を使って決定的な仕事を成し遂げられるだろうか。微妙なところだ。微妙どころか、何も思いつかない。果たして、ハルヒロたちはこの局面を打開できるのか。

わりと、やばい、——ような？

トキムネは最前線で体を張っている。キムラもそうだ。二人に全体が見えているだろうか。あれでもキムラはオリオンの参謀格だし、トキムネはあのトキムネだ。そんなふうに盲信して、二人に判断を丸投げするべきではない。ここは、あえて引き気味で皆に気を配っているハルヒロが。出しゃばることになってしまったとしても、ハルヒロが決断するべきなのではないか。

前進はできそうにない。敵の圧力が強すぎる。

とどまるのも、いずれは限界に達するだろう。

だとしたら、退く以外ない。退いてはいけない、退くわけにはいかないから、進もうとした。それでも、進めないし、踏んばってもじり貧なら、退くほかない。

とりあえず中庭まで戻れば、この高さも幅も三メートルほどしかない狭い場所で、敵の波状攻撃にさらされつづけるという過酷な状態からは脱することはできる。ひとまず脱したとしても、その先は？　どうなのか？　どうする？　何か見通しはあるのか？　とくにない、わけだが。だとしたら、それは苦し紛れでしかない。でも、今、決断しないと、次の瞬間、誰かが。そうだ。仲間が命を落とすことだってありうる。さりとて、いきなりハルヒロが退《ひ》こうと言いだしたら、それで混乱を招く可能性も。全員、どうにかこうにか耐えている。このバランスは、ほんの些細《ささい》なことがきっかけで崩れてしまうかもしれない。ハルヒロはそのきっかけを作ろうとしているのではないか。もちろん、そんなつもりは毛頭ないが、結果的にそうなってしまったら。

正直、ハルヒロは、もう退くしかない、と思っていた。

ここにいるのが自分の仲間だけなら、たぶんとっくに退却を指示していただろう。でも、トッキーズが一緒だ。トキムネがいて、キムラもいる。彼らを差し置いて、ハルヒロが決めていいのか。トキムネやキムラも、タイミングを計っているのかもしれない。そのときが来たら、どちらかが何か言ってくれるのではないか。

退くしかない、と思っていながら、確信はなかった。退いてなんとかしよう、というのではない。どうにもなりそうにないので、退かざるをえないだろうという、どこまでも消極的な考えでしかないのだ。

おかげでハルヒロは、物の見事に何もできなかった。とてもイヌイを笑えない。イヌイはイヌイなりに何かしようとして行動した。

悔いる羽目にならなくて、本当によかった。ハルヒロが無為に時間を過ごしている間に、どれだけ後悔しても後悔し足りない、そんな悲劇が起こっていたかもしれないのだ。

「──れえええええぇぇぇあああああああぁぁぁ……！」

遥《はる》か前方、いや実際は、遥かというほど遠くはなかったのだが、とにかく前方、行く手の暗闇を、紫色の稲妻が切り裂いた。

誰かの声だ。人間の。おそらく男の。聞き覚えがある。というより、それが誰か、ハルヒロにはわかっていた。

「すぇえええあああああぁぁぁぁ……！」

あの駆け巡る紫の電光は、ひょっとして剣が走る軌跡なのか。

「レンジ……ッ！」

ランタが叫んだ。

「来やがった、レンジの野郎……！」

9．シンプルにつらい

「あれはァァァ！」

紫電が乱れ舞い、キムラが奇声を張り上げる。

「遺物《レリック》のォォォ！　恐るべき威力ゥゥゥ……！」

「剣鬼妖鎧《アラガルファルド》ってヤツか……！」

ランタが跳び、スペクターに斬撃を浴びせて駆け抜けた。スペクターが爆散する。

「レンジが赤の大陸で手に入れたっつー遺物《レリック》の力……ッ！」

飛んでくる弾丸の数が激減した。というか、もうほとんど飛んでこない。

「トキムネさん……！」

言わずもがなだ。言ったそばから、ハルヒロはそう思った。でも、おまえに言われるまでもないんだよ、といったような態度をとったりしないのがトキムネだ。

「ああ！」

白い歯を輝かせて、トキムネがふたたび前進しはじめる。

「今だ！　行くぞ、みんな……！」

トキムネはこうなるだろうと、つまり、シノハラたちやチーム・レンジのBルート組が加勢しに来てくれるはずだと、期待していたのか。

合わせ解錠が成立した以上、Ｂルート組も回廊に足を踏み入れている。しかし、ハルヒロたちＡルート組が窮地に立たされているのならば、Ｂルート組もまた悪戦苦闘しているに違いない。そう考えるのが自然だろう。Ａルート組もＢルート組も敵に押されて後退する、という展開だって十分ありうる。もしトキムネがＢルート組の救援をあてにしていたのだとしたら、ずいぶん楽観的だ。

でも、Ａルート組がここで耐えていた結果、こうなった。

ハルヒロは、もうだめだ、限界が近い、無理だ、という心理状態で、パニックに陥ってはいなかったと思うが、確実に追いつめられていた。ハルヒロが指揮をとっていたら、Ａルート組はレンジたちが駆けつける前に後退していただろう。

トキムネ以下Ａルート組が、迫るスペクターを爆散させ、シャドーどもを斬り払い、蹴散らして、突き進む。

唐突に紫電が消え失《う》せた。

「ロン」

「おおおぉぉぉっす……！」

横合いから行く手に現れたあの丸刈りの戦士は、ランタンを腰に提げている。手にする大剣はさながら巨大な肉切り包丁だ。ロン。チーム・レンジの戦士ロンが巨大肉切り包丁を振り下ろすと、ずぞぞぞぞぞぞぞぞぞぞぞぞん……と、恐ろしい音が響き渡った。

ロンは何を斬ったのか。ポーンか。ホーントなのか。それとも、小型のゴーレムか。何にせよ、あの巨大肉切り包丁でぶった斬れないものはそうめったにないだろう。ロンが振りきった巨大肉切り包丁は、石床に深く食いこんでいる。どうするつもりなのか。ロンは巨大肉切り包丁の柄《つか》を両手で握り締めたまま、強引に一回転した。そうして無理やり石床から巨大肉切り包丁を引っこ抜き、さらにそのままの勢いでまた振り下ろす。ずぞぞぞぞぞぞぞぞぞぞぞぞん……。今度は斬撃の軌道が斜めだったから、巨大肉切り包丁は石床ではなくて石壁に食いこんだ。

「——ぜあっ……！」

ロンが力任せに石壁から巨大肉切り包丁をぶっこ抜くと、周辺一帯に破片、瓦礫《がれき》が飛び散った。

「力持ちやなあ……！」

ユメが感心している。まったくだが、力持ち、などという言葉で表現していいのか疑問を抱かずにはいられない。

「ジール・メア・グラム・テラ・カノン」

呪文だ。魔法か。白っぽい球体が乱れ飛ぶ。いや、五個、十個、それ以上の白っぽい球体は、でたらめに飛んでいるわけではない。一つ一つがシャドーやホーントなどをしっかりと捉えてゆく。

「グボフッ！　氷結球《アイスグローブ》であの数とは！　しかも、あのコントロールゥゥゥ……！」

キムラが叫ぶ。白っぽい球体に捉えられた敵は、凍りついたように動かなくなった。動きたくても動けないのだろう。

「ジェス・イーン・サルク・フラム・ダルト」

また魔法だ。稲妻が奔《はし》る。

「雷電《ライトニング》ぅぅぅーっ！　イヤーッハァーーーッ！」

キッカワが歓声をあげる。キッカワのように狂喜乱舞する気にはなれないが、たしかにすごい。魔法による稲妻は、白っぽい球体に捉えられて動けなくなった敵を次々と、連鎖的に、というか紛れもなく連鎖して、残らず感電させてしまった。

ハルヒロにはよくわからないが、氷結球《アイスグローブ》、雷電《ライトニング》と、二つの魔法を立てつづけに発動させたことに、何か肝というか、意味があったのだろう。

ここからだとその姿は確認できないが、チーム・レンジには黒縁眼鏡の魔法使いがいる。アダチ。彼がやったのだ。

「でぇあ……！」

ロンが巨大肉切り包丁で何匹かの敵をずぞぞぞぞぞぞぞぞん……と斬り砕いた。その結果、石床にめりこんだ巨大肉切り包丁を、抜いてまた振るいはしなかった。

「……もう片づいたのかよ。歯応えのねえ」

ロンがいるのは、どうやらちょうど突き当たりになっているところらしい。回廊はそこから左に折れている。

そこまで行くと、レンジが壁際に座っていたので、驚いた。あぐらをかいて膝の上に大剣を置き、腕組みをして、目をつぶっている。

「オッ……──」

ランタが何か言おうとしたら、ロンが肩をすくめてみせた。

「あれをやったあとは、ちょっと体を休めなきゃならねえんだよ」

「遺物《レリック》の力、ですか。なるほど……」

キムラが丸眼鏡をギラッと光らせてうなずいた。

「休まなかったら、どうなるんだ？」

トキムネが訊《き》くと、ロンは、んー、と少し考えてから答えた。

「死ぬんじゃね？」

「……え──」

ハルヒロは絶句してしまった。

「しっ……」

クザクが、あはは、と笑う。

「……冗談っすよね？　死ぬとか、それはさすがに……」

「まあ、ほんとのとこはわかんねえけどな」

ロンは「試してねえし」と言って、薄く笑い返した。

「レンジがこうやって休むくらいだから、それなりにやべえんじゃねえの」

「キムラ。トキムネ」

左方向から声がした。

見れば、ランタンを持ったえらく小柄な神官と、黒縁眼鏡の魔法使いが立っている。チビちゃんとアダチだ。しかし、義勇兵たちの間ではチビちゃんで通っているようで、皆、チビちゃんチビちゃんと呼んでいるが、いいのだろうか。チビちゃんで。

「問題ないなら、さっさと行くよ」

アダチのことは、もちろん覚えていない。そもそも、さして接点がなく、付き合いらしい付き合いはなかったようだ。付き合いづらそうな人だな、という印象は受ける。かなり癖の強そうな魔法使いだ。

「助けてあげた礼は、ぜんぶ終わったあとでいい。時間を無駄にしたくないから。レンジ、もう行けるだろ」

「……ああ」

レンジが立ち上がった。顎をしゃくって、ハルヒロたちに何か示している。進め、ということだろう。

ちゃんと口に出して言えばいいのに。なぜそんなにぶっきらぼうなのか。

「サンキュー」

トキムネは片目をつぶってレンジの肩を叩《たた》いた。さすがに器が大きい。この程度のことでモヤッとしてしまうハルヒロは、人間が小さいのだろう。

「……ありがと」

反省して声をかけると、レンジは唇の片端をほんの少しだけ吊《つ》り上げてみせた。笑顔、と表現できるほどの表情ではない。それでも、わっ、あのレンジが、なんか得した、と思わせるものがある。

曲がり角から左に進むと、シノハラ以下オリオンの九人が待っていた。

「やあ」

シノハラが例の笑みを浮かべて片手をあげてみせた。戦略的、合理的微笑。シノハラの腹心にして友人であるキムラがそういったことを言っていたくらいだから、ようするに作り笑いなのだろう。それにしても、すこぶる出来がいい。キムラはシノハラを、とてもいい人間、とも評していた。結局、一筋縄ではいかない、いろいろな面がある、ということなのかもしれない。

「待たせたな」

トキムネがなぜか握手を求めると、シノハラは即座に応じた。

「はい。少々」

「言うじゃないか、このう」

トキムネがシノハラの脇腹を肘で小突く。

「や、やめてください……」

「そのやめろは、ストップじゃなくてゴーのほうのやめろだよな？」

「普通に、ストップのほうのやめろですが……？」

「それは本気で言っているのか？」

「……本気で言っていないと、なぜ思うんですか？」

あの困惑顔まで戦略的、合理的な演技だとは思えない。

シノハラはきっと何か企《たくら》んでいる。だとしても、それが周囲の者たちを陥れるようなひどい陰謀だとは限らないのだ。やはり、根っこの部分はいい人間なのかもしれない。そうであって欲しいものだが、願望と事実は区別するべきだろう。

「ともあれ――」

シノハラたちは三叉路《さんさろ》でハルヒロたちを待っていた。右はハルヒロたちが、左はシノハラたちが通ってきた道だ。まっすぐ進めば、オリオンが前室と名づけた部屋に出る。前室、中室、後室と部屋が続いているようだが、オリオンはまだ中室までしか到達できていないという。

「二十六人、一人も欠けることなくここまで来られて、まずはよかったです。道中はどうでしたか、キムラ?」

「想像したとおり、想像以上でした。ホヴォッ……」

キムラは丸眼鏡をキラキラッと光らせた。

「ワタクシという道案内がいるとはいえ、所詮は耳学問のみの状態。初見です。それでありながら楽々と前室手前まで至ったのですから、トキムネ氏以下トッキーズとハルヒロ氏以下ハルヒーローズの実力は、なまなかのものではありますまい」

「ハルヒーローズ……」

ツッコんだら、やぶ蛇になりそうな予感しかしない。ハルヒロはぐっとこらえた。

「最後はチョビーッツ、苦戦しちったけどねー!」

キッカワがちろっと舌を出してみせる。

「まッ、レンジが来なくたって、オレらだけでも突破はできたけどよッ!」

仮面の暗黒騎士は無駄に強気だ。

「あたりまえだ」

タダが肩に担いだ戦鎚《せんつい》を握っている手に力をこめた。こめかみに血管が浮きでている。

何もそんなに力まなくても。

「余計なことしやがって。調子に乗るなよ、レンチン」

「レンジだ」

瞬時に訂正したものの、レンジは見るからに落ちつき払っている。タダはその態度も気に入らなかったのかもしれない。こめかみの血管がぐぐっと太くなった。

「おまえとは決着をつける必要がありそうだな。僕とタイマンしろ。まさか断りはしないだろうな」

「あとでやるならかまわん」

「……そこは断ろうよ？」

ハルヒロはついツッコんでしまった。しかも、無視《スルー》された。

「よし」

タダは唇を舐《な》めた。

「忘れるなよ。空が裂け、大地が割れても、僕は忘れない。おまえをＢＴＢＳ」

「ＢＴＢＳ？」

トキムネが首をひねる。

「──ああ！　ぶっ潰す、か！　かっこいいな、それ。ＢＴＢＳ。きっと流行《はや》るぞ」

「Ｂ！　Ｔ！　Ｂ！　Ｓ！」

キッカワが跳び上がって変なポーズをとる。

「イエーイ！　Ｂ！　Ｔ！　Ｂ！　Ｓ！　Ｂ！　Ｔ！　Ｂ！　Ｓ！　ＢＴＢＳ！」

「うるさいんデスヨー！　キッカワァー！　ファーストブオール、おまえをＢＴＢＳ！デスヨネー！」

「さっそく使ってんじゃーん、アンナさん！　ワッショーイ……！」

キッカワがはしゃぎ、ミモリンがうなずく。

「わっしょい」

「クッ……！」

突然、イヌイが走りだした。明日に向かって、いや、来た方向へ駆け戻ってゆく。

「……え？　イヌイサン……」

クザクが、いいんすか、あれ、とでも言いたげにハルヒロを見る。

知らねーよ。

――とも言えないので、ハルヒロは首を縦とも横ともつかない角度に振っておいた。

「多士《たし》済々《せいせい》だな」

アダチはそう呟《つぶや》いたあとに、ハッ、と短く笑った。皮肉というか、呆《あき》れ果てているのだろう。気持ちはわからなくもない。

「レンジくんとタダくんの決闘となると、これは見物ですね」

シノハラはまんざら嘘《うそ》でもなさそうな口調で言った。そこはシノハラなので、本心はよくわからないが。

「作戦が無事終わったら、是非最前列で見学させてください。それでは、そろそろ前室に向かいましょうか」

別働隊の総勢二十六名は、神官たちが補助魔法をかけ直してから前室へと進んだ。

回廊と違って、前室、中室、後室は真っ暗ではなかった。といっても、中庭のように明るくはない。別働隊が持つランタンの光を反射しているのか。もしくは、光を受けると発光する、材質なのか、塗料なのか、何かそういったものが使われているのかもしれない。天井や床の模様、王とその臣民たちを描いているらしい壁画、ずらりと並ぶ彫像などが、ぼんやりと光っている。おかげで、部屋の広さと造りも、おおよそではあるが、ランタンの光が届かない奥のほうまで見てとれる。

「中室の、……左右から通路が一本ずつのびてるっぽいですね」

ハルヒロはなんとなく彫像を警戒しながら、前室、中室、後室を見渡した。

「突き当たり、……後室の向こう正面にも、通路があるのかな。前室も、中室も、後室も、円筒みたいな形で、差し渡し、……二十メートルくらい？　高さも、けっこうありそうだけど。でも、……二階はないか。天井高は、せいぜい五メートルくらいかな。もうちょっとあるか」

「……アレ」

ランタが仮面をずらし、視線で彫像を示す。

「動きだしたりするんじゃねーだろうな。そこんトコ、どうなんだよ……？」

「リョゴッ」

キムラの笑い声は千変万化だ。

「ここは一つ、試してみてはいかがです、ランタ氏？」

「挑戦と受けとったぜ。オレがビビると思ったら大間違いだからな？」

そう言ったわりに、ランタは抜き足差し足忍び足で、そろそろ、じりじりと影像に接近してゆく。無謀と思えるくらい大胆なくせに、どうしてこういうときは滑稽なほど慎重になるのだろう。ランタだからか。

「……ッそォアッ！　怖くねェッ！　このオレ様が、怖いワケねェーだろッ……！」

「にゃゆぅーんっ」

ユメが、ぴょん、とひとっ飛びで影像に抱きついた。

「んんん？　ただのぞうやんなあ？」

「アァッ、ユメ！　てめッ……！　オレが確かめようとしてたっつーのに……！」

「だってなあ。ランタ、ぷくぷくしてるなあ、ユメ、むらむらしてなあ」

「ぷくぷくもむらむらも間違ってんだよッ！　む、むらむらしてどうすンだおまえ……」

「そんなんゆってもなあ、ユメやってむらむらするときくらいあるしなあ？」

「ここここ公衆の面前でンなこと公言すンじゃねェッ！　恥じらいってモンをだな……」

「べつにむらむらしても恥ずかしいことないやんかあ。なあ、メリイちゃん？」

「……えっ。あ。……そ、……そうね。……え？　そう……？　え……？」

「繁殖する動物である以上、程度の差こそあれ、性欲くらいあってしかるべきなんじゃないか」

セトラが淡々と言う。

「そうやんなあ」

ユメは、うんうん、とうなずいた。

「どうぶつは三食、食べるしなあ。緑黄色の野菜はめっさ大事やねんかあ」

「ぷっ……」

噴きだしたのは、個人的にちょっと信じがたかったのだが、レンジだった。いや、顔を見ると、レンジはとくに笑っている様子もないし、気のせいだったのか。

「……天然にはかなわねえな」

でも、小声でそんなことをぶつぶつ言っているので、やっぱりレンジかもしれない。

「ぬ？　どうぶつでも三食とは限らないかなあ？」

ユメが小首をひねってそう呟くと、レンジはまた、ぷっ、と噴きだした。これはもう確実だ。

「マツヤギ、用意を」

シノハラが指示する。オリオンの戦士が進みでてきた。マツヤギ。彼はまさしく巨漢だ。身長百九十センチのクザクより上背があって、肩幅や胸の厚みもすごい。頭も大きくて、たぶんメリイやセトラの倍以上、三倍ほどもあるのではないか。マツヤギは首に白い布を巻いているのだが、どうやらそれはオリオンの面々がよくつけている外套《がいとう》らしい。あそこまでずば抜けて体格が大きいと、外套を襟巻きにしてしまえるのだ。

マツヤギは体が大きいだけでなく、大荷物を背負っていた。下ろした大型の背負い袋は、ずいぶんとまあ重そうだ。背負い袋の中身は紐《ひも》で束ねられた戦鎚だった。ゆうに十本以上、なんと二十本近くある。

マツヤギは腰に二本の戦鎚を吊《つ》っている。ハルヒロなら、両手持ちしても振り回せるかどうか。見るからにごつい。

束になっている戦鎚は、それよりずっと小ぶりだ。

「――石盾兵《ストーンガード》」

キムラが丸眼鏡をキランッと光らせる。

「ワタクシたちオリオンが手を焼かされ、一度ならず二度までも撤退を余儀なくされた敵を駆逐するにあたって、皆さんにはこれを使っていただきます」

オリオンにはマツヤギ以外にも戦士が二人いる。いずれも男性で、得物は剣だ。彼らが束を解いて戦鎚を持った。

「通常の刀剣では、石盾兵《ストーンガード》に太刀打ちできません」

シノハラは戦鎚に手を伸ばそうとしない。何しろ、オリオンのマスターだ。シノハラが愛用している剣は、通常の刀剣ではない、ということだろう。

「そうですね。レンジとロンは手持ちの武器で問題ないでしょう。タダくんも当然、大丈夫です。ハルヒロたちは、マツヤギが持ってきた戦鎚を使ってください。数は十分足りているはずなので、もし破損したら取り替えてもらってかまいません」

手持ちでいいと言われたレンジだが、戦鎚を引っ摑《つか》んだ。一本ではない。二本使うようだ。ロンは自前の巨大肉切り包丁でやるつもりらしい。

トキムネ、キッカワは戦鎚を一本ずつ手に取った。それから、ミモリンも。

ランタは戦鎚を二本、持とうとしたが、振ってみたらしっくりこなかったようだ。

「一本でいいか……」

「俺は二刀流っすけどね」

クザクは勇んで左右の手で戦鎚を一本ずつ握った。ランタが鼻を鳴らす。

「二刀じゃねーだろ、ヴァーカ」

「じゃ、二本流か」

「そんな言葉はねーンだよ、ハナクソが」

「だったら何て言えばいいんすかね、センパイ」

「誰がセンパイだァ？　まァ、センパイか……」

「センパイでしょ？　クズだけど」

「誰がクズだァーッ！」

「ユメもひとっつでいいかなあ」

「あぁ、おれも……」

ハルヒロもユメに続いて戦鎚《せんつい》を持ってみたものの、まったく手に馴染《なじ》まない。うまく使えるだろうか。不安だが、やるしかない。セトラも戦鎚を一本、手にした。

「あの、イヌイさんは……」

ハルヒロは念のため、トキムネに尋ねた。

「ああ」

トキムネは戦鎚を器用にくるくる回しながら、爽やかに笑ってみせた。

「あいつのことは気にしなくていい。そのうち戻ってくる。おそらく、ベストなタイミングでな」

本当かなあ。

「さてはて――」

キムラが丸眼鏡をギラギラ光らせる。

「三度目の正直です。取りかかるとしようではありませんか」

シノハラがうなずいて剣を抜く。

剣身は幅が広くて短めだ。剣先が山形ではなく、斜めに切り落としたような形をしている。頑丈そうな長い短剣。あるいは、太くて短い長剣。そんな見た目だ。ひょっとして、遺物《レリツク》なのか。

「私たちもいろいろと試してはみたのですが、魔法はほとんど効果がありません。正確には、炎熱魔法《アルヴマジツク》と氷結魔法《カノンマジツク》を交互に叩《たた》きこむことで、石盾兵《ストーンガード》を破壊しうることは判明しています。ただ、乱戦になるとこの手法は使えませんし、効率がいいとも言えません。先のことも考えて、魔法は温存してください」

「ひたすら叩き壊せばいいってわけだな」

トキムネが片目をつぶってみせる。

「シンプルイズベストだ。アンナさん、頼む！」

「オフコォースッ！　エクストゥリームリィがっつり応援するデショーヨー！」

「イエーイ！　アンナさんの声援あったら八人力だよーっ！」

「八人って少なくねッ……!?」

「えぇっ！　じゃーさじゃーさ、ランタは何人力!?　いけちゃう系のーっ!?」

「オレだったらトーゼン、百人力はいけるっつーの！」

「僕は千人力だ」

「おっ、タダ、大きく出たな！　だったら俺は八千人力を目指すぞ！」

「トキムネ、きさま……。それなら僕は一万六千人力だ」

「ちっせェーデスヨー！　アスホール男ならぁぁぁっ！　フンドシィー!?　ゴールデンボォール締めェーいてェー!?　億目指さんカァーイ！」

「ワァーオ！　億いっちゃうーっ!?　そこで億を超えて一気に兆までぇーっ!?」

「僕は、八京力だ……！」

「出たぁ！　タダっち！　タダさん！　京キタアァーーーっ！　ワッショーイ……！」

「わっしょい」

何なのだろう。そのキッカワのやかましいワッショイからミモリンの静かなわっしょいへのコンボは。頭が痛くなってくる。

「ブヴォハッ……！」

キムラが笑う。その奇矯すぎる笑い方も、本当にいいかげんにして欲しい。

「来た来た来ました来ましたよォォ！　石盾兵《ストーンガード》たちのおなァァりィィ……」

シノハラが剣で盾を二度叩くと、オリオンの数名が棒状の道具を中室めがけて次々と投《とう》擲《てき》した。あの道具は燃え尽きるまでの間、なかなか強い光を放つ。前室から中室に入ってすぐのあたりで棒状の道具が発光しはじめた。

ハルヒロは、ふう、と息を吐いて、仲間たちを見回した。

クザクが肩を上げ、脱力して下げる。

「――っす！」

ユメは右腕をぐるぐる回した。右手に戦鎚を持っているが、その重量を感じさせない。手首も、肩も、ものすごく柔軟だ。

「んにゃあっ！」

仮面の暗黒騎士は、ゆっくりと首を曲げたりして余裕ぶっている。

「ヘッ……」

メリイはハルヒロと目が合うと、軽くうなずいてみせた。

セトラは戦鎚を構えるでもなくだらりと下げて、中室のほうを見すえている。

中室左右の通路から何かが出てきた。

重い音を響かせ、ぞろぞろと列をなして、次々と。

何か。その何かを兵と呼ぶには、石すぎる。石すぎる、というのもおかしな表現かもしれないが、見た目がもうかなり石なのだ。どうやら足が二本ある。移動するために最低限稼働する部位が一対ある、と言うべきかもしれない。胴体はまるで分厚い盾だ。むしろ、厚すぎる石板、と形容したほうが適切だろうか。腕らしきものは備えていないし、頭部のようなものも確認できない。分厚い盾、もしくは厚すぎる石板的な胴体部から、四本ないし五本の太い棘《とげ》が突きだしている。

「……石盾兵《ストーンガード》だと？」

タダが戦鎚を担ぎ上げて腰を落とす。

「センスがないネーミングだな。あんなもの、ただの歩くトゲトゲ石像未満だ。せいぜいトゲ像ってとこだろ」

トキムネが、おお、と白い歯をのぞかせる。

「トゲ像か。いいな」

「イエスッ！　トゲ像ぅーイェイッ！」

キッカワが戦鎚を振り回して盛り上がる。

「いいね、いいよねー！　石盾兵《ストーンガード》よりトゲ像のほうが、メッチャかわうぃーくてナァーイス、グッドだよねーっ!?　アンナさんもそう思わね……!?」

「トゲ像に決定デショーガァー！」

「イエーイッ！　トゲ像、ワッショーイ……！」

「わっしょい」

だからそのわっしょいは何なのか。ミモリンのわっしょい、テンション低すぎだし。

勝手に改名しちゃうし。

トゲ像って。

いいのだろうか。トゲ像で。

でも、すでにトゲ像の名がハルヒロの頭にこびりついてしまっている。これはなかなか離れそうにない。

「では、トゲ像退治といきましょうか」

シノハラはあっさり受け容《い》れた。

トゲ像で決定のようだ。

「長丁場になります。息が切れたり負傷したりしたら決して無理をせず、後退して休んでください。——始めましょう」

10. 偽りと本当の意味

舐《な》めていたわけでは決してない。オリオンはこの場所で二度、撤退を強いられた。そう簡単にはいかない。覚悟はしていた。

続々と前室に攻め寄せてくるトゲ像たちに対して、当初の別働隊は慌てず騒がず適切に対処できていたと思う。とりわけレンジ、タダ、それからオリオンの巨漢戦士マツヤギの活躍は目覚ましかった。別働隊はこの三人を中心に中室の手前まで進み、そこでトゲ像退治に精を出した。レンジ、タダ、マツヤギが何十体ものトゲ像を打ち砕いて疲れが見えてくると、それまで三人を補佐するように動いていたシノハラ、トキムネ、ロン、クザクが前に出た。この二組が交代しながら最前列に立ち、それ以外のランタ、ユメ、ハルヒロ、セトラ、キッカワ、ミモリン、オリオンの面々などが適宜、隙間を埋める。メリイ、キムラ、チビちゃんは治療班だ。アンナさんも神官だが、主に応援、叱咤《しった》激励《げきれい》を担当する。

初めのうちは本当にうまく回っていた。これが続いたらきつそうではある。でも、きついのはしょうがない。ある程度は織りこみ済みだ。ハルヒロも心構えはできていたのだが、戦鎚でトゲ像を三体ぶん殴って破壊すると、早くも手が痺《しび》れてきた。六体目を壊したころには手に力が入らなくなった。ハルヒロは異様に汗をかいている自分に気づいた。後ろにいるメリイたちのところまで下がると、ランタがしゃがんで背中を上下させていた。

「痛いところがあれば教えて。肩とか、肘とか。それなら治せる」

メリイがそう言ってくれたので、癒《キュア》し手をかけてもらった。汗が引くわけではないが、関節の軽い痛みは消えた。

「戻るぞ、ランタ」

「……っせェーんだよ、クズが」

「もう元気なくなったのかよ」

「ンなワケねェーだろ、クソが。ウンコか、テメーは。ウンチヤロー」

ランタはこういう単純労働は自分向きじゃないとか才能の無駄遣いだとか何だとか文句を垂れながらも戦線復帰した。ハルヒロはランタと違って、反復的な単純労働はたぶん嫌いではない。ランタと肩を並べてトゲ像を叩き砕いていても、嫌気が差してきたりはべつにしないのだが、すぐに手が痺れてくる。汗が噴きだしてやばい。クザク、セトラの動きは常に気にしていて、なんとか把握できている。しかし、その他となるとなかなか厳しい。最前列が入れ替わったタイミングで、あ、今、下がったな、交代したんだな、と気づくのがやっとだ。

三回、後退した時点で、戻りたくない、と思ってしまった。

心の底から、戻りたくない。

「ハル？　しばらく、わたしが——」

メリイにそんなことを言われた途端、「いやいやいや！　大丈夫大丈夫！」と駆けだせるくらいだから、まだ限界には達していない。でも、終わりが見えなくてつらい。トゲ像はひっきりなしに、中室左右、そして後室奥の通路から出てくる。レンジたちが本気になれば、中室まで前進することはおそらく可能だろう。けれども、そうしない。できないというより、やったところで、という判断だと思われる。前に進もうが、状況は変わらない。やることはひたすらトゲ像退治なのだ。

いつまで続けなければならないのだろう。

シノハラたちの考えによれば、リッチキングとやらが何らかの、まあきっと遺物《レリック》の力によって、墓所の敵を生成している。その仮説が正しければ、トゲ像も同様なのではないか。リッチキングが石だの何だのを材料にしてトゲ像をどんどん生成し、ハルヒロたち侵入者を阻止するべく送りこんでいる。その場合、問題は、果てがあるのか、ということだ。

もしかして、このトゲ像大行進は永遠に続くのではないか。

いくらなんでも、そんなことはないだろう。物には必ず限りがある。無限などということはありえない。ないはずだ。きっとない。

本当に終わるんだろうな、これ？

——とは、誰も口に出さない。口に出してしまったら、それこそ終わりだ。皆、そう思っているのだろう。いったん気持ちが切れてしまうと、立て直すのは難しい。

「タダ、下がれ！　俺が入る！　キッカワもミモリと代わって下がれ！」

それでもトキムネの声はどこまでも明るい。

「リフレッシュだ！　水を飲め！　さっぱりするぞ！　しりとりでもするか⁉　しないか、ハハハハッ……！」

もはや驚異的だ。なぜあそこまで陽気でいられるのか。たまに若干苛《いら》ついたりもするのだが、やはり総じて助けられる。後退して休憩するたびにしっかり復活して、先ほどまでと同じようにトゲ像をぶっ倒しつづけるレンジの存在も大きい。どんなに悲観的になっても、大丈夫、レンジがいるし、と思える。気分が落ちて、落ちまくっても、底が抜けない。ハルヒロがだめでも、レンジがいるわけだから、最終的にはたぶん、なんとかなる。レンジがなんとかしてくれるに違いない。

ハルヒロはだめだ。ずいぶん前からだめになっている。足許《あしもと》がおぼつかない。ふらふらだ。戦鎚《せんつい》が重い。というより、腕の感覚がない。というか、自分の腕、ある？　なくなってない？　ハルヒロはどうやって戦鎚を持っているのか。むしろ、戦鎚が自分の腕のような感じさえする。なんだか痛いのだ。無理やり戦鎚を振り回して、トゲ像を叩《たた》くと。痛い、のだろうか。それも違うような。じーんとくる。それ以外のときは無感覚状態なのだが。肺が破れそうだし。とっくに破裂しているのかもしれないし。喉から漏れ出る声は、あへえ、ひへえ、ほへえ、みたいな。ひどい。我ながら、ひどすぎる。

でも、すごい。メリイたちのところに戻って休むときは、誰も彼もしゃがんだり、座ったり、寝転んだりしている。それでも、ずっとしゃがんだり座ったり寝転んだりしている者はいない。一人としていない。多少時間がかかっても、皆、どうにかこうにか復帰する。すごい。

一人も脱落していないから、自分が最初の一人になりたくない、というのはあるような気がする。少なくとも、ハルヒロはいやだ。顔が立たない、というか。一番目の脱落者になるのはいかにも不名誉だ。連鎖反応を引き起こしてしまいそうで、怖くもある。

無理なら無理で、仕方ない。自分から脱落する勇気も必要なのではないか、という誘惑は絶えずちらついている。ぶっ倒れてしまったとしても、誰も責めないだろう。いや、そんなことはないか。ランタは絶対、何か言う。言いつのる。そんな余裕、今はないかもしれない。でも、あとで必ず言ってくる。このあとがあれば、だが。

ランタにだけは文句をつけられたくない。ランタときたら、口を開ければ出てくるのは文句ばかりなのだが。ハルヒロに理があれば、あーまた言ってる、はいはい、といった具合に流せる。けれども、ランタのほうが正しい場合はそうもいかない。ランタに正論をぶつけられてぐうの音も出ない、という状況は最悪だ。ランタもおそらく、ハルヒロより先に倒れてたまるか、と思っている。お互い、それだけはごめんなのだ。何なのだろう。この関係は。

何でもかんでも、ありとあらゆるものを、それがたとえランタであっても燃料にしないと、ハルヒロという焚《た》き火《び》は燃え尽きて灰だけになり、消え失《う》せてしまっていたかもしれない。

レンジだのトキムネだのタダだのシノハラだのはちょっとわからないが、ハルヒロのような凡人や、凡人に毛が生えた程度の人びとは、そうやって倒れるときを少しずつ先延ばしにして、どうにかこうにかしのいだ、というのが実状なのではないか。

「——ぬぁっ……！」

レンジが戦鎚を投げた。二本ともだ。レンジが投擲《とうてき》した戦鎚は、後室からのっしのっしと歩いてきたトゲ像に命中した。トゲ像は大きく揺らいだが、倒れはしなかった。

「ロン……！」

「——うぃぁーっ……！」

ロンが声を絞りだし、駆けてゆく。巨大肉切り包丁を振り下ろす、というよりも、ロンは巨大肉切り包丁もろともトゲ像にぶつかっていった。

「いえぁっ……！」

トゲ像と巨大肉切り包丁ごと床に突っこんだロンは、起き上がろうとしない。

レンジは立っている。意地なのか。胸を張って、下など向いてたまるかとばかりに天井を仰いでいる。

中室左右の通路からも、後室奥の通路からも、トゲ像が出てこない。

トキムネが座りこんだ。

「……っべぇ……ったぁ……なぁ……ふぅ……っじか……ひぃぃぃ……」

「おぉぉぉえっ……」

タダは四《よ》つん這《ば》いになってえずきだした。

キッカワはとっくにしゃがんでいる。ミモリンも同じだ。ちなみに、ハルヒロも、クザクも、ランタも、ユメも、セトラも、オリオンのマツヤギ以下戦士、聖騎士、狩人《かりゅうど》、盗賊たちも、へたりこむか、膝をつくかしている。

神官組と魔法使いは別として、二本の足で立っているのはレンジと、それからロンを助け起こそうとしているシノハラだけだ。

ぎりぎりの、ぎりっぎり、ぎりのぎり、だった。

あと二、三体、いや、五体くらいまでなら捌《さば》くことができたかもしれないが、十体だったらどうか。やばかったかもしれない。いや、神官組も、キムラとメリイは戦えるし、アダチとオリオンの魔法使い二人もいる。別働隊は魔法を完全に温存できた。

ということは、ハルヒロがぎりぎりのように感じているだけで、本当のぎりぎりではなかったのか。

「……いやぁ……でも、なぁ……」

ハルヒロは左膝しか床についていない。右膝は立てているし、尻はほんのちょっとだけ床から浮いている。

横目でランタを見たら、べったりと座りこみ、両手で体を支えないと後ろに倒れてしまいそうな姿勢だった。

よし、勝った、――と内心、思った。

するとたまたまかもしれないが、ランタもハルヒロのほうに目を向けた。仮面はずらしている。被《かぶ》ったままでは息苦しくてたまらないのだろう。

「ヌッ……！」

ランタは、フグッ、と気合いを入れて立ち上がろうとする。ハルヒロも立ちたくなったが、ランタと競って無理をするなんて馬鹿らしい。

「ツォッ……！　タァァァッ……！」

ランタはついに直立して、下品に舌を出しながら笑ってみせる。

「オレの勝ちだなァ……！　ゲヘハハハァーッ……！」

「……いいよ、べつに。それならそれで」

「オレの勝ちでおまえの負けだッ、パルピロ！　潔く認めやがれ……ッ！」

「だから、それでいいって言ってるだろ……」

「ハッキリと口に出して言えェーッ！　ランタ様に負けました、となァ！」

「なんでそんなことしなきゃならないんだよ……」

「負けたんなら、敗北宣言！　キッチリキチキチ、ケジメをつけやがれ！　ンなモン、人としてトーゼンの義務だろうがッ！」

「……おまえにだけは、人として当然の義務を語って欲しくないんだけど。ていうか、なんでそんなに元気なんだ……」

「オレ様だからだ！」

「……はいはい。わかった。わかりました。負けたよ。負けました。これでいいだろ」

「いいワケあるかーッ。もっと敗残者っぽく振る舞えッ。おまえは負けたんだからな。よりみじめに、このオレの足の裏くらい舐《な》めるんだよッ。あッ。やっぱナシな。パルポロなんぞに舐められたら、オレの足の裏が汚れちまうからな。パリピロロ菌で」

ランタはしゃべるごとに活力を取り戻してゆくかのようだ。ハルヒロはその逆で、ランタの声を聞かされれば聞かされるほど疲れる。これはもう、ランタに生命力を吸いとられているのではないだろうか。そうとしか思えない。

「クッ……」

聞き覚えのある音というか声がした。

見れば、後室奥の通路から、眼帯をしたポニーテール男が歩いてくる。

「……え？」

いた。

「ご苦労だったな、貴様ら……」

イヌイは中室の真ん中あたりで足を止めると、眼帯をつけていない右目をクワッと見開いた。

「玄室とやらを偵察してきてやったぞ、この俺が……！　貴様らがここで時間稼ぎをしている間に、この俺が……！」

「さすがイヌイ」

トキムネが片目をつぶって親指を立ててみせた。

「クッ……」

イヌイは横を向いた。褒められて、照れているのだろうか。

「……いつの間に」

シノハラが目をしばたたかせて驚いている。

本当に、ね。

ハルヒロは正直、イヌイの存在をほとんど忘れかけていた。あのまま行方不明になっていたとしても、そのときはそのときというか。どうでもいいというか。

「……戻ってきてたんならさぁ」

クザクの言いたいこともわかる。偵察してくる余裕があるのなら、トゲ像退治に手を貸してくれればよかったのに。心情的にはどうしてもそう思ってしまう。

ただ、イヌイがいなくてもどうにかなったわけだし、たぶん、いてもさして変わらなかっただろう。どさくさに紛れて後室の先を偵察してきたイヌイの判断は、正しいとは思わないけれども、まあそれほど悪くはなかったのかもしれない。

というか、本人曰《いわ》く、イヌイは後室奥の通路から先へ進んだのではない。中室右の通路を進んで、ぐるっと回り、後室奥の通路から帰ってきた。すなわち、中室左右、後室奥の通路はぜんぶ繋《つな》がっていて、第二回廊とも呼ぶべき構造になっているようだ。

第二回廊の奥にある階段を上ると、大きなホールの二階部分に出る。大ホール一階の向こう正面は高い壇になっていて、玉座的なものが設《しつら》えられており、イヌイが言うには、そこに何者かが座っていた。大ホールには、天井吊《つ》り下げ型、壁掛形、床置き型など多くの照明器具があり、だいぶ明るいようだ。玉座の何者かは王冠のようなものを被り、金銀をちりばめた外套《がいとう》を身につけ、杖《つえ》か何かを持っている。容姿は不明だが、身分の高い者か、もしくはその遺骸に見えたという。他に人影や動く物体は確認できなかったらしい。

大ホール二階は壁から張りだしたテラスのようなもので、その両端から一階へ下りる階段が設置されている。どちらの階段も二十段ほど下りると踊り場があり、そこからさらに二十段ばかり下りれば一階に達する。階段の一段は二十センチ程度だろう。だとすると、踊り場まで四メートル、そこから一階まで四メートルで、二階の高さはだいたい八メートルということになる。

大ホール自体は、幅がおよそ三十メートル、奥行きは五十メートル以上あるとのことだ。壇の高さは五メートルくらいだという。跳び乗ってしまえるような高さではない。イヌイによると、壇の両脇に階段があるようだ。壇に上がるとしたら、基本的にはその階段を使わざるをえないだろう。

「……フムゥ」

話を聞き終えると、キムラが丸眼鏡をギランギラン光らせた。

「これは大きいですよ、シノハラくん。決定的と言ってもいいかもしれない情報です」

シノハラは顎をつまんでうなずいた。

「そうだね。玉座にいるのはリッチキングだろう。我々はついに、死してなお眠らぬ王を射程に収めたんだ」

「……クッ。この俺の英雄的な働きによって、な……！」

イヌイは体をねじり、腕を上げたり下げたりして、何かしらのポーズをとった。

「魔王じゃなかったのかよ、アンタ……」

ランタがボソッと言うと、イヌイは薄笑いを浮かべた。

「堕《お》ちた英雄、それこそが魔王なり……」

「これから堕ちるんだ……」

ツッコんでしまった自分が、ハルヒロは悲しい。

「浮き沈みこそが人生……！」

イヌイは爪先立ちになり、8の字を描くように両腕を曲げた。

「生きてこそ！　舞ってこそ……！　戦い敗れ、また戦い、勝利の栄冠を獲得する波乱万丈、一大叙事詩の主人公……！　英雄の末路！　恐るべき魔王としての目覚め……！　唯一無二のサーガを刮目《かつもく》して聞くがよい……！」

「刮目して聞くって……」

ハルヒロは途中で口をつぐんだ。刮目というのはよく注意して見るという意味のはずだし、そのあとに聞くが続くのは変だと思うが、そんなことをいちいち指摘してどうなるというのか。イヌイは全体的に変なのだ。イヌイがまともなことを話しだしたら、かえって怖い。すさまじい天変地異の前兆かもしれないわけだし。

神官たちが光の護法《プロテクシヨン》、守人《アシスト》の光といった補助魔法をあらためて別働隊の全員にかけた。とりわけ光の護法《プロテクシヨン》には、活力、自然治癒力を向上させる効果があるという。簡単に言ってしまえば、元気になるということだ。疲労自体を取り除くことはできなくても、回復の手助けにはなる。

レンジやロン、クザク、ユメ、オリオンの戦士たちなどは、ごくごく短時間の仮眠をとった。ほんの少しでも眠ると、ぜんぜん違うそうだ。ランタは自分くらいになると起きたままでも十分休めると言い張り、ハルヒロは眠れそうにないのでじっとしていた。

シノハラとキムラは二人でずっと話しこんでいた。その様子を眺めていて感じたのだが、シノハラにとってキムラの存在は別格のようだ。オリオンの他の面々は明らかにシノハラを仰ぎ見ている。シノハラの物腰は丁寧だし、横柄なところは一つもない。ただ、オリオンの仲間たちとの関係が対等かというと、それはまったく違う。これは少々大袈裟《おおげさ》な表現かもしれないが、シノハラの仲間たちへの接し方は、たくさんいる愛玩動物を平等に慈しんでいるかのようだ。シノハラは公平で、やさしくて、いい飼い主なのだろう。でも、たとえば仲間がランタのように盾突いてきたら、シノハラは許さないのではないか。

オリオンの者たちはシノハラに従順だ。結束はとても固い。集団としては強いだろう。しかし、ハルヒロはあのように誰かの下につくことはできない。ランタはもちろん、どだい無理だ。クザクは懐いた相手にはどこまでもついてゆく。相手次第だが、なんとなくシノハラにはなびかないと思う。メリイもオリオンの気風が肌に合わないから、抜けるしかなかったのだろう。ユメは何というか、自由人だ。ユメにはのびのびとしていて欲しい。セトラは従順という概念からかけ離れている。

一見、シノハラは寛容で包容力のあるリーダーだ。でも、独断で物事を決めてしまうところがあるとキムラは言っていた。道理で動く人間なのだとも。

オリオンの面々はシノハラの本性を知っているのだろうか。それはわからないが、キムラは承知した上で行動をともにしている。

だから、なのか。

キムラと二人で話しているときのシノハラは、ふだんどおりではない。表情が豊かなわけではないのだが。そう。あまり笑わない。正確に言えば、笑い声を立てることはあっても、あの感じのいい笑顔を作らない。それに、けっこう顔をしかめたり、首を横に振ったりする。あと、これはちらっと耳に入ったのだが、自分のことを、私、ではなく、僕、と言っているようだ。

やはりシノハラにとって、キムラはただの仲間ではない。もっと近しい存在なのだ。ようするに、友だちなのだろう。

だとすると、シノハラに何か陰謀的な企てがあるとして、キムラは本当にそれを明かされていないのか、という疑問が浮かんでくる。

キムラはシノハラを案じている、と言っていた。ゆえに、真意を知りたいのだと。知っているくせに知らないと偽り、ハルヒロと通ずるふりをして、情報を収集するなりいいように操るなりするつもりなのではないか。キムラは結局、シノハラの手足同然なのかもしれない。

そんなことを考えていたら、キムラがこっちに顔を向けて丸眼鏡をキラキラキランッと光らせた。そしてシノハラに向き直り、また何か話しはじめた。

「……何なんだよ、それ」

キムラはシノハラに近すぎる。うまく利用できればそれに越したことはないが、信用するのは危険だ。というか人間性が謎すぎて、信じられそうな気がしない。

やがて仮眠組が起きて、シノハラが出発を告げた。

別働隊は後室奥の通路から第二回廊に足を踏み入れた。第二回廊の天井には吊り下げ型の照明器具が設置されていて、ぼんやりと明るかった。たぶん、この第二回廊の壁にトゲ像がずらりと並んでいたのだろう。見ると、ちょうどトゲ像を嵌《は》め込めるような窪《くぼ》みが両側の壁にあった。第二回廊の全長はどれくらいなのか。仮に百メートルだとしても、その壁にびっしりとトゲ像が並んでいたのだとしたら、そうとうな数になる。よくぜんぶ破壊できたものだ。

幅五メートルほどもある階段を、ハルヒロ、イヌイ、オリオンの盗賊ツグタが先行して上がってゆくと、大ホールの二階に出た。

二階はまさにテラスだ。幅十五メートル、奥行きは五メートル程度か。縁に低い胸壁があって、金色に鈍く光る手すりが設置されている。

ハルヒロとイヌイ、ツグタは胸壁の陰にしゃがんだ。手すりの上からちょっとだけ顔を出し、一階の様子をうかがう。おおよそイヌイから聞いていたとおりだが、自分の目で見るとまた違うものだ。そもそも、この荘厳さを言葉で説明するのは難しいだろう。百聞は一見にしかず。見ればわかる。見ないとわからない。

一階壇上の玉座に腰を埋《うず》めているのは、確実にこの空間の支配者だ。生前は王国の主だったのだろう。彼はきらびやかな宮殿をこの地に再現させ、死してのちも王者でいつづけることを望んだのに違いない。この大ホールの壁面や壇などに施された装飾は見るからに手が込んでいるし、鍍金《ときん》だとしてもすごい量の金属が惜しみなく使われている。

間違いない。

ここは王の間だ。

ハルヒロがうなずいてみせると、ツグタが引き返していった。

間もなくツグタに先導されてシノハラたちが階段を上ってきた。皆、胸壁に隠れられるように姿勢を低くしている。

玉座のリッチキングは依然として微動だにしない。

「……マジでただくたばってるだけなンじゃねーのかァ?」

ランタが小声で言って笑う。冗談のつもりなのかもしれないが、誰も反応しない。

「クッ……」

イヌイは眼帯をしていない右目でセトラに熱視線を注いでいる。

「生きてこの戦いをくぐり抜けることが叶《かな》ったならば、魔王の花嫁となってくれ……」

「断る」

セトラは即答した。

ですよね。

「……クッ！」

イヌイは頭を掻《か》きむしりはじめた。

「……俺の中で、深き闇の底から燃え立つ暗黒の波動が……」

トキムネが片目をつぶってイヌイの背中を叩《たた》く。

「ドンマイだ。いつかおまえの魅力を理解してくれる相手が現れるさ、イヌイ」

それはどうかなあ、とハルヒロは思ったが、口には出さなかった。状況というものを考えてもらいたかったりもするけれど、トッキーズに言ったところで馬耳東風だろう。まあ、決戦を前にして平常心を失っていないわけだから、心強くはある。

ハルヒロは人並みに、緊張している、――のだろうか。

仮面をずらしてしきりと唇を舐《な》めたり、肩を上下に動かしたりしているランタみたいに興奮してはいない。

「――っし……」

クザクは力強くうなずいて、自分に気合いを入れているようだ。

ユメはなんと、あくびをしそうになって、口を押さえた。ハルヒロと目が合い、ユメは照れくさそうに笑った。

セトラは淡々としている。メリイも落ちついているようだ。

不安はある。ないわけがない。どんな戦いになるか、予想がつかないのだ。ある程度の怪我《けが》くらいはしょうがないとしても、仲間を失うのだけは絶対に避けたい。

いなくなってしまった仲間、シホルのことは、できるだけ考えないようにしている。考えてしまうと、だめだ。とても平静を保てない。シホルは果たして無事なのか、とか。どこにいて、何をしているのか、とか。考えてもどうしようもない。

でも、何のためのお嘆《なげ》き山《やま》攻略か。なぜ別働隊に加わり、仲間の命を危険にさらしてまで墓所の突破を目指しているのか。

当然、好きでやっているわけではない。ジン・モーギスに指図されたら、拒絶することはできないのだ。唯々諾々と従うしかない。それはもちろんそうなのだが、シホルを取り戻すチャンスはまだある。そう考えているからこそ、ハルヒロたちは耐えている。

具体的な手がかりはない。シホルの消息は不明だ。だから、今はとにかく耐えて、探るしかない。探るための方法を、その糸口を摑《つか》むための手がかりを見つけようとしている、と言うべきだろうか。

耐えること。断念しないこと。それしかできない。ならばとりあえず、それをやる。

「やつだけなのか」

レンジが低い声で言う。

「出方を見るしかねえな」

「ええ」

シノハラがうなずく。別働隊を見回す。一瞬、無表情になった。冷静に人身御供《ひとみごくう》を選んでいる。うがちすぎかもしれないが、そんなふうにも見えた。

「まずは俺たちが出る」

レンジが平然と言った。

「ルートは、そこの階段から下りて一階を突っ切る。壇の階段を上ってやつを叩く。分けるか？」

「そこそこ幅のある階段ですし、戦力を分散させる愚は避けたいですね」

「挟撃されそうになったら、うまく分けて対処しろ」

「わかりました。では、きみたちは好きに動いてください」

「ああ」

「オリオンとトキムネたち、ハルヒロたちは、私が指揮します」

「頼むぞ、レンジ」

トキムネがニヤッと笑ってみせると、レンジはちょっとだけ肩をすくめた。

「……はい」

ハルヒロが送った視線を、レンジはするっと受け流した。でも、無視したのとは違う。あくまでレンジは、受けて、それから流したのだ。

ハルヒロの勘違いでなければ、俺はわかってる、おまえもわかってるよな、というような言語を超越した意思の疎通があった。大仰な言い方をすれば、密約の確認というか。

物言いはぶっきらぼうだし、戦いぶりは抗《あらが》いがたい自然現象を思わせるほど荒々しい。でも、繊細さを持ちあわせている男なのだろう。ひょっとしたら、レンジは並外れて細やかで感じやすいからこそ、そっけないふうを装っているのかもしれない。じつはそうなんじゃないの、と指摘したらレンジは否定しそうだし、嫌われてしまいそうだが。

レンジを先頭に、ロン、チビちゃん、アダチが、左側の階段へと向かう。

ハルヒロとイヌイ、シノハラ、盗賊ツグタは、二階の手すりから少し顔を出して一階をうかがっている。もちろん、チーム・レンジの動向にも気を配っている。

レンジが階段を下りはじめた。

途端に玉座のリッチキングが立ち上がった。王の間のあちこちで、何かが、砂塵《さじん》を含んだ風のようなものが、とてつもない速度で巻き上がる。数は、多い、としか言えない。とっさには数えられない。少なくとも、数十。

レンジたちは階段を駆け下りている。まだ踊り場に達してない。

砂塵風の一部、十に満たないくらいが、見る間に吹き集まって固まり、人間のような形をなした。

「――おいッ、アレって……ッ！」

いつの間にかランタがハルヒロの隣にいた。ランタが仮面を外し、思いっきり立とうとしたので、ハルヒロは腕ずくでしゃがませた。

「おまえなあ……！」

「見ろ、ヴァカッ！　レンジたちじゃねェーか！」

ランタがランタらしくアホなことをぬかしたわけでは決してない。

人間のような形になった砂塵風は、いずれもチーム・レンジが下りている階段の下り口近くに位置していた。数は八つ。レンジだ。ロンも、チビちゃんも、アダチもいる。しかも、二人ずつだ。

「……レイス、なのか!?」

シノハラの顔つきも険しい。

本物のチーム・レンジは踊り場に達しようとしている。偽物のチーム・レンジ×2は階段を上がりはじめた。いや。偽物のアダチ×2だけはその場から動いていない。魔法か。杖《つえ》でエレメンタル文字を描いて、魔法を発動しようとしている。

「我々も！」

シノハラが号令をかけた。

冷静に。落ちついて。そう心がけようとしても、こんなふうに展開が急変する瞬間は、どうしても頭が体についてゆかない。ハルヒロが声をかける前にランタが走りだした。

「行こう！」

ハルヒロも駆ける。クザクが、ユメが、メリイとセトラがついてくる。オリオンやトッキーズと押し合いへし合いしながら、ハルヒロたちは階段に殺到する。

踊り場のチーム・レンジに偽アダチ×2による何らかの魔法が襲いかかった。氷結魔法《カノンマジック》と電磁魔法《ファルツマジック》か。いくらレンジたちでも、まともに食らったらまずいのではないか。

まともに食らえば、の話だ。偽アダチたちの魔法はたしかに炸裂《さくれつ》したように見えた。でも、不発だったのか。チーム・レンジが透明の壁に囲まれていて、偽アダチたちの魔法はその壁に阻まれた。そんなふうにも見えた。ひょっとして、アダチが何かしたのか。アダチが左腕を高々と上げている。血だ。その手首から血が流れている。

「――血の魔法《ブラッドスペル》はそう何度も使えないよ！」

アダチが叫ぶ。よくわからないが、その血の魔法《ブラッドスペル》とやらで偽アダチたちの魔法を防いだ。そういうことらしい。

「俺が潰す……！」

レンジはどうするつもりなのだろう。階段を下りるのではない。踊り場から飛び降りようとしている。

「ハルヒロ、おまえも来い……！」

「おれ……!?」

巻きこまないで欲しいんだけど。だいたい、なぜハルヒロなのか。指名されて無視したら感じが悪いというか、体裁も悪いし、軽く裏切るみたいな形になってしまうので、断れない。やるしかない。

「セトラ、あとお願い……！」

「了解だ！」

「くっそ……！」

半分自棄《やけ》だ。ハルヒロはトッキーズやオリオンの面々を押しのけて踊り場まで駆け下りた。ロンとチビちゃんはもう、踊り場の先で偽レンジや偽ロンを相手取っている。アダチは魔法で二人を援護しているのか。レンジは一階だ。下で大暴れしている。一階では今もそこらじゅうで砂塵風が立ちのぼっているが、シノハラたちやハルヒロたち、トッキーズに似た、というか、瓜二《うりふた》つの偽物も大勢いて、とんでもないことになっている。

下りるの？　あそこに？

おれが？

やっぱり、やめたほうが？

「臆病《チキン》ヤローがッ！　オレは行くぜェェェェェーーーーーートッ……！」

ゼットって何だよ。

仮面の暗黒騎士が謎の暗号ゼットを絶叫しつつハルヒロを追い越し、踊り場から跳ぶ。

「我流……！」

ランタはオリオンの戦士そっくりの偽物に一太刀浴びせ、着地するなりごろごろ転がって起き上がり、「が、我流……ッ!?」とか何とか言いながらオリオンの聖騎士そっくりの偽物をズバッと斬り捨てたかと思うと、間髪を容《い》れずキムラの偽物に躍りかかった。

「我流天星的な……ッ!?」

「……！」

偽キムラはバックラーと鎚矛《つちほこ》でなんとかランタの刀を防いでいるが、完全に押されている。ランタのあの出しゃばりで目立ちたがりで自分勝手なところは本当に嫌いだ。でも、掻き立てられるものがなくもない。

「技の名前とか！　思いつかないなら、いいかげんやめろって……！」

ハルヒロも踊り場から飛びだした。ランタみたいに、落下の勢いのまま敵に攻めかかったりはしない。できないし。しっかり着地の衝撃を和らげて、隠形《ステルス》。床の下まで沈みこむ。そんなイメージだ。

少し静かで、少しゆったりしていて、自分とそれ以外がほんの少し隔てられているかのようで、――それでも、自分はここにいる。むしろ、そこにいる、と言ったほうが感覚的にはしっくりくる。自分自身が、自分の中ではなく外にいて、己を含めた周囲一帯を眺めている。音を聞いている。流れを感じている。

悪くない。集中できている。

レンジは偽物を斬っては最短距離で次の偽物に攻めかかり、瞬時にその偽物を斬り伏せて、また次の偽物を仕留めにかかる。レンジには見えているのだ。どこに敵がいるか。どの順番で敵を倒すべきか。手にとるようにわかっている。

ランタはレンジと比べたら遥《はる》かに無駄が多い。右へ左へ跳んで、さらに左に移動し、跳躍すると見せかけてまっすぐ突進し、低いところから刀で斬り上げる、といった具合のことをよくやる。いかにも効率が悪そうだ。しかし、不規則な動作で敵を幻惑しながら、他の敵を探し、把握して、次への備えもしている。その意味では、無駄なことばかりしているようで、必ずしもそうではないのだろう。

ハルヒロはランタを背後から狙おうとしている偽キッカワに忍び寄り、組みついてダガーで首を掻《か》き切った。

手応えは、何というか、そう、砂。砂を切った感じだ。

偽キッカワは崩れるというより弾《はじ》けて、文字どおり粉《こな》微《み》塵《じん》になった。

その粉、砂塵のようなものが、飛び散った先から流れるように移動してゆく。

砂塵が向かうほうに目をやると、砂塵風が巻き上がりつつあった。あれがまた偽物になるのではないか。

というか、確実にそうだ。

偽物たちは、礼拝堂で戦ったレイスとはまた違う。遠目にはかなり人間に似ていて、そのもののようにさえ見えるが、近づくといかにも偽物というか。肌の質感が生き物っぽくないし、眼球が光をまったく反射しない。全体的に光沢というものがないのだ。細部の作り込みも甘く、本物より顔の造作がややのっぺりしている。皺《しわ》なども ほとんどない。

ようするにこの偽物は、リッチキングの魔力によって生みだされる砂人形、土人形なのだろう。能力も本物には及ばない。膂力《りょりょく》、敏捷《びんしょう》性などは本物とさして変わらないようにも見受けられるが、機転が利かないのか。もしかしたら、リッチキングがすべての偽物を操っていて、それゆえに微細なコントロールができないのかもしれない。

ハルヒロは偽物のアダチを蜘蛛殺し《スパイダー》で仕留め、偽物のトキムネに背面打突《バックスタブ》を食らわせ、偽物のランタを膝砕《シャター》で足止めしてから顎抜《ヒッター》、すり抜けざまに背面打突《バックスタブ》をお見舞いした。偽物とはいえ、ランタを懲らしめているようで少しだけ気が晴れたことは内緒にしておきたい。ランタはランタで、偽物のハルヒロを翻弄して「――ウヒヒッ！」と笑ったりしているから、お互い様か。

レンジ、ハルヒロ、ランタ以外も、階段を下りて続々と一階に傾《なだ》れこんでいる。一度、偽物の魔法使いが炎熱魔法《アルヴマジック》を飛ばしたが、アダチが血の魔法《ブラッドスペル》とやらで防いだようだ。レンジにしろ、ハルヒロにしろ、それから一応ランタも、偽物の魔法使いを優先的に撃破している。そのつもりなのだが、ふと気づいた。

アダチやオリオンの魔法使い二人の偽物は倒した。ハルヒロは、でも、ミモリンの偽物には手を出していない。

いたことはいた。一度見かけたのだが、ちょうどレンジが近くにいたこともあって、任せてしまった。

ランタはともかく、クザクやメリイ、セトラ、ユメの偽物も、ハルヒロは手にかけていない。

明らかに偽物で、ぱっと見で区別がつくといっても、自分から攻撃するとなると、やはり多少は気が引けてしまう。

礼拝堂で、キムラはかつてこの墓所で散った仲間と瓜二つのレイスと相対した。あれはあれでつらいものがあっただろうが、この偽物たちは現役の仲間だ。レンジのような飛び抜けた味方がいて、ためらいなくどんどんやっつけてくれたおかげで、まあ偽物でしかないしね、という感じでするっと頭を切り替え、戦闘状態に移行することができた。そうでなければ、別働隊は動揺して、守勢に回っていたかもしれない。意外と紙一重だったのだ。いきなり押しこまれてしまっていたら、挽回《ばんかい》するのはなかなか難しかっただろう。

現状も決して楽観できない。

別働隊は、リッチキングがいる壇の、向かって左側の階段を目指している。レンジとランタ、それからハルヒロが先行して、他が追っている形だ。

先頭のレンジが、階段まで十五メートルといったところだろうか。ランタとハルヒロはレンジの後ろをうろちょろしている。後続を引っぱっているのは、ロン、トキムネ、タダ、クザク、そしてオリオンのシノハラとマツヤギあたりだ。

その気になれば、レンジはもっと前進できるのではないか。ただ、そうすると後続との距離が開きすぎてしまう。レンジは後続が追いついてくるのを待ちながら、偽物たちを始末している。

レンジを筆頭に、別働隊は驚異的な速度で寄せくる偽物たちを排除しているのだが、一向に数が減らない。倒しても倒しても、偽物は砂塵《さじん》と化してまた偽物となり、押し寄せてくる。

言うまでもなく、玉座の前に立っているリッチキングの仕業だ。

リッチキングは魔力的なものを費やして偽物を生成しているのか。だとしたら、生きた人間の魔法使いたちと同じで、その魔力的なものは無尽蔵ではないだろう。いつかは偽物を生成できなくなるはずだ。

遺物《レリック》か何かの作用によって、無尽蔵だという可能性はないのか。無尽蔵ではないとしても、リッチキングはとてつもなく膨大な魔力を持っているかもしれない。たとえば、一昼夜、偽物を生成しつづけられるとしたら、ほとんど無尽蔵みたいなものだ。

今は優勢だが、これまた紙一重でしかない。

レンジは縦横無尽に暴れ回っていて、疲れているようにはまったく見えないが、トゲ像退治で体力を消耗している。そのうちがくっとくるかもしれない。他の面々も、ハルヒロを含めて、トゲ像退治に精を出した者は同様だ。正直、ハルヒロもうまく集中できているだけで、体のほうは本調子ではない。

ユメの偽物がレンジを狙って矢を放とうとしている。

「——っ……！」

一瞬逡巡《しゅんじゅん》したが、ハルヒロは背後から偽ユメに肉薄して背面打突《バックスタブ》を叩《たた》きこもうとした。偽ユメが振り返りざまに矢を射る。ハルヒロは横っ跳びしてなんとか躱《かわ》したが、偽ユメは二の矢、三の矢を放ってきた。やばい。避けるだけで精一杯だ。

「にはっ……！」

ミモリンが長剣を大振りして偽ユメをぶった斬ってくれなかったら、矢の一本や二本、食らっていたかもしれない。

「ハルヒロ……！　好き……！」

「……あ、ありがとう」

何がうまく集中できている、だ。ぜんぜんだめじゃないか。ミモリン。でも、なんでミモリンがここに。というか、ミモリンだけではない。ロン。タダ。トキムネ。キッカワも。クザクも近くにいる。シノハラやマツヤギも。後続だ。後続が追いついてきた。

「レンジ……！」

シノハラが叫ぶ。

「一気に突撃してリッチキングを狙いましょう……！」

「ヴォフォッ！　ゴフェッ……！」

キムラが笑う。

「ここは一つ、短期決戦でッ！　決めますよォォォ……！」

別働隊の戦士たちが次々と雄叫び《ウォークライ》を発する。戦士の雄叫び《ウォークライ》は単なる大声ではない。

ちょっと聞いたことがない種類の音で、敵を怯《ひる》ませ、己を奮い立たせる。

「けえええあああああああぁぁぁぁぁあああああああぁぁぁぁぁあああぁぁぁ……！」

レンジが猛々《たけだけ》しく突進しはじめた。これまで抑えに抑え、溜《た》めに溜めた力を解き放ったかのようだ。レンジはまたたく間に階段に辿《たど》りついてしまった。

「――ったくよォ……！」

ランタがレンジに食らいつこうとする。

「はは……！」

長剣を閃《ひらめ》かせながら疾駆するトキムネと、抜きつ抜かれつでタダが突っ走る。

「だあああぁぁぁりゃあああああぁぁぁ……！」

ロンとチビちゃん、アダチは、いつの間にか階段に迫りつつある。

「でああぁぁぁはあああぁぁぁぁぁぁあああぁぁぁ……！」

オリオンの巨漢戦士マツヤギの躍進も目を瞠《みは》るものがある。二本の戦鎚《せんつい》で軽々と偽物たちを薙《な》ぎ倒して、マツヤギはぐんぐん進む。シノハラやキムラ以下、オリオンの面々は、ほぼマツヤギについていっているだけだ。

「すげぇーなもぉ……！」

クザクは遅れ気味だが、大刀を振り回して敵を引きつける大事な役目をちゃんと果たしている。クザクを中心として、ユメとメリイ、セトラ、それから、キッカワとイヌイ、応援隊長アンナさんの一団が後尾について、別働隊の前進を支えているような恰好《かっこう》だ。

クザクたちに合流しよう。そんな考えも頭をちらっとよぎったが、ミモリンにつられてハルヒロも階段へと向かった。リッチキングだ。一刻も早くリッチキングを倒す。さもないと、別働隊は遠からず息切れしてしまう。

レンジが階段を上りはじめると、ランタ、ロン、トキムネ、タダ、それからマツヤギが続いた。

「くあああああああぁぁぁ……！」

階段を埋め尽くしそうな偽物たちが、レンジの大剣でみるみるうちに砂塵と化してゆく。遺物《レリック》の力を使わないで、あれか。人間はあそこまで強くなれるのか。なれないか。なれないだろう。あくまでもレンジだから、あんなことができるのだ。

レンジがいなかったら。そう考えると、ぞっとする。レンジなしでは、この王の間まで来ることすらできなかったのではないか。シノハラはオリオンを率いて何度も墓所の攻略に挑戦したようだが、そのたびに失敗した。しかし、レンジと一緒に挑むのなら、やれると思ったのではないか。

レンジさえいれば、何でもできそうな気がしてしまう。

むろん、そんなことはない。あたりまえだ。レンジにだって限界はある。不死、不滅の存在ではない。ハルヒロたちと同じ人間だ。わかっていても、疑いたくなる。レンジは規格外なのではないか。常識では測れない。次元が違う、というか。

今にして思えば、レンジはトゲ像退治でかなり手を抜いていたのだ。楽ではなかっただろう。そうとう疲れたに違いないが、レンジにとってはそれだけでしかなかったのではないか。つまらない単純作業に従事させられて、鬱憤が溜まっていたのかもしれない。それをここで晴らしている。

レンジが階段を上りきった。壇上は階段よりも手薄だ。というか、レンジが刈りとるように偽物どもを斬り飛ばしてしまう。

二番乗りはロンだった。ランタとトキムネ、タダを押しのけて、マツヤギが壇に跳び乗る。ランタたちとシノハラ以下オリオンの精鋭がひとかたまりになって、次々と壇に上がってゆく。ハルヒロとミモリンも続いた。

「デルム・ヘル・エン・ギズ・バルク・ゼル・アルヴ……！」

「ジール・メア・グラム・エルド・ニルグ・イーオ・セル……！」

　オリオンの魔法使い二人が、エレメンタル文字を描きながら呪文を唱える。同時に、アダチも。

「――ジェス・イーン・サルク・ヴィキ・テオ・メオ・フラム・ダルト・ウル・ディオ・ゼオン……！」

　詠唱が長い。大きな魔法だ。オリオンの魔法使いは、炎熱魔法《アルヴマジック》と氷結魔法《カノンマジック》か。アダチはたぶん、電磁魔法《ファルツマジック》だ。標的は当然、リッチキングだろう。魔法使いたちは温存していた最大の攻撃魔法を一斉に叩きこみ、一発で決着をつけるつもりだ。

「行ッけええエエエエエァァアアアアーーーーーッッ……！」

　ランタが叫んだ。ハルヒロも声こそ出さなかったが、同じ気持ちだった。こういう性格なので、そんなにうまくはいかないのではないか、とも思っている。ここまでずいぶん苦労した。お嘆《なげ》き山《やま》攻略戦自体はこれからだが、リッチキングとの対決は間違いなく墓所最大の山場だ。あっさりけりがつくわけがない。気落ちしたくないので、保険を掛けるというか、予防線を張るというか。これは癖なのか、性質なのか。

　でも、本音を言えば、むしろ呆気《あっけ》なく終わって欲しい。あたりまえだ。そのほうがいいに決まっている。

だから、魔法使いたちの魔法が発動する間際、すべての偽物が、ぱっ、と形を失って砂塵と化したときは、心の底から、やめてくれよ、と思った。そういうの、いいから。リッチキングがハルヒロの願いを聞き届けるわけもないのだが。

おそらくリッチキングは、偽物を生成して操るのをやめて、別の力を使ったのだ。

「……魔法障壁《アンチスペル》！」

アダチが言った。ハルヒロは魔法使いではないし、昔の記憶もないからよくわからないが、ようは魔法を防ぐ魔法、といったようなものなのだろう。アダチ自身が使ってみせた、赤の大陸由来の血の魔法《ブラッドスペル》と同種なのかもしれない。

魔法使いたちの魔法は、発動しかけたのかもしれないが、かき消されてしまった。

リッチキングがうっすらと青みがかった透明な半球体に包まれている。

あれが魔法使いたちの魔法を撥《は》ね返すか、打ち消すかしたのだ。

死してなお眠らぬ王は、それを売り払っただけで巨万の富を築けそうなきらびやかな衣をまとい、物々しく厳《いか》めしくも絢爛《けんらん》な冠を被《かぶ》っている。けれども、彼は死者だ。どう見ても生者ではない。明らかに彼は死んでいる。彼は右手に荘厳な金の籠手《こて》を着けていて、肌があらわになっているのは、杖《つえ》を持つ左手と顔面だけだ。それを肌と呼べるのであれば。かつては瑞々《みずみず》しく、血が通っていたのだろう。今は乾ききって、骨に貼りついている。顔などは髑髏《どくろ》とさして変わらない。眼窩《がんか》は黒々としている。単なる窪《くぼ》みだ。

彼が死んでから、そうとう長い年月が経《た》ったに違いない。

たしかに彼は立っているし、動いている。ああして何らかの強大な力を行使している。

死んでいながら、この墓所を支配してきた。

死してなお眠らぬ王。

リッチキング。

「――いぇぇぇあああああああぁぁぁ……！」

レンジが猛然と疾走する。禍々《まがまが》しい大剣が紫色の輝きを帯びている。

「剣鬼妖鎧《アラガルファルド》……ッ！」

ランタが遺物《レリック》の名を口にした。あの大剣ではない。レンジが身にまとう鎧《よろい》が遺物《レリック》なのだ。

鎧が剣に特別な力を付与するらしい。

リッチキングに魔法は通じない。魔法障壁《アンチスペル》を展開して防ぐことができる。ならば、さらに接近して剣でぶった斬ってしまえばいい。誰でも考えつきそうなことだが、レンジはその判断が抜群に早かった。まるで、アダチたちの魔法が効かなかったらそうすると、あらかじめ決めていたかのようだ。実際、準備ができていたのかもしれない。

リッチキングが立っている玉座前までは十五メートルから二十メートル。レンジは物の数秒で魔法障壁《アンチスペル》を突破し、リッチキングを一刀両断するだろう。リッチキングにはもはや為《な》す術《すべ》がない、とは思わなかった。想像もつかないが、何かしてくるのではないか。

事実、リッチキングは動いた。といっても、金の籠手を嵌《は》めた右手をすっと上げただけだ。すると、青みがかった透明の魔法障壁《アンチスペル》が消失した。それだけではない。同時に、リッチキングが急激に高くなった。

リッチキングの背が伸びたわけではない。そうではなくて、床が盛り上がった。いや、床ではなく、砂塵《さじん》か。途轍《とてつ》もない速度で砂塵が集まってきて、リッチキングを持ち上げてしまったのだ。高々と、何メートルも。五メートル以上にまで。リッチキングは砂の台座の頂きに立っている。

「ぬっ……！」

レンジは砂の台座に斬りつけたが、所詮、それは砂のかたまりでしかない。紫電が奔《はし》り、大剣が大量の砂を押しのけ、飛び散らせても、すぐにその部分を砂塵が埋めてしまう。

「デルム・ヘル・エン・バルク・ゼル・アルヴ……！」

すかさずミモリンが長剣でエレメンタル文字を描き、爆発《ブラスト》の魔法を発動させた。

とっさに、いけるんじゃないか、とハルヒロは思った。

リッチキングは偽物の生成を停止して、魔法障壁《アンチスペル》を張った。それから、魔法障壁《アンチスペル》を消し、砂の台座を出現させた。同時に二つ以上はない、ということだ。一度に使えるのは一つだけ。だとするなら、砂の台座に上がって近接攻撃を回避しながら、魔法を防ぐことはできないはずだ。

ハルヒロの推測はきっと間違っていない。リッチキングは砂の台座上で魔法障壁《アンチスペル》を張ることはしなかった。ミモリンの爆発《ブラスト》は炸裂《さくれつ》したが、外れた。よけられたのだ。砂の台座はただの台座ではなかった。まるで竜の首のように動いて、リッチキングを運んでゆく。壇から出るつもりか。砂の台座ならぬ砂の竜首は、リッチキングを乗せて一階の床へと頭《こうべ》を垂れようとしている。

「ジール・メア・グラム・フェイ・ルヴィ・クオ・パイ・シルカ・クライ・エス……！」

アダチが魔法を。何の魔法だろう。

「……白氷結界《ホワイトアウト》！」

ミモリンがこぼした。魔法の名前か。あれは氷結魔法《カノンマジック》だろう。一階の床に降り立とうとしていたリッチキングというより、その一帯だ。かなり範囲が広い。見る間にリッチキングを中心とした数十メートル四方を白いものが覆い尽くす。雪。猛吹雪だ。壇上にいるハルヒロたちからはだいぶ離れているが、それでも震えがくるほど寒い。

「どうだ……!?」

ロンが叫ぶ。

「防がれた！」

アダチが吐き捨てるように応じた。

「すんでのところで、魔法障壁《アンチスペル》を使われた……！」

　ということは、あの猛吹雪地帯の中でリッチキングは魔法障壁《アンチスペル》を張り、その内側に立て籠もっているのか。

「よし、仕切り直しだな！」

　トキムネが白い歯をのぞかせて笑い、階段へ向かう。失意、ショックを受ける、ヘコむ、といった言葉はトキムネの辞書に載っていないのか。すごいメンタルだ。

「下へ……！」

　シノハラが号令をかける。壇の高さは五メートル程度。さすがに飛び降りられない、こともないが、できれば避けたい。

「行くぞ……！」

　レンジは階段なんか使わずに壇から降りる気なのか。わかるけども。距離的にはそうしたほうがずっと近いし。白氷結界《ホワイトアウト》の効果が切れるまでに、リッチキングに接近しておきたい。レンジの場合、剣鬼妖鎧《アラガルファルド》によるいわば紫電状態に、制限時間がある、という事情も考慮しなければならないだろう。こまめにオンオフを切り替えられるほど便利なものではないようだ。レンジとしては、紫電状態が継続している間に片をつけたい。さもないと、しばらく動けなくなってしまう。最悪、命を落とす。可能なかぎり急ぐべきだ。

　とはいえ、レンジがちらっとこっちを見なかったら、ハルヒロはトキムネたちとともに階段を目指していた。なんで見るかな。

おまえは来ないのか、みたいな？

当然、来るよな、的な？

一緒にしないで欲しいのだが。レンジと違って、ハルヒロは凡庸なのだ。単なる凡人でしかない。これは覆しがたい現実なわけで。レンジが何を期待しているのか知らないが、どうもハルヒロは何か期待されているらしい。はっきり言って、迷惑だ。無理なものは無理なんだって。

ハルヒロごときには、レンジの背中を追うこともできない。だから、遠くからその活躍を見守らせて欲しい。アンナさん張りに応援しているので。昔のことは覚えていないけれど、同期として誇りに思う。これは嘘《うそ》ではない。本当だ。

なぜだろう。どうして、せっかく期待してもらっているんだから、という気持ちが首をもたげてきたりするのか。我ながら、ハルヒロには理解できない。だって、無理だよ？絶対、無理なんだけど。レンジの期待には応えられない。

でも、あなたは完全に別次元の存在です、自分のような下等な生物のことはどうか忘れてください、ついてこいとか無茶なことを要求しないでもらいたい、という態度はどうなのだろう。

ハルヒロがレンジの立場なら、きっと興ざめする。そんな空気を出してくる相手とは対等に付き合えない。

対等ではないわけだが。差がついているどころか、格が違う、まである。

戦闘能力の面では確実にそうだ。けれども、人間は戦うだけの生き物ではない。戦ったら勝てない相手には、へりくだらなければならないのか。自分より強い者とは、対等な友人になれないのか。そんなことはないだろう。

とはいえ、ハルヒロは分際というものをわきまえている。仲間たちのためにも、無茶をして大怪我《おおけが》をしたり死んだりするわけにはいかない。そんな愚かなことはできない。できないことは、しないよ？

まあ、五メートルの壇から階段を使わずに下りるくらいのことなら、盗賊のハルヒロにはできてしまう。レンジだって、豪快に飛び降りたりはしなかった。ちゃんと壇の縁に片手で一度ぶら下がって、それから降りた。ハルヒロも似たような方法を選んだ。さらに、壇の側面を足がかりにすれば、どうということもない。重い鎧を身にまとっていたり、かさばる武器を持っていたりしたら厳しいだろうが、ハルヒロは幸い身軽だ。レンジは重装備だけれど、常人ではない。剣鬼妖鎧《アラガルファルド》による紫電状態も、ひょっとしたら影響があるのかもしれない。

レンジは白氷結界《ホワイトアウト》地帯めがけてまっしぐらに駆けてゆく。

ハルヒロはレンジを追いかけながら、壇の階段のほうを一瞥《いちべつ》する。トキムネはすでに階段を下りていた。ランタとシノハラ、キムラの姿も見えた。他も続々と続いている。

どんっ、とものすごい音が後ろで響いて、思わず振り向いたら、マツヤギが踏んばるような姿勢で着地の衝撃に耐えていた。壇から飛び降りたのか。ひょっとすると、レンジやハルヒロに触発されたのかもしれない。でも、大丈夫なのだろうか。走りはじめたから、足が折れたりはしていないようだ。

白氷結界《ホワイトアウト》の効果は切れつつある。もう空間を真っ白く塗り潰すような猛吹雪ではない。雪はまだ吹き荒れているものの、魔法障壁《アンチスペル》に守られているリッチキングがはっきりと目視できる。

レンジは吹雪の中に突入してゆく。紫電を放つ大剣を肩に載せるようにして、いつでも振り下ろせる構えだ。

リッチキングは魔法障壁《アンチスペル》を解《と》くだろう。砂の台座で上に逃げるか。砂の竜首に乗って遠ざかろうとするか。

見極めないといけない。

リッチキングは、レンジは、どう動く？

自分に何ができる？

案の定、リッチキングの魔法障壁《アンチスペル》が消えた。吹雪はだいぶ弱まっている。

レンジは跳んだ。跳躍力も尋常ではない。まるで上空から急降下したかのようだ。紫電を迸《ほとばし》らせて、レンジがリッチキングに襲いかかる。

砂の台座はない。そう判断していいだろう。上に逃げたらレンジの餌食になる。わずかに、ほんのかすかだが、リッチキングが持ち上げられた。砂塵だ。砂塵が集まっている。砂の竜首。ハルヒロの体が勝手に動いた。左へ。

紫電を渦巻かせるようにしてレンジが振り下ろした大剣は、床を打ち砕き、砂塵を飛び散らせた。

空振りだった。

リッチキングは砂の竜首に運ばれて、左方向へ。

ハルヒロはリッチキングを待ち構えていたというより、ほとんど出会い頭だった。リッチキングはそこにハルヒロがいるとは予想していなかったようだ。ハルヒロもそこに自分がいることに驚いていた。

「わっ……！」

ぶつかった、と思った。ハルヒロにしてみれば、リッチキングが急に体当たりしてきて、そのまま弾《はじ》き飛ばされていてもおかしくなかったのだが、なんとか取りすがる。ダガーは抜いていた。左腕でリッチキングの頭を抱えこむ。冠が外れ、振り落とされそうになったが、リッチキングの頭部は髑髏《どくろ》同然なのに、髪が生えていた。白というか灰色で、けっこう長い。ハルヒロは左手でその髪の毛を引っ摑《つか》んだ。

ハルヒロは、逆手に持ったダガーをリッチキングの顔面にぶちこもうとした。

本当にあともう少しというところで、リッチキングの足許《あしもと》から砂塵が立ちのぼって何かの形をとった。何か、というか。

「——おれ……!?」

ハルヒロだ。いや、もちろん、ハルヒロではない。ハルヒロにそっくりなだけだ。

自分の偽物と取っ組みあいを演じる羽目になったせいで、さすがにリッチキングにしがみついてはいられなくなった。ハルヒロは偽ハルヒロの上になって、下になり、また上になった。ダガーで偽ハルヒロの首を掻《か》き切って、飛び起きた。

レンジは複数の偽物に囲まれていて、斬り破ってもまた偽物たちが群がってゆく。マツヤギ、シノハラ、キムラ、あとはランタ、ロン、トキムネ、タダあたりも、ハルヒロからそう遠くない場所で偽物たちを相手どっている。

リッチキング。どこだ。

いた。

思ったより近い。ハルヒロから六、七メートルしか離れていないところに、リッチキングが立っている。

一人だ。一人、でいいのか。もともとは人間だろうし、いいか。

リッチキングは一度に一つの力しか使えない。これはほぼ間違いないだろう。砂の竜首を解除し、偽物を生成した。偽物の生成中、他のことはできない。

リッチキングはハルヒロを見ていないような気がする。眼球がないので、見るも何もないか。でも、リッチキングの体も、顔も、ハルヒロのほうを向いていない。

もしかして、チャンスだったりする？

今ならやれるんじゃ？

考える前に動きだせばよかったのかもしれないが、どうだろう。何とも言えない。

リッチキングが左手で持っている杖《つえ》の石突きで床を叩《たた》き、金の籠手《こて》をつけた右手をすっと上げた。

猛烈にやばい感じがした、としか表現しようがない。

ようは、勘なのだろう。いきなり息ができなくなるような感覚があって、ハルヒロは伏せた。なぜ伏せたのか。説明はできない。とにかく、リッチキングの右手の前に金色に輝く球体が現れ、それが三つに分裂して、ひゅっと射出された。

「――悪霊招来《ディモンコール》、ゾディー……！」

ランタも危険を察知して、暗黒騎士の使い魔、悪霊《ディモン》ゾディーを召喚したのか。

頭上を何かが、おそらくあの金色の球体から分かれた物体が通りすぎるのを、ハルヒロは自分の目で見たのだろうか。視認できたかどうかはともかく、伏せていなかったら、その金色の物体をまともに食らっていたに違いない。

「オォ……ッ!?」

ランタが叫んだ。見れば、我らが暗黒騎士はみっともなく床に身を投げだしている。召喚されたはずの悪霊《ディモン》が見あたらない。消失したのか。金色の物体を受け止めて。ランタの盾になったのか。

「——っな……!?」

レンジは、姿勢からすると、横っ跳びした直後だ。飛んできた金色の物体を、反射的によけたのだろう。でも、レンジのちょうど後ろに彼がいたのだ。

オリオンの巨漢戦士。マツヤギの土手っ腹に、あれは穴なのか。真っ黒い染みのようでもある。金色の物体がそこに命中したのか。

マツヤギは両手に持っていた戦鎚《せんつい》を取り落とした。走っている最中だったのだろう。体が傾《かし》いでいる。どんどん傾いてゆく。マツヤギは斜めに倒れ伏した。

「……あぁぁあぁっ!?」

誰の声なのか。瞬間、わからなかった。まさか、シノハラがあんなふうに声を裏返らせるなんて。意外だった。シノハラは尻餅をついていた。それもまた奇妙だった。まるで誰かに突き飛ばされたかのようだ。

シノハラともあろう者が、すぐそばにいるキムラに突き飛ばされたとしか思えない。なぜキムラはそんなことをしたのか。

キムラはどうしてシノハラに倒れかかってゆこうとしているのか。

シノハラはキムラを受け止めた。

「……死んでいる。キムラ、なんで……」

「しっ……――」

ハルヒロは絶句した。

死んだ。

キムラが。

マツヤギも。

ハルヒロとレンジは間一髪よけ、ランタは悪霊《デイモン》を身代わりにして助かった。マツヤギのような巨漢が、たった一発で、あっさりと。食らったら必ず死ぬ。即死魔法とでもいうようなものなのか。

キムラやマツヤギではなく、ハルヒロやレンジ、ランタ、シノハラが死んでいたかもしれない。その他の誰かが犠牲になっていたかもしれない。

もしリッチキングがまた即死魔法を使ったら、さらに死者が増えるかもしれない。

次こそは自分の番かもしれない。仲間の誰かを失うことになるかもしれない。

ハルヒロは伏せたまま、リッチキングを凝視していた。動けない。

恐怖だ。

全身がすくんでいる。体だけではない。頭が働いてくれない。

もちろん、こんなことではいけないし、ハルヒロはすぐに起き上がった。でも、よくない状況だ。とてもよくない。きわめて悪い。視野が狭まっていて、リッチキングしか見えない。仲間の、別働隊の動きがまったく摑めない。怖い。恐れずにいられない。リッチキングがあの即死魔法を使ったら、絶対に躱《かわ》さないと。いや、自分のことより仲間だろ。それはそうなのだが。キムラはシノハラを庇《かば》った。ハルヒロだって、可能ならそうする。きっとそうしてしまう。できるなら、だ。近くにいるのはランタくらいか。仲間。仲間がどこにいるのか、確認しないと。でも、リッチキングから目を離すわけには。

「ずえええええぇぇあああああぁぁぁ……！」

レンジ。

ああ、レンジだ。

すごい。やっぱり、レンジだ。

いち早く気持ちを立て直し、紫電を迸らせて、レンジがリッチキングに斬りかかる。リッチキングは砂の竜首に運ばれて、紫電から逃げる。紫電が追いすがろうとする。でも、砂の竜首のほうがいくらか速い。

レンジは少しずつ引き離される。

リッチキングが玉座のある壇から遠ざかってゆく。そっちには他の別働隊もいない。

「デルム・ヘル・エン・バルク・ゼル・アルヴ……！」

ミモリンがリッチキングを狙って二度、三度と爆発《ブラスト》を発動させた。いずれも砂の竜首がするすると蛇行してよけたが、そうだ。こっちには魔法だってある。

「今だ！　ここからだぞ、みんな……！」

トキムネが絶叫した。なおも明るく、あくまで雄々しい。その声を耳にして勇気づけられない者がいるだろうか。

ハルヒロは駆けだした。怖い。怖いよ。まだ怖くて、ぜんぜん周りが見えない。けれども、怖がっていたってしょうがない。リッチキングはあの即死魔法を使うときは使う。仕留めるしかない。倒すのだ。リッチキングを。だとしたら、傍観するという選択肢はない。最悪、即死魔法の的になることはできるだろう。ハルヒロがあれに当たって死ねば、そのぶん他の誰かが死なずにすむ。

「デルム・ヘル・エン・ギズ・バルク・ゼル・アルヴ……！」

「ジール・メア・グラム・エルド・ニルグ・イーオ・セル……！」

「ジェス・イーン・サルク・ヴィキ・テオ・メオ・フラム・ダルト・ウル・ディオ・ゼオン……！」

オリオンの魔法使い二人とアダチが、炎熱魔法《アルヴマジック》と氷結魔法《カノンマジック》、電磁魔法《ファルツマジック》を発動させる。どの魔法もミモリンの爆発《ブラスト》ほど生やさしくはない。

リッチキングは砂の竜首を砂塵《さじん》に戻し、魔法障壁《アンチスペル》を展開してこれを防ぐ。

その間に、レンジがリッチキングとの距離を詰めた。

「くぇあああぁぁっ……！」

紫電がリッチキングを猛襲する。

いけるか。

リッチキングは魔法障壁《アンチスペル》を消した。それから何をしてくるにせよ、その前にレンジの大剣がリッチキングを捉えるだろう。レンジに二の太刀は必要ない。一撃で決めてくれるはずだ。

しかしながら、どうかそうなって欲しい、という希望的観測は、えてして人の目を曇らせ、判断を誤らせる。おそらく、レンジはたしかに距離を詰めたが、詰めきれなかったのだろう。

リッチキングは杖の石突きで床を叩き、金の籠手を嵌《は》めた右手をレンジのほうに向けていた。すでに金色に輝く球体が出現している。

僅差かもしれないが、レンジの大剣はリッチキングに届かない。それより早く、即死魔法が放たれる。

希望的観測の虜《とりこ》となっていたハルヒロと違って、レンジにはそれがわかった。だから、大剣を止めて身を翻した。

「レンジ……！」

誰かが怒鳴った。

金色の球体が三つに分かれる。あの即死魔法、抗《あらが》う術《すべ》のない死をもたらす恐るべき物体が射出される。

「どけ……！」

怒声が響き渡る。

レンジと入れ替わるようにして、何者かがリッチキングに突進してゆく。

「シノハラさん……!?」

ハルヒロはもっぱらレンジを目で追っていた。だから、シノハラの存在にまったく気づいていなかった。キムラを失った直後だ。シノハラは愕然《がくぜん》としている様子だった。でも、打ちひしがれるより、復讐《ふくしゅう》心《しん》に駆られたのか。

けどさ、危ないって。

リッチキングの即死魔法はもう放たれた。

シノハラは金色の物体にまっすぐ突っこんでゆく。

あれだと、三つともシノハラを直撃するのではないか。シノハラは剣だけでなく、鈍い銀色の光沢を帯びた盾を持っている。その盾で身を守ったまま、リッチキングに体当たりする勢いだ。とはいえ、盾なんかでリッチキングの即死魔法を防げるのか。無理なのではないか。

「オオオォォオオオォォォォアッ……!?」

ランタが大声を上げた。オリオンの面々やトキムネ、タダ、キッカワらが口々にシノハラの名を呼んだ。メリイも何か声を発したし、ハルヒロも思わず叫んでしまった。

シノハラの盾が高温で熱されたように真っ白く発光した。

遺物《レリック》。

盾も遺物《レリック》だったのか。

「——つぇあ……!」

シノハラは盾でリッチキングを殴りつけてのけぞらせた。あの切っ先が斜めにカットされている短めの剣が普通ではないことは、ハルヒロもとうに気づいていた。シノハラはその剣をリッチキングの首元に突き刺した。

「っっっっっぁっっっっっ————————っっ……!」

声というような声ではなかった。肺の中の空気をぜんぶ一気に吐き出して、それがたまたま音として聞こえたかのようだった。

シノハラが剣をねじって撥《は》ね上げると、リッチキングの頭部が高く、高く、刎《は》ね飛ばされた。そこまでする必要はなかったはずだ。そんなことはしなくてもよかったのに、やらずにはいられなかったのだろう。

「ぬぅぅあっ……!」

シノハラは立てつづけにリッチキングの左腕を斬り落とし、右腕も斬り飛ばした。さらに胴を両断して、下半身を蹴り倒した。

刎ねたリッチキングの頭部がシノハラの足許《あしもと》に転がった。

シノハラはそれを踏み潰した。

その瞬間だった。

リッチキングが身にまとっていた衣、靴、杖《つえ》、金の籠手《こて》などの持ち物以外が一挙に形を失い、砂塵と化した。

「……あぁ」

シノハラは天を仰いだ。肩を上下させ、ひどく浅い息をしている。誰かに支えられないと、立っていられないのではないか。

けれども、友だった男はもういない。

シノハラは剣を、盾を手放してくずおれ、膝をついた。うなだれて、四《よ》つん這《ば》いになる。

その両手が、リッチキングだった砂塵をむなしくまさぐった。

「おおおぉぉぉぉあああぁぁぁああぁぁぁぁぁ……」

勝った。ついにリッチキングにとどめを刺した。成し遂げた。

とてもそんなことは言いだせない。黙っているしかない。シノハラにどう声をかけていいものか。おそらく、どんな言葉も不適切でしかない。

オリオンの面々はキムラの、そしてマツヤギの亡骸《なきがら》を囲んでいる。彼ら、彼女らはシノハラを気にしているようだが、近づいてゆこうとはしない。

レンジだけがシノハラのそばまで歩いていって、床に大剣を突き立てて座りこんだ。大剣は紫電を放っていない。剣鬼妖鎧《アラガルファルド》の効果はすでに切れている。レンジはしばらく動けないだろう。

「……神官が、他人《ひと》を庇うなんて」

シノハラが呟《つぶや》いた。低い、掠《かす》れた声だった。

「何やってるんだ。馬鹿なことを。……僕の盾なら、防げたのに……」

「確実だったのか」

レンジが訊《き》いた。呼吸が荒い。それでいて、静かな口調だった。剣鬼妖鎧《アラガルファルド》の力を使った影響で、声を出すのもきついのか。それとも、散った者たちを悼んでいるのか。

シノハラはすぐには答えなかった。ずいぶんしてから、首を横に振った。

「……賭けではあったけどね。あんな魔法を受けたことはないから」

「だったら、キムラは馬鹿だったわけじゃねえ。クランのマスターが即死するかもしれなかった。俺がやつでも、同じことをする」

「……きみが？」

「ああ」

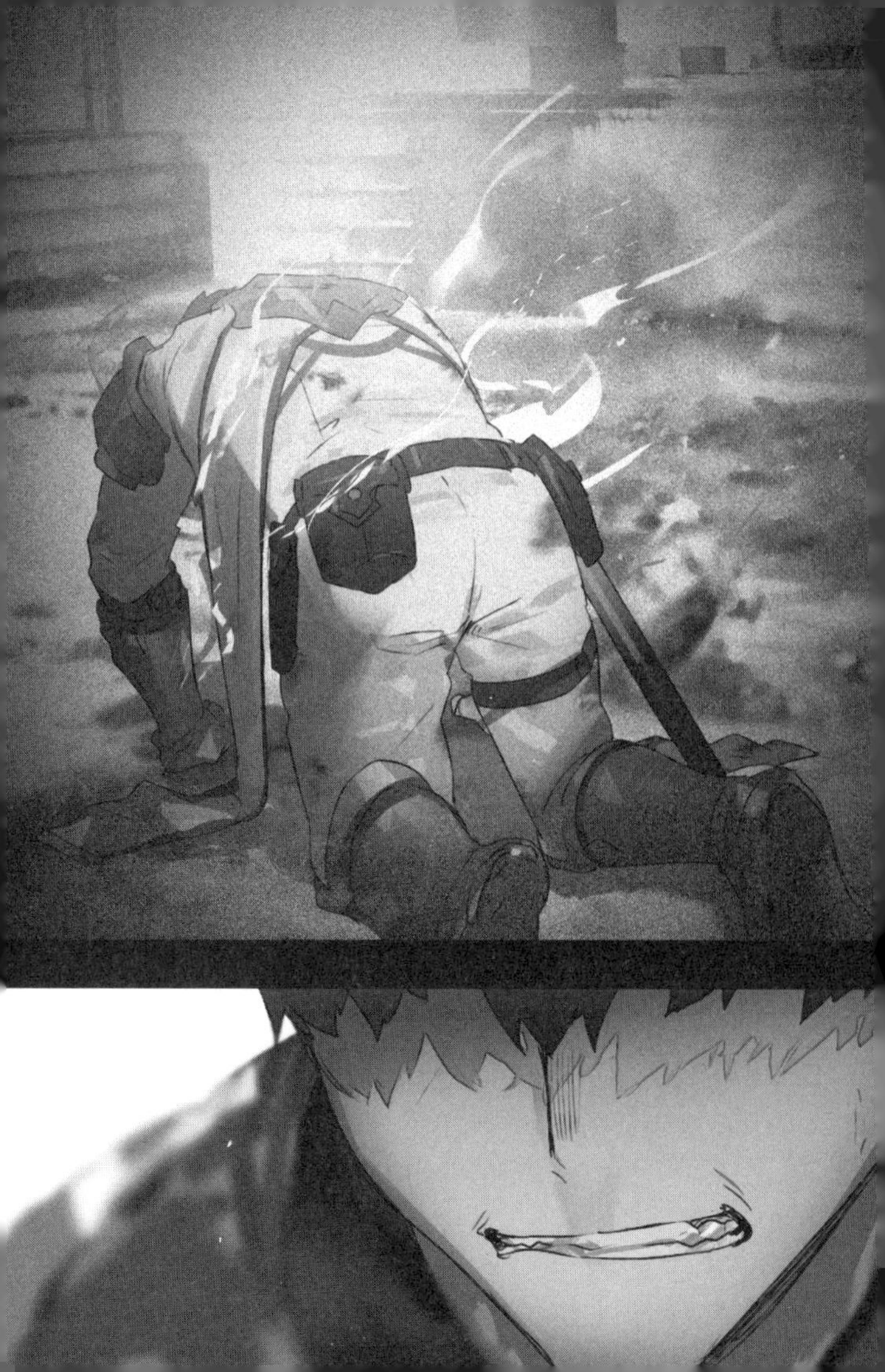

「キムラと、同じことを、……レンジ、きみが？」

「友だちだったんだろ」

「……そうだね」

「理屈じゃねえ」

「……そうだな」

シノハラは長く、深々と、息を吐いた。

そして、金の籠手を拾い上げた。リッチキングが右手に嵌めていたものだ。

リッチキングは砂塵となって消え去った。残ったのは、衣と靴、杖、シノハラが今、持っている金の籠手だけだ。いや、ハルヒロがしがみついたときに外れた冠も、そのへんに転がっている。

遺物《レリック》。

そうだ。

リッチキングを死してなお眠らせなかったものは何なのだろう。遺体があんなふうに崩壊してしまうということは、王自身が生前から有していた特別な力を死後まで維持していたのではなく、やはり遺物《レリック》が作用していたのではないか。だとしたら、まず持ち物をあやしむべきだ。

ハルヒロはなんとなく足音を忍ばせて歩み寄り、冠をそっと持ち上げた。

古びて黒ずんでいるものの、相当数の大小様々な宝石で飾られている。かなり値打ちがありそうな冠だ。ただ、遺物《レリック》なのかどうか。ハルヒロには正直、まるでわからない。

シノハラは金の籠手を掲げたり、顔に近づけたり、ゆっくりと回したりして、まるで品定めをしているかのようだ。

「そいつをどうするつもりだ？」

レンジが尋ねた。

「遺物《レリック》だな。くたばった王に、そいつが力を与えて眠りを妨げていた」

「わかりますか？」

シノハラは、笑った。

あの笑みだ。

いつもの、いかにも人当たりのいい、温和そうで、やたらと自然な、でも、この場にはそぐわない、どう考えても不自然な笑顔だった。

「私はこう考えています。何事にも分相応というものがある。この墓所に葬られた王が、かつてどれだけの権勢をほしいままにしていたのかは知りません。ですが、所詮はただの人間でしかない。一人の人間に、これほど大きな力は過分だった。命すら持たないのに。生者にも、あのような力は不要です。有害ですらある」

シノハラは金の籠手を左手に持ち、右手で剣を握って立ち上がった。

「本音を言えば、恨みつらみや憤りもなくはない。自分自身にも腹が立っています。キムラがあんなことをするなんて、思ってもみなかった。予想外でした。対処できなかった。ですから、これは八つ当たりかもしれない。レンジ。私が間違ったことをしようとしていると思うのなら、止めてください」

レンジは口を開いて何か言いかけた。そのときだった。

シノハラが金の籠手をひょいと放って、剣を一閃《いっせん》させた。

「ゲッ……!?」

ランタが奇声を発した。

金の籠手は真っ二つになって床に落ちた。

「くあぁぁぁっ……！」

シノハラは怒気を一切隠さずみなぎらせて、分断された金の籠手に剣を叩《たた》きつける。繰り返し、何度も。何もそこまでやらなくてもいいのではないか。そう思わずにはいられないほど。シノハラとしては、そこまでやらないと気がすまないのか。息を乱して、やたらめったら、石床ごと金の籠手を剣でぶっ叩きまくらないと、とてもではないが、収まりがつかないのか。止められるわけがない。

止めようがなかった。

「くそ……！　くそ！　くそ！　くそ！　くそっ……！」

シノハラは勢いあまったのか、何かの加減で体勢が崩れてひざまずいた。それでも剣を握り締めて振り下ろそうとしたが、途中で手が止まった。

「……くそぉ……っ」

剣をぞんざいに、投げるように置く。シノハラはまた四つん這いになった。金の籠手の破片は砂塵《さじん》と入り交じっている。シノハラはその中に顔を突っこもうとしているかのようだ。あるいは、泣いているのか。誰にも泣き顔を見せたくないのかもしれない。

レンジは瞼《まぶた》を閉じている。

ハルヒロもシノハラから視線をそらした。この冠、どうしよう。それどころではないのだが、そんなことを思った。遺物《レリック》かも、と考えて確保してはみたものの、そうではないのだとしたら、ただの高価な装飾品だ。見ようによっては、ハルヒロはお宝をこっそり自分のものにしようとしている。そんなふうに誤解されてもおかしくない。かといって、床に置き直すのも。本当に、どうしたらいいだろう。

ふと目を戻すと、シノハラはすでに立っていた。

「二人はここで火葬するしかありません」

別働隊を見回してシノハラが言う。

「その後、一休みしてから先に進みます。作戦はまだ終わっていません。尊い犠牲を無駄にしないためにも、我々はこれを完遂しなければ」

さすがに笑顔ではなかった。険しくもない。あえて言えば、無の表情だ。淡々とした声音だったが、感情を押し殺そうとしているのかもしれない。

ハルヒロはもともとシノハラに疑惑を抱いている。だから引っかかるのか。シノハラらしくないと思える激情。拍子抜けするほどの切り替えの早さ。でも、単にシノハラはそういう人間なのかもしれない。切り替えたように装っているだけで、そうではないのかもしれない。

もし、ぜんぶ演技だとしたら。

そんなことを考えてしまうハルヒロのほうが、むしろ異常なのではないか。

少なくとも、キムラはシノハラを大事に思っていた。自分の命を捧《ささ》げても惜しくないほど。変人だったが、友情に厚く、忠実だった。

キムラは、友人のシノハラが大切で、本心から彼を慮《おもんぱか》るからこそ、ハルヒロたちの味方になってくれたかもしれない男だった。

シノハラだけではない。ハルヒロたちもまた、キムラを失ったのだ。

11. 立ち向かう

リッチキングが残した杖、冠、衣、靴は、オリオンが分担して持ち帰ることになった。それらは別働隊がいにしえの王を打ち倒した証拠であり、かつ、貴重な財宝でもある。お嘆《なげ》き山《やま》攻略作戦が終了してから、辺境軍と義勇兵団の間でどう分配するか話しあって決めることになるだろう。

マツヤギとキムラの火葬は王の間で行われた。オリオンは以前も同様の処置を実施した経験があるようで、手際がよかった。点火はオリオンの魔法使い二人が行い、その後、アダチが火炎壁《ファイアウォール》で戦友たちの亡骸を囲んだ。ミモリンが爆発《ブラスト》を発動させようとしたので、これはハルヒロが止めた。そんなことをしたら燃えるどころか吹っ飛んでしまう。

メリイとアンナさんが死者の安らかな眠りを願って祈りを捧げた。タダも神官だが、祈らずにじっと炎を眺めていた。いつもやかましいトッキーズと我らが仮面の暗黒騎士も、このときばかりは神妙に黙っていた。

「サッサは赤の大陸で埋めてやった」

ロンがぽつりとそんなことを言った。

「不死の王《ノーライフキング》の呪いも、海の向こうまでは届かねえ。焼くのは、何だかな。死んでも、あいつはいい女だったからよ」

シノハラは、キムラとマツヤギが骨と灰になってしまうまで、ほとんど微動だにせずその模様を見守っていた。シノハラの右手がぎゅっと握り固められたままだったのが印象に残っている。

二人の遺灰はオリオンの面々が回収した。連れ帰って、志半ばで倒れた大勢の義勇兵たちが眠っているオルタナの丘に葬るようだ。

王の間の奥に扉が二つあった。合わせ解錠で扉を開けた先は、オリオンが宝物庫と呼ぶ部屋だった。

宝物庫はお嘆き山頂上の古城内に繫《つな》がっている。ひどく入り組んだ迷路と複数の小部屋で構成されている宝物庫を突破するのは容易ではない。

リッチキングが健在ならば。

ポーンやスペクター、ファントムといった敵が続々と押し寄せる中、分かれ道や行き止まりだらけの迷路を抜けるとなると、そうとう困難だ。オリオンはこの難関に何度か挑み、宝物庫の見取り図をおおよそ完成させた。しかし、扉が四つも見つかっており、合わせ解錠を成立させる条件を解明できなかったらしい。

もっとも、リッチキングが真の眠りについた今、宝物庫はただの迷路でしかない。王の間から開けた二つの扉以外は、罠《わな》かフェイクだということも判明した。別働隊はやすやすと迷路を突破し、古城の地下に出る城内口まで進んだ。

城内口はもともと岩戸で封印されていた。オリオンはこれをいったん破壊したが、そのあとで石を積んでふさいだ。

自分たちが墓所に出入りする際は石をどける。使い終わったら、わざわざふさぎ直す。他の義勇兵たちが墓所に殺到して、たとえば暁連隊《DAYBREAKERS》のソウマような手練《てだ》れが先にリッチキングを仕留めてしまったら、目も当てられない。これまでオリオンは、墓所の存在をなるべく隠して独自に探索を進めてきた。せこいと言えばせこいが、おかげで古城を占拠している南征軍のオークたちも、城内口の存在に気づいていないようだ。城内口は石でふさがれたままだった。

別働隊は城内口をふさいでいる石を一つずつ取り除いていった。たいした作業ではない。すぐに終わった。

古城は決して大きい城ではない。山頂部に七つの塔を繋ぐ形で城壁が張り巡らされ、その内側に石造りの建物がある。城主の居館だったのだろうこの建物は、二階部分までと三階の一部しか残っていない。義勇兵団の偵察によると、現在はその三階の一部を利用して望楼が築かれているようだ。

城内口は、七つある塔の一つ、その地階にある。この塔は城門からもっとも遠い。城門の近くにある塔から、右回りに第一塔、第二塔と名づけてゆくと、第四塔ということになる。城門の位置は、第一塔と第七塔の中間だ。

塔は内径がせいぜい四メートルといったところで、基本的には内部の階段を使って城壁に上がったり、最上階で見張りや防戦を行うための施設だ。しかし現在、古城には、もともとお嘆き山に巣くっていた不死族《アンデッド》たちに加えて、デッドヘッド監視砦《とりで》から移動したオークの部隊約五百、さらには、リバーサイド鉄骨要塞から敗走したコボルドたちまでいる。一部、といってもかなりの数のコボルドがお嘆き山を出たとの情報もあるが、それでも敵の総勢は千をゆうに超えるだろう。

ひょっとしたら、塔の地階にも敵がいるのではないか。そんな懸念もあったが、杞憂《きゆう》にすぎなかったようだ。第四塔の地階は、どうやら倉庫として用いられているらしい。樽《たる》や木箱、矢柄の束、食糧とおぼしき何かの干物などが、びっしりと積まれている。

これから、ハルヒロとイヌイ、オリオンの盗賊ツグタが本隊に合図を送る。

外の状況は不明だが、手筈《てはず》どおりに作戦が進んでいれば、辺境軍のトーマス・マーゴ将軍率いる精兵約百名、義勇兵団の荒野天使隊《ワイルドエンジェルズ》、鉄拳隊《アイアンナックル》、凶戦士隊《バーサーカーズ》によって構成される本隊は、城門へと至る山道の途中に布陣して、古城に立て籠もっている敵軍を牽制《けんせい》しているはずだ。また、本隊はお嘆き山の四方に盗賊を放っているだろう。ハルヒロらが城壁上のどこで合図しても、本隊はただちにそれを知ることができる。三人のうち一人が成功すればいい。最悪、合図を送ってしまいさえすれば、その直後に敵に発見されても役目を果たしたことになる。

ハルヒロたちは地階を出たら三手に別れるつもりだ。記憶を失ったが、それでもハルヒロは盗賊稼業がしっくりくる。ツグタは十年以上のキャリアを誇る盗賊だ。イヌイは狩人《かりゅうど》ではあるものの、盗賊の経験を積んでいる。盗賊が固まって行動する意味はあまりない。単独行動が盗賊の華だ。いや、なるべく目立たず、逃げ隠れしながら目的を達するのが盗賊の真骨頂だから、華なんか少しもなくていいのだが。

ツグタがハルヒロとイヌイに発光棒を手渡した。片方の端を強く押しこんでから鞘《さや》状のキャップを外すと、数分間、燃焼して光を放つ。仕組みはまったくわからないが、遺物《レリック》ではなく、何でも天竜山脈の地底に住むノームが発明したものだとか。これをもとに、黒金《くろがね》連山《れんざん》のドワーフが類似品を製造したりもしているらしい。

予定では、ハルヒロとイヌイが合図を送りに行く。ツグタは離れた場所に潜んでこれを見届け、ハルヒロかイヌイが成功したら別働隊にその旨を報告する。また、二人とも失敗した場合はツグタが合図を送ることになっている。

いずれにせよ、本隊に合図を送ったら、シノハラ以下の別働隊は行動を開始する。内側から城門を開けるのが別働隊の主任務だ。

ついでに指揮官を殺害できれば敵を混乱させられるだろうが、どこにいるのか見当がつかない。おそらく、デッドヘッド監視砦に駐留していた部隊のオークが指揮を執っているのだろう。ただ、これも推測でしかないわけで、あまりにも材料が乏しすぎる。

まずは城門を開け、古城内に本隊を突入させることだ。

先だって義勇兵団は、圧倒的多数のコボルドが占拠するリバーサイド鉄骨要塞を見事に陥落させた。義勇兵たちにとって、混戦、乱闘はお手の物だし、敵の懐に飛びこむことさえできれば、思うぞんぶん本領を発揮できる。

遠くで何か音がしている。

この城内口がある第四塔一帯は騒がしくないようだ。おそらく敵は、城門付近に戦力を集中させている。他は手薄になっているのだろう。

「では——」

シノハラがハルヒロ、イヌイ、ツグタを見回す。

「お願いします」

ハルヒロたちはそれぞれうなずいた。奇人イヌイは何を考えているのかわからないし、ツグタは感情を表に出さないタイプだ。何にせよ、ハルヒロを含めて三者三様でありながら、誰も緊張感を漂わせてはいない。盗賊とはこういうものなのかもしれない。

「ハル」

メリイに声をかけられた。何だろう。メリイはハルヒロの名を呼んだきり、なかなか口を開かない。そんなふうに見つめられると、ちょっと、何というか、戸惑うというか、微妙に緊張するというか。緊張していなかったはずなのだが。

「……？」

ハルヒロが、ん、とも、え、ともつかない小さな声を出して小首を傾《かし》げると、メリイはぐっと接近してきた。

え？

何、何？

どど、どうしたの？

「――ぅおっ……!?」

誰かが変な声を発した。キッカワだろうか。

ハルヒロは何も言えなかった。固まっていた。急だったので。そりゃ驚くって。

メリイの顔が、ほとんどハルヒロの鼻先を掠《かす》めるようにして、と言ったら大袈裟《おおげさ》かもしれないが、そんなふうに感じられるほどの至近距離を、すうっと移動した。もちろん、接触はしなかった。

ハルヒロの左肩とメリイの右肩が、ぶつかりはしていないものの、すごく近くにある。

メリイの顔は、近い。ハルヒロの顔の真横に位置している。

何、これ？

どういうこと？

どんな状況？

事にあたって緊張したり、慌てたりするのは盗賊らしくない。ある種のふてぶてしさみたいなものが盗賊には必要だ。でも、これは盗賊だとか盗賊ではないとか、そういったことは関わりがない事案だと思われるので、セーフ？　なのかな？　セーフとかアウトとか、そういう問題かな？

ずいぶん長い間、こうしているような気がする。

そんなこともない、――のかもしれない。そうだ。そんなわけがない。きっとそう感じるだけだ。まるで時が止まったかのように。

当然、時間が停止したりはしていない。ちゃんと心臓が脈打っているし。動悸《どうき》がすごい。心拍数が。感じるもの。聞こえるというか。でも、その心音がハルヒロ自身のものではなく、メリイのそれなのではないかと錯覚されて、そういう想像を巡らせている己という存在がなんだか、なんとも恥ずかしい。

「……気を、つけて」

メリイが耳許《みみもと》で囁《ささや》いた。もし、すぐに返事をしたら、ふぁいっ、だとか、ひゃいっ、といった具合になってしまい、大変みっともなくおかしな結果に行きついていたことだろう。ハルヒロは賢明な判断を下した。最善だったと信じたい。

我慢して、少し間を置いたのだ。それから、満を持して首を縦に振った。

「……うん」

もちろん、気をつける。言わずもがなだ。むしろ、言われずもがな、だろうか。言われるまでもなく？　十分用心して仕事に取りかかる。基本中の基本だ。

「ごっ、ごめんなさい、わたしっ……」

メリイがあとずさりする。謝らないといけないようなことはしていないし、そんなにうろたえなくてもいいのではないか。とはいえ、ハルヒロも平静を装うのに四苦八苦している有様なので、何も言えない。

本当に、今のは何だったのだろう。ハルヒロにはわからない。誰か教えて欲しい。メリイに直接訊《き》くのが一番手っとり早いのだが、それは違うような気がする。どこがどう違うのか。そのあたり、どうなのだろう。やっぱりわからない。

「ぬっ！」

ミモリンが進みでてきた。

「ハルヒロ」

「……はい？」

なんかややこしいことになりそうだと、警戒せずにはいられない。案の定、ミモリンはハルヒロの両肩をガッと摑《つか》んで、自分のほうに引き寄せた。

「好き」

耳許で告げられた。まあ、それほどややこしくはない。というか、単純明快ではある。

「……そう、ですか」

「大好き」

ミモリンはハルヒロを押し離して、泣きだす寸前のようにくっと顔をゆがめた。でも、泣きはしなかった。

「いってらっしゃい」

「……いってきます」

なんとなく謝りたくなったが、それも違うような気がする。どこがどう違うのか。結局、ハルヒロにはわからない。

「このッ！」

いきなりランタに後ろ頭をぶっ叩《たた》かれた。

「──って！　何すんだよ!?」

「パルピロの分際でモテくさりやがってふざけンなァッ！　アレか？　死にフラグか？　死にフラグだな。立ってンな、死にフラグ。立ちまくりだな。死ぬな、おまえ。間違いなく死ぬな。決定的だな、オイ？　気をつけて死んでこいよ？」

ハルヒロは白目を剝《む》きたくなったが、なるべく反応しないほうがいい。ランタは相手にしてはいけないクズだ。ため息くらいはつきたい。それもハルヒロはこらえた。

「無視かよッ」

ランタが地団駄を踏む。子供かよ。ツッコみたくてしょうがなくても、やめておく勇気。対ランタでは、これが何より重要なのだ。

「無視かよ……ッ」

「ランタ、泣いてるん？」

ツッコむどころか慰めようとするユメは、ランタにやさしい。やさしすぎるのではないだろうか。

「泣いてねェーよッ。泣くワケねェーしッ。……泣きたかったら、おまえの胸で泣かせてくれンのかよ」

「にゅー。それはなあ。だいぶ、いややんなあ」

「だいぶかよッ」

「逆に、なんでユメサンの胸で泣かせてもらえるかもって期待したんすか？」

「ッせーぞ、ウドの大木ッ。ちょっとした気の迷いだっつーの……」

むしろ本音がダダ漏れしただけなのではないか。ハルヒロはそう思ったが、黙っていた。言ったら面倒なことになりそうだ。ランタがユメに好意を抱いているのは一目瞭然だが、本人は認めたがらないだろう。たぶん少なくとも、人前では。

ハルヒロはちらりとメリイを見た。メリイはうつむいている。

好意、か。

あれ？

ひょっとして、――そういうこと？

「……いやいやいや」

小声で呟《つぶや》く。なんか、あったな。そういうやりとり。というか、ランタとユメはしばらくパーティを離れていたが、その間に何かあったのではないか的な。むろん、ハルヒロは覚えていないわけだが。メリイはそうではないわけで。ユメに問いつめられたら、メリイはやたらと動揺していた。

もしも、万が一、何かあったのだとしたら。

それをメリイは覚えてるのに、ハルヒロは忘れているのだとしたら。

どうなのだろう。メリイの気持ちは。どうもハルヒロはその方面に疎いようで、いまいちイメージできない。でも仮に、あえてはっきりした表現を使えば、恋仲だった二人、AとBがいて、Aはその事実を忘れており、Bだけが覚えている、としたら。Bの立場になってみると、これはなかなかせつない状況なのではないか。

まあ、何かあった、と断定することはできない。知っているのはメリイだけだ。あった、とメリイが言えば、あった。なかった、と言えば、なかったことになる。

極論すれば、たとえメリイが嘘《うそ》をついても、ハルヒロには、それどころか、他の誰にも見抜くことはできない。事実は一つだとしても、確認しようがないのだ。

言えないのではないか。何かあったにせよ、何もなかったにせよ、言葉にした途端、それが既成事実になるか、もしくは、果たして本当なのかと疑われてしまう。ハルヒロがメリイでも、口をつぐんでいるしかない。

この件にかかわらず、言いたくても言えない、胸に秘めていることが、メリイにはたくさんあったりするのではないか。だとしたら、メリイが引き受けている精神的な負担は、ハルヒロが思っている以上に大きいのかもしれない。

「……クッ」

イヌイがセトラの前に立った。眼帯をしていない右目が禍々《まがまが》しい光をたたえている。

「……人間なのかな？」

ハルヒロは浮かんだ疑問を口に出してみたが、イヌイの耳には届かなかったようだ。

「もし、俺が無事に戻ってきたならば――」

イヌイは臆面もなく言いきった。

「俺の子を産んで欲しい」

「産むわけがないだろう？」

当然というか何というか。セトラは即答した。

「本隊への合図は誰か一人でも成功すれば問題ないからな。おまえは戻ってこなくていい。むしろ、おまえだけは失敗しろ。二度と私の前に姿を現すな」

「……クッ。この期に及んで照れ隠しとはな。愛《う》いやつ……」

「どんな神経してんすか……？」

クザクがおののいている。

「ファイティングスピリットだな」

トキムネが白い歯を見せてイヌイの背中を叩いた。

「……さらばだ」

イヌイは先に行ってしまった。

「あ、……じゃ、おれも行くんで」

ハルヒロとツグタも出発した。イヌイのせいで少々ばたばたしてしまったが、引きずるのも悔しい。というか、馬鹿馬鹿しい。足音をほぼ完璧に消して階段を上がってゆく。第四塔の中はやはり静かだ。一階に敵の姿はなかった。イヌイもいない。

ここからは円筒形の塔内部に螺旋《らせん》階段が作りつけられている。足音のような音が聞こえるので、上のほうには敵がいるのか。それとも、イヌイが階段を上がっているのだろうか。だとしたら大胆だが、イヌイなのでやりかねない。

ハルヒロとツグタは第四塔の外に出た。空はわずかに明るい。もうすぐ夜明けだ。第四塔は城門のちょうど反対側に位置している。やはりこのあたりに敵はいない。塔の上部や城壁には見張りがいるようだ。篝火《かがりび》が見える。

城壁から建物までは五メートルも離れていない。城壁の高さは六メートルから七メートルといったところだろう。

オオオオ、ワアアア、といったような野太い喚声や、コボルドのものらしき吠《ほ》え声《ごえ》が聞こえる。本格的な戦闘が行われているという感じではない。攻める構えを見せながらも、なかなか城門に押し寄せてこない人間たちを揶揄《やゆ》したり、挑発したりしている。そんなところだろうか。

ハルヒロはツグタとうなずき交わした。

第一塔と第七塔の間にある城門あたりには敵がひしめいているはずだ。城壁上の様子を観察しつつ、第三塔の方向へ進む。

第三塔から先はかなり明るい。狭い間隔で篝火が焚《た》かれているだけでなく、城壁の上は松明《たいまつ》などを手にしているオーク、コボルド、不死族《アンデッド》で、ほとんど埋め尽くされている。城壁と建物の間も混みあっていて、塔に入ってゆく敵もいれば、出てくる敵もいるし、何か物を運んだり、積み上げたりといった作業も行われている。

これ以上は進めない。第四塔と第三塔を結ぶ城壁上は、数メートルおきに篝火が設置され、見張りのオークなどが立っているだけだ。だけ、と言っても、見張りに察知されることなく城壁に上がれるかどうか。どう考えても、簡単ではない。きわめて難しい、と言うべきかもしれない。

まあ、やるしかないだろう。ツグタが、頑張って、というふうにハルヒロの肩をそっとさわる。ハルヒロは一つ息をついて、城壁をよじ登りはじめた。

このまま登れば、篝火と篝火の中間あたりのはずだ。登りきったら、篝火のそばにいる見張りに見つかる前に、発光棒で合図を送る。その最中に、たぶん見張りはハルヒロに気づく。気づかないわけがない。でも、合図さえ送ってしまえば、ハルヒロの役目は完了だ。あとは逃げればいい。逃げられなかったら？　そのときはそのときだ。

なんとかなるだろうと軽く考えているわけではない。合図を送る。そこまではどうにかできそうだ。その後についてはわりと悲観的だが、まずはやるべきことをやる。それに集中しよう。

そのつもりだったのに、もうちょっとで登りきるというところで、第三塔方面が騒然となった。

ハルヒロは思わず、嘘だろ、と呟いてしまいそうになった。呟いたとしても、さして問題はなさそうだ。敵が大騒ぎしている。無理もない。

第三塔のてっぺんで、光がくるくる回っている。

発光棒だ。誰かが合図を送っている。

誰かも何も、ハルヒロではもちろんないし、下にいるツグタという可能性もない。

「……クッ！」

イヌイだ。

「クハハハハハハッ……！　今こそ、魔王降臨の刻《とき》……！」

城壁上の敵がイヌイめがけて矢を射かけはじめた。

「ヌォッ……！　ハァッ……！」

イヌイは飛んだり跳ねたり伏せたりして矢をよけている。もういいから早く逃げろと叫んだりしたら、ハルヒロまで敵に発見されてしまう。イヌイのことは放っておいて、ハルヒロはよじ登ってきた城壁を急いで下りた。ツグタは見あたらない。すでにシノハラたちが待機している第四塔に戻ったようだ。

ハルヒロも第四塔に向かった。ちょうど第四塔からシノハラたちが飛びだしてきたところだった。

遠くで鬨《とき》の声《こえ》が上がる。あれはオークやコボルドではない。明らかに人間たちの声だろう。合図を受けて、本隊が総攻撃を開始したのだ。

「レンジ、トキムネを先頭に……！」

シノハラが叫ぶ。レンジ、トキムネが先頭に立った。タダ、ランタ、クザク、キッカワ、それからシノハラが続く。ハルヒロはユメやミモリン、オリオンの戦士、聖騎士らとともに、先頭集団の後ろについた。

すぐに体が軽くなった。メリイが補助魔法をかけてくれたようだ。

「ゴーゴーデスヨネー……！」

なんでか知らないが、こういうときにアンナさんの声を聞くと妙に元気が出る。

「うぉありゃああっ……！」

「さぁぁーっ……！」

レンジ、トキムラらが敵を斬り破りはじめた。敵はけっこう密集していたはずだが、別働隊はものすごい勢いで突き進んでゆく。オークやコボルド、不死族《アンデッド》たちは、完全に浮き足立っている。外からだけでなく内からも攻められるとは、まったく想像していなかったのだろう。

敵を蹴散らし、踏み越えて、別働隊はどんどん前進した。先頭集団は当然、戦っているが、ハルヒロは武器を使ってすらいない。ただ先頭集団についてゆく。斬り倒された敵をよけたり、跳び越えたりする以外、とくにやることがない。

もう行く手に城門が見えている。いけるかも。

いけちゃうんじゃないの、これ。

そんな気がしてきたときこそ、だいたい危ない。これはハルヒロの経験則なのか。覚えていなくても、経験は生かされるのだろうか。もしくは、性質なのか。生まれつき調子に乗ることができない人間なのかもしれない。

「オオオオオォォォォォォォォーーーーーーーーーーーシュッッッッッッッ……！」

おかげで、そのとんでもない大音声が響き渡ったときも、驚きはしたが、来たな、と受け止めることができた。

それにしても、劇的だった。最初の声に応じて、まずはオークたちが連呼した。

「オッシュ！」

「オッシュ！」「オッシュ！」

「オッシュ！」「オッシュ！」「オッシュ！」

「オッシュ！」「オッシュ！」「オッシュ！」「オッシュ！」

「オッシュ！」「オッシュ！」「オッシュ！」「オッシュ！」「オッシュ！」

「オッシュ！」「オッシュ！」「オッシュ！」「オッシュ……！」

すぐにコボルドたちが吠えたてはじめた。

「ワオォーン！」

「ウォンッ！」

「ヴァウッ！　ワウッ！」

「ウォロロ——ン！」「ヴァウッ！」

「ワォン！」「ワォン！」「ワォンッ！」

「ウァロロオオォォォ———ン！」「ワオオオオオオオォォォーン……！」

オークやコボルドに加えて、不死族《アンデッド》たちもさかんに何かわめいている。

今や古城中のオーク、コボルド、不死族《アンデッド》が声を発しているのではないか。声だけではない。足踏みや武器で盾や石壁を打つ音が轟《とどろ》き、古城全体を揺るがせている。

レンジやトキムネら先頭集団はかまわず前進しようとしているみたいだが、明らかに速度が鈍った。これまで敵はほとんどやられっぱなしだったが、今は違う。必死に抗戦しているようだ。

「後ろからも来るぞ……！」

セトラが叫ぶ。別働隊は第三塔、第二塔を通りすぎて、第一塔に迫ろうとしていた。第一塔と、その向こうの第七塔の間に城門がある。どうやら、城壁上にいた敵の一部が第三塔や第二塔経由で下りてきて、別働隊の後背に食らいついてきたらしい。

「デルム・ヘル・エン・バルク・ゼル・アルヴ……！」

ミモリンが振り向きざまに爆発《ブラスト》を発動させる。数匹のコボルドが吹っ飛んだが、敵は怯《ひる》まない。

「ブルシィーットッ！　ヤバいデショーヨー……!?」

アンナさんは逃げ回っている。セトラやメリイ、ユメ、オリオンの面々が防戦にあたっているものの、背後から来る敵と戦いながら前進することはできない。

「シノハラさん、一回止まって！　そのまま進んだら、分断される……！」

「いや、だめだ……！」

シノハラは即座に怒鳴り返した。

「城門を開けるまで、止まるわけにはいかない……！　各自、力の限り戦え！　勝手に死ぬことは許さない！　目の前にいる仲間を決して死なせるな……！」

苛烈な命令だ。でも、今、弱腰になったらまずい。悪循環に陥って、負ける。シノハラはそう判断したのだろう。

ミモリンやアダチ、オリオンの魔法使いたちが魔法をぶっ放した。魔法の威力は絶大だが、呪文を詠唱したり何だりで、どうしても隙ができる。そのあたりはハルヒロたちがなんとしてもカバーする。多少の傷は誰も気にしない。誰かが深手を負って倒れると、メリイやチビちゃん、アンナさんが、すぐさま光魔法で治療する。じっくり手当てする余裕はない。燃費が悪くても、致命傷であろうとたちどころに癒やしてしまう光の奇跡《サクラメント》一択だ。

ハルヒロはとにかく、魔法使いと神官たちを守ることに全力を傾けた。この状況では何かもというわけにはいかない。懸念していたとおり、レンジとトキムネ、タダあたりが突出している。他は置いて行かれているようだが、もうしょうがない。自分にできることを、できる範囲でやるしか。

「オオオオオオオォォォォォォーーーーーーーーーーーーシュッッッッッッ……！」

またあの声が轟いた。

落ちてくる。

何かが。

降ってきた。建物か。建物の二階か、その上からだ。

オークか。真っ白い髪をなびかせ、大振りな剣を両手に一本ずつ持っている。落下地点は、城門近く。そのへんにはレンジたちがいるのではないか。というより、あのオークはレンジたちめがけて建物から飛び降りたのだろう。

着地したと思ったら、オークはすでにレンジと斬り結んでいる。

「――くぅあぁ……っ！」

「人間ノ、戦士……！」

あれはオークの声か。しゃべったのか。人間の言葉を。

「う、おっ……!?」

「チィッ……！」

トキムネとタダはレンジとオークから離れて、他の敵を相手にしはじめた。加勢はできない。それはわかる。今、レンジとあのオークに近づいたら、どうなるか。具体的に想像するのは難しいが、レンジを邪魔することになってしまいそうではある。レンジもあのオークも、ともに大物使いというか、得物が大きいので、殺傷範囲がとても広い。なるべく距離をとらないと、巻き添えを食う羽目になってしまうだろう。ようは、単純に危険で、恐ろしい、ということだ。

あの二人が一騎討ちに及んでいるのなら、決着がつくまでやらせておくしかない。こっちだって、それどころではない。敵はあのオークだけではないのだ。ほぼ全方面にいる。敵、敵、敵、敵、敵だらけだ。

ハルヒロは相変わらず魔法使いと神官たちを護衛するべく、寄せくる敵を転ばせて味方に始末させたり、背面打突《バックスタブ》をお見舞いしたりしている。敵はひっきりなしに殺到してくるし、仲間たちもそれぞれ奮戦している。それにもかかわらず、敵も味方もどこか集中していない。ぼんやりしているわけではないが、気になって仕方ないのだ。

レンジとあのオークの決闘が。とてもではないが、無視できない。

オークが純白の頭髪を振り乱して、二本の剣を次々と繰りだす。レンジは大剣で受け流し、また、躱《かわ》して、反撃する。白髪オークはレンジの斬撃をよけない。必ず剣で防ぐ。両者の剣の長さは同程度だ。重量もさして変わらないだろう。形まで似ている。レンジは両手持ちしているが、白髪オークは二刀流だ。レンジのほうが一太刀一太刀に力をこめられるはずなのに、白髪オークは力負けしていない。体格には差がある。レンジは長身だが、あくまで人間基準でしかない。もともとオークは人間より大柄な種族だ。あの白髪オークは、標準的なオークよりも体が大きいだろう。ただ、飛び抜けてはいない。レンジが圧倒的に見劣りするかというと、そんなことはないのだ。おそらく、柔軟性や俊敏性ではレンジに分がある。しかし、それも大差はない。

レンジと白髪オークは拮抗《きっこう》している。そう見える。

お互いに探りあっているようでもある。

「オッシュ！」

城壁上のオークたちが囃《はや》したてる。

「オッシュ！」「オッシュ！」

「オッシュ！」「オッシュ！」「オッシュ！」

「オッシュ！」「オッシュ！」「オッシュ！」「オッシュ！」

「オオオオォォォーーーーッシュ……！」

白髪オークが初めて、レンジの大剣を剣で受けずに身を躱した。おそらく、その直後に双剣で左右から挟みこむように斬りつけたのだと思う。すさまじい勢いで金属と金属が衝突する音がしたので、レンジは大剣で弾《はじ》いたのか。ハルヒロにはよく見えなかったが、とにかくレンジは跳び退《すさ》って、すぐに踏みこもうとした。

前に出ようとしたレンジの膝あたりと頭を、白髪オークの双剣が同時に襲う。

レンジは跳んだようだ。それから何をどうしたのか。ハルヒロにはわからない。やはり目視できなかった。

レンジの大剣と白髪オークの双剣と何度かぶつかって、二人とも下がった。

「オレの名は、ドン――」

白髪オークが双剣をゆったりと動かしながら名乗った。

「イヤ、……ザン・ドグラン。人間ノ、戦士よ。ソノ剣、モッゾと知ってか、イナか」

「オルタナを奇襲してきたオークの得物だ」

レンジは大剣を斜めに下ろして構えたまま、動かない。いや、声こそ乱れていないが、肩はわずかに上下している。

「ずいぶん前だがな。イシュ・ドグランって男だ」

「イシュ・ドグラン……！」

白髪オーク、ザン・ドグランは、笑っているのか。それとも、怒っているのか。オークの表情はわかりづらいが、ハルヒロにはどうも笑っているように見えた。

「オレの、兄だ……！　人間ノ、猛々シキ戦士よ……！」

「俺の名はレンジだ、ザン・ドグラン」

レンジの体がぐぐっと沈みこむ。全身をたわめて、力を蓄えているかのようだ。

「グァッハァー……！」

あのオークは、ザン・ドグランは、やはり笑っている。自分の兄がレンジに殺された。ということは、レンジは仇《かたき》ということになるはずだ。何がそんなに楽しいのか。人間とは違う、オーク独特の感情なのか。

「ハイゴードゥ！　ザッシャヘーグ！　ザワッガッ・ドグラン……！」

ザン・ドグランはオークの言語で何か言ったのだろう。古城内のオークたちが叫ぶ。

「ザワッガッ・ドグラン！」

「ザワッガッ・ドグラン……！」

「ザワッガァッ！　ドグラン……！」

「ゼェン・シィーダァ！」

ザン・ドグランがまた何か言葉を発した。敵の圧力がいっそう強まって、別働隊は防戦一方になったから、あれは攻撃的な指示だったのか。

ハルヒロも、メリイに躍りかかろうとした体の大きなコボルドに組みついてダガーで首を掻《か》き切ったり、剣を振り回して突撃してきたオークの背後に回りこんで背面打突《バックスタブ》を叩《たた》きこんだりで、レンジとドグランどころではない。

メリイは大丈夫だ。大丈夫というか、注意を払っていられる。神官だし、最優先で守らないといけないし。ユメとセトラも、もっぱら神官と魔法使いたちを護衛しているので、自然と目に入る。

クザクとランタはしばらく見ていない。捜して無事を確認したいのだが、どうしても優先順位が下がってしまう。

ミモリンはアンナさんにほぼ付きっきりだ。チビちゃんの姿がない。先頭集団に交じっているのか。オリオンの面々は誰が誰だか区別がつかない。

ザン・ドグラン以外にも、おそらく毛髪を脱色しているのだろう、白髪のオークが大勢いる。ザン・ドグランの真似《まね》をしているのか。武器も似たような片刃剣を持っている。そいつらがとりわけ手強《てごわ》い。単体でどうとかいうより、集団として強固だ。頻繁に指示を出しあっているし、励ましあい、庇《かば》いあう。負傷したオークを、他のオークが引きずっていって後退させたりする。

「ドグラン！」

「ザワッガッ・ドグラン！」

「ドグラン！」「ドグラン！」「ドグラン！」「ドグラン！」

「ドグラン……！」

オークたちが騒ぎだした。異様な雰囲気だ。熱狂の度合い、あるいは種類が、今までとは少し異なっている。

「レンジ……！」

ロンが怒鳴る。ちらっとだが、ハルヒロは見た。

レンジと斬りあっているザン・ドグランが、さっきまでとは違う。一回りでかくなった。いや、そんな馬鹿な。でも、そう見えた。髪がすごい。逆立って、静電気みたいなものをバチバチ撒《ま》き散らしている。何だ、あれは。髪の毛だけではない。その静電気みたいなものは、ザン・ドグランの全身から放たれている。

「ディイイィィイィイィイエエエェェェエエェェェェイイイィィ……！」

ザン・ドグランが、二本のバチで太鼓を叩くように双剣を振り下ろしている。いくらなんでも、あのサイズの剣をあんなふうに軽々と扱うのは異常だ。レンジは一方的に打たれまくっている。斬り刻まれずに、どうにかしのいでいる。それはそれで意味がわからない。いったいどうやったらあの連撃を防げるのだろう。絶対に不可能だとしかハルヒロには思えない。さすがにレンジも抜き差しならなくなったのか。

紫電が迸《ほとばし》る。レンジの大剣。ザン・ドグランの兄、イシュ・ドグランが持っていたというオークの片刃剣が、紫色の雷光を帯びた。遺物《レリツク》だ。

レンジが奥の手を使った。剣鬼妖鎧《アラガルファルド》の力を。

これで盛り返せる、――のか？

イシュ・ドグランの剣が斬れ味を増し、レンジはもっと速く、獰猛《どうもう》になる。それは間違いない。

ただし、長続きはしない。あの力を使いつづければ、最終的には命を落としてしまうのだとか。あのレンジが、たぶん一分か二分、あの力を使っただけで、しばらく動けなくなる。ザン・ドグランと一騎討ちに及んでいるこの状況で、回復するまで休む、というわけにはいかないだろう。

レンジは、剣鬼妖鎧《アラガルファルド》の効果が持続しているうちに、ザン・ドグランを倒すしかない。

いや、ザン・ドグランを討ち果たして、それで終わりならいいが、どうだろう。敵はザン・ドグランだけではないのだ。ザン・ドグランは敵のカリスマ的な指揮官らしい。彼を失ったら、敵は戦意を喪失するかもしれないが、逆上して復讐《ふくしゅう》しようとする可能性もある。そんなことは、レンジだって承知しているはずだ。剣鬼妖鎧《アラガルファルド》の力はなるべく使いたくなかったに違いない。

ザン・ドグランに使わされた。レンジは使わざるをえなかったのだ。さもないと、勝ち目がない。だから、やむをえず遺物《レリック》に頼るしかなかった。

「くっ……！」

セトラが白髪のオーク二人に攻めたてられ、槍《やり》を折られた。セトラはすかさず槍を捨てて剣を抜いたが、オークの斬撃を受けきれずに何太刀か浴びた。

「はぁっ……！」

ミモリンが二本の長剣を振り回して、セトラにとどめを刺そうとしたオークたちを牽制《けんせい》する。

「メリイ……！」

ハルヒロはセトラをメリイに任せ、思いきってオークたちの間を駆け抜けた。すれ違いざまに片方のオークに背面打突《バックスタブ》を叩きこもうとしたら、別のオークが躍りかかってきて、とっさに転がってよけたら、また別のオークに蹴飛ばされた。

「ハルくん……！　とぅあたぁ……！」

ユメがすっ飛んできて、謎の気合いとともに体当たりでオークを吹っ飛ばす。ユメの体格で、オークに当たり負けしないどころか、撥《は》ね飛ばしてしまうとは。もちろん、感心している場合ではない。ハルヒロは跳び起きて、隠形《ステルス》。そうしようと思ったわけではない。気がついたら、そうしていた。

敵。敵。敵。とくに白髪のオークが多い。このあたりにいる敵は、ざっと八割以上が白髪オークだ。白髪オークたちの中に、ぽつぽつと味方がいる。メリイとセトラ、アンナさん、オリオンの狩人《かりゅうど》と女性聖騎士が固まっているが、他はほとんどばらばらだ。皆、できるだけ散り散りにならないように心がけているはずだし、ハルヒロも当然、そのつもりだった。いつの間にか、ここまでばらけていたのだ。

ランタがこっちに向かっている。ユメが心配なのかもしれない。クザクはトキムネ、キッカワと、ロンはチビちゃん、アダチと死角を補いあって、押し寄せる敵を捌《さば》いているようだ。シノハラとタダはどこにいるのか。なんとかして城門を開けようとしているのだと思うが、ちょっとわからない。

ザン・ドグランとレンジは一進一退か。いや、明らかにザン・ドグランが優勢だ。レンジは剣鬼妖鎧《アラガルファアルド》の力を使った以上、勝ちきらないといけない。しかも、可及的速やかに。最低限それができなければ、レンジは――、別働隊は、ここで全滅する。

城門が内側から開かなければ、本隊が古城を攻め落とすことはできないだろう。

作戦は失敗する。

これ、――詰んでない？

まだ終着点に辿《たど》りついてはいないが、道は一本しかない。引き返すこともできない。進むしかない。

進んだ先は断崖絶壁だ。

今さら何をしても結末は変わらない。悪あがきでしかない。

本当にそうなのか？

たしかに、道は一本だ。この道はどこにも繋《つな》がっていない。途切れている。作戦は失敗だ。認めがたいが、挽回《ばんかい》は不可能だろう。でも、引き返せないのかというと、どうか。

逃げることはできるのではないか。

第四塔まで後退し、地階から墓所に入ってしまえば、宝物庫は迷路だ。敵が追ってきても、撒けるのではないか。墓所を通って山裾口から出れば逃げきれる。

簡単ではない。全員は無理だ。とくにレンジには、限界までザン・ドグランと戦っていてもらうしかない。しんがりになって追撃を食い止める役目を、誰かが果たさないといけないだろう。何人かが犠牲になる。他の者が生き延びるために。

自分の仲間だけ連れて、さっさとここから離脱する、という手もある。良心を捨て去ることができできないな、と思う。そこまで非情に、卑怯《ひきょう》にはなれない。別働隊は墓所でキムラとマツヤギを失ったとしても、そんなにうまくはいかないだろう。別働隊は墓所でキムラとマツヤギを失ったものの、古城内ではまだ一人も欠けていない。これは奇跡的と言っていいかもしれないが、全員が一致団結し、全力を挙げているからこそだ。誰かが結束を乱すような真似をしたら、たぶん別働隊はあっという間に崩れる。ハルヒロ一人なら逃げられそうだが、それでは意味がない。――自分一人なら。

ツグタはどうしているのか。イヌイは。わからない。ハルヒロと同じように隠形《ステルス》しているのだろうか。

この大乱戦の中でも存在感を消せるというのは、盗賊ならではだ。

ハルヒロ一人なら、多少大胆なこともやってのけられるかもしれない。

城門を開ける。それが別働隊の目的だ。城門には閂《かんぬき》が掛かっているはずで、それをハルヒロが外したり破壊したりできるのか、という問題はある。タダやシノハラなら可能だろう。きっと二人はそれを狙っている。

メリイ、ユメ、セトラ、引き返してこようとしているランタ、それにクザク、――自分の仲間を顧みないで、城門を開ける、閂を壊すか外す、タダやシノハラがそれをやろうとしているのなら、その援護をする。

迷っている暇はない。

後ろ髪を引かれるどころか、すべての頭髪をいっぺんに引き抜かれるような痛みを覚えながら、ハルヒロは城門を目指しはじめた。ハルヒロがここから離れることで、仲間が死ぬかもしれない。現実的に、それは十分ありうる。どちらにせよ、城門を開けられなければ作戦の成功はないし、別働隊は終わりだ。ハルヒロの仲間たちも。こうするしかない。選択の余地はないとわかっていても、割りきれない。自分を真っ二つにして、片方を仲間たちのもとに残し、もう片方だけで城門へ向かうことができたら、どんなにいいか。

でも、今は感情を切り離さないといけない。隠形《ステルス》を維持したまま、死闘を演じているレンジとザン・ドグランの横を通り抜ける。シノハラとタダはやはり城門に迫ろうとしていた。そうはいっても、城門前には、白髪オークたちが例の片刃剣だけでなく頑丈そうな盾まで構えて壁を作っている。あれを突破するのは、遺物《レリック》を持つシノハラと破壊力のかたまりのようなタダでも容易ではないだろう。ハルヒロなら、なんとか白髪オークたちの間をすり抜けて城門まで辿りつけるか。白髪オークたちは城門に背を向けている。閂に手を掛けるところまでは、たぶんいけそうだ。一抱えほどもありそうなあの閂を、ハルヒロ一人で外せるのか。不可能ではないかもしれない。しかし、そうとうな重労働だろう。タダならきっと戦鎚《せんつい》でぶち壊してしまえる。ハルヒロには無理だ。

閂は外せない。ハルヒロにはできない。タダなら独力でやれる。

タダだ。タダを城門まで到達させる。そのために、城門前の白髪オークたちを攪乱《かくらん》するのだ。白髪オークの隊列に紛れこみ、一人でも二人でもいいから、背面打突《バックスタブ》をお見舞いする。門を外すことはできなくても、外そうとしてみせるとか。白髪オークたちはすぐハルヒロに気づくだろう。気づかれたら一暴れしてやればいい。

かなり危険というか、命懸けになりそうだが、他に手はない。少なくとも、ハルヒロには思いつかない。何もできずに死ぬよりは、何かやって死ぬほうがましだ。たとえハルヒロが死んだとしても、城門が開いて本隊が古城内に突入すれば、作戦成功への道筋がつく。結果、仲間たちは生き延びられるかもしれない。

どれくらい成算があるのか。確実性は低い。所詮、一《いち》か八《ばち》かだ。わかっている。もともとハルヒロは悲観的な人間だ。この期に及んで、いきなり楽天家に豹変《ひょうへん》するわけがない。それでも、どうせだめだろうなと思いながら事に当たるよりは、やってやるさと無理やり気負ったほうが体が動く。一パーセントしかない成功率が一・五パーセントくらいにはなるかもしれない。〇・五パーセントはわずかな違いだが、ゼロではない。一縷《いちる》の望みに賭ける身として、せめて最善を尽くしたい。

ハルヒロは城壁に沿って城門前の白髪オークたちに近づいていったが、盾が効いている。どう見ても、人一人が通り抜けられるような隙間はない。すり抜けられるなんて、なぜ思ったのだろう。自分では冷静なつもりだったが、そうではなかったのか。だめだ。

だめなのか。

これでは、盾や白髪オークの体をかき分けて進むしかなさそうだ。そんなことをしたら、隠形《ステルス》もへったくれもない。何だよ。

何が一・五パーセントだ。

ゼロじゃないか。

ハルヒロは呆然《ぼうぜん》としてしまった。ほんの一瞬だ。でも、間違いなく気を抜いた。

一番近くにいる白髪オークがこっちを見て、視線をそらし、また見た。二度見した。

「ヌッ……!?」

気づかれた。

うっかりではすまされない。何をやっているのか。気づかれてしまった。

「ズィーガッサ……ッ!」

その白髪オークは片刃剣を振り上げてハルヒロを威嚇する。でも、持ち場から離れようとしない。あくまで城門前を死守しようとしている。

「でぇええあああああああぁぁぁ……!」

タダが最前列の白髪オークに戦鎚を叩《たた》きつける。タダの戦鎚は白髪オークの盾を粉砕した。だが、盾を壊された白髪オークに代わり、別の白髪オークが前に出てきて、片刃剣でタダを突こうとする。タダはいったん下がらざるをえない。

「――っっっ……！」

タダと入れ違いでシノハラが突撃し、遺物《レリック》の盾を前面に出して二、三人の白髪オークと押しあう恰好《かっこう》になった。白髪オークたちが体勢を崩す。シノハラは剣を閃《ひらめ》かせ、白髪オークたちの片刃剣だの盾だのを次々と斬りまくる。タダも、今度は前方宙返りから輪転破斬《サマーソルトボム》をぶちかました。白髪オークの頭部が木っ端微塵《こっぱみじん》になる。しかし、一人やられると間髪を容《い》れず後ろから一人出てきて、即座に隊列の穴を塞いでしまう。

どうしよう。どうすればいい。さっきの白髪オークは相変わらずハルヒロを見すえていて、少しでも近づいたらこの片刃剣の餌食にしてやるとばかりに吼《ほ》えている。突っこむか。死にものぐるいでやれば、白髪オークの一人や二人は道連れにできるかもしれない。それで、どうなる？　何にもならない。

情けなく、嘆かわしく、恥ずかしいかぎりだが、ハルヒロは城壁にぴったりと背をつけて、何もできずにいた。いや、息はしている。心臓が動いていて、呼吸をしていることに、罪悪感を覚えずにいられない。もう後先を考えず、猪突猛進《ちょとつもうしん》して死ぬべきなのかもしれない。その前に、何でもいい、何かできることはないのか。あるとは思えなかった。できることなんてない。もう終わった。正直、ハルヒロはそう感じていた。ハルヒロがすがっていた、すがろうとしていた一縷の望みとやらも、完全に絶たれてしまった。

だから、心底、ぶったまげた。

「ダアァァァァァーーーーーーーー……ッッッ！」

城門だ。誰かが城門に取りついて、閂を外そうとしている。

「このォォォウウゥゥ！　魔王がァァァアアァァ！　今こそォォォウウゥゥゥ……！」

イヌイ。イヌイだ。眼帯が、とれたのか。自分でとったのか。ポニーテールもなぜか解《ほど》けて、ざんばら髪になっている。

「ウェアガッシャア……！」

城門の近くにいる白髪オークが振り返ってイヌイに斬りかかる。

「──ぬぁとおぉうっ……！」

イヌイは奇怪な声を発して魔鳥のように跳び、その斬撃を躱《かわ》した。おかげで閂からは離れてしまったが、イヌイは別の白髪オークに組みつくなり瞬時に首をねじ折った。

「ひぇあらぁ……ッ！」

「くそ……！」

別の声がして、見ればオリオンの盗賊ツグタがハルヒロの一番近くにいる白髪オークに躍りかかっていた。ツグタも隠形《ステルス》してどこかそのあたりに潜んでいたのか。ハルヒロ同様、手の出しようがなくて動けなかったのだろう。けれども、こうなったら破れかぶれだ。なおも城門を開けられる見込みはほぼない。まあ、ゼロだ。全員で悪あがきしても、ゼロが○・一パーセントになるかどうか。無駄でも、座して死を待つよりはいい。

ハルヒロも突進すると見せかけて、白髪オークの足許《あしもと》に飛びこんだ。隊列の中に突入する。二列目の白髪オークの背中を素早くよじ登り、ダガーで首を掻《か》き切って、すかさず隣の白髪オークの眼球にダガーを突き入れ、引き抜くなり別の白髪オークにしがみつく。盾で殴られて気が遠くなったが、左手でオークの白髪を摑《つか》んだ。振り落とされてたまるものか。ありったけの力を振りしぼって、白髪オークの首筋にダガーをねじこんでやる。

「んあああああぁぁぁぁぁぁ……！」

その直後、また盾で殴打され、ハルヒロは気を失ったのかもしれない。でもおそらく、失神していたのはせいぜい数秒だ。

「──ぁいだだぁっ……」

痛みと苦しさで我に返ると、白髪オークたちに踏まれたり蹴られたりしていた。城門前、白髪オークの隊列、その真《ま》っ只中《ただなか》で、ハルヒロは地べたを這《は》いつくばっているというか、捨てられた襤褸《ぼろ》切れみたいに転がっている。

ただ、白髪オークたちはどうやら、意図的にハルヒロを踏んづけたり蹴っ飛ばしたりしているわけではないようだ。どの白髪オークも下なんか見ていない。それどころじゃない、とでもいうように、顔を上げてどこかに目をやり、口々に何かわめいている。何か。何だろう。何かあったのか。何かが起こっているのだろうか。いったい何が。わからない。わかるわけがない。

ハルヒロは這い進んだ。何度も白髪オークに蹴られた。背中や頭など、あちこち痛むし、左腕や右脚がとくにやばい。ちゃんと動いてくれない。それでも、かまわず白髪オークたちの脚の間を進んだ。

とうとう隊列の外に出た。隊列の最前列に位置していた白髪オークと白髪オークの間から這い出して振り仰ぐと、ハルヒロはそれを目撃したが、それが何なのか、いったいぜんたい何が起こっているのか、依然としてわからないままだった。ちょっと目が霞《かす》んでいるせいだろうか。そういうことでもないだろう。とにかく、それは飛んでいた。飛行物体だった。いや、浮かんでいる、と言うべきだろうか。ハルヒロの真上ではないが、斜め上、城門と建物の間、その上空に、何かが浮かんでいる。凧《たこ》かな、と思ったりもした。その凧的な飛行物体もしくは浮遊物体は、けっこう大きい。あと、その物体の上に何かが乗っている。何かというか、誰かが。たぶん、人間か、人間に類する生き物が。その生き物はランタンのような照明器具を持っているようだ。その物体は光を放っていないが、照明器具のものとおぼしき明かりが確認できる。

「お行きなさい、しほるん……！」

そして、その物体の上にいる生き物が高らかに言った。知っている声だった。ハルヒロの記憶違いかもしれないが、当たっているとしたら、開かずの塔で目覚めてから今日に至るまでの間に出会った者たち、そのうちの誰か、さらに限定すれば女性の声だ。

イオの声なのではないかと、ハルヒロはとっさに思った。彼女とはごく短い間しか行動をともにしていないので、確信は持てない。でも、これは間違いないと断言できる。イオかもしれない女性は、ある名前を口にした。

しほるん、と。

それは、ハルヒロがよく知る人物の名と、とても似ている。無関係とは考えづらい。それくらい似すぎている。

飛行もしくは浮遊物体から、何かが、何者かが、誰かが身を乗り出す。彼女は白い。白い肌。彼女。女性だ。人間の女性に違いない。衣服らしい衣服を着ていないように見えて、ぎょっとした。いや、着ていないわけではないのか。厚着ではない。薄着のようだが、着ているとは着ている。その服も白っぽい色をしているらしい。

「だあく」

彼女はそう言ったようだ。

何か黒々としたものが現れた。それは一瞬で彼女を包んだ。彼女は黒々としたものに抱かれて、飛行もしくは浮遊物体から飛び降りた。オークたちが騒いでいる。コボルドたちが吠《ほ》えている。不死族《アンデッド》たちも。そして、ハルヒロたち人間も同じだった。あんなものをまのあたりにして、落ちついてはいられない。あれは何なのか。どういうことなのか。

黒々としたものに抱かれた彼女は、ゆらゆらと降下してくる。遅い。

落ちてくるにしては、遅すぎる。

あの黒々としたものが何かしていて、それによって落下速度をゆるめているのか。きっとそうなのだろう。彼女を抱く黒々としたものは、刻一刻と大きくなっている。黒々としたものから黒い触手が次々と生えて、それらがどんどん伸びてゆく。伸びながら、太くなってゆく。あれは明らかに、禍々《まがまが》しいものだ。そういう印象を受けない者は、種族を問わず稀《まれ》だろう。あれは何か恐ろしいものだ。あれに接触してはならない。あれに触れられてはならない。

逃げたほうがいい。あれはとてもよくないものだ。

彼女が着地するまで、まだいくらか時間がかかるだろう。でも、とうとう黒い触手が一人の白髪オークを襲った。

「――ガッ……!?」

黒い触手は巻きとるようにして、やすやすと白髪オークの首を刎《は》ねた。

「シホル……!」

ユメが叫んだ。ほとんど同時にメリイも彼女の名を呼んだ。そうだ。シホル。あれはシホルだ。シホル。シホルだよ。だあく。あれはダ、ー、クだ。シホルの魔法。あのンショオオォォォォォォォォォォォという感じの異音。聞き覚えがある。シホルだけの魔法だ。

あれが?

白髪オークたちや、コボルドたち、不死族《アンデッド》たちの首や腕を、雑草でも刈るように次から次へともいでしまう、あの黒々としたもの、黒い触手が、シホルの魔法だというのか。

「オオッ……！　オオオォォ……ッッ！」

ザン・ドグランの怒号が響く。ザン・ドグランはレンジと一騎討ちの真っ最中で、優位に立っていたはずだ。レンジを打ち負かそうとしていた。しかし、もうそれどころではない。敵も、味方も、戦っている場合じゃない。

「――ッンだっつーんだよ……!?」「シ、シホルサン……!?」

「マジかぁぁぁーっっ……!?」「ジーザァスッ……!?」

ランタやクザクが、キッカワやアンナさんも、敵と一緒になって逃げ惑ったり伏せたりしている。

「くぇあぁぁ……！」

トキムネが長剣をくるっと回してザン・ドグランに斬りかかった。

「ヌゥッ……！」

ザン・ドグランは左手の片刃剣でトキムネの長剣を打ち返すなり、右手の片刃剣で反撃する。トキムネは盾で防ぎ、跳び下がったというよりも、力負けして下がらざるをえなかったのか。それでも踏みこんで攻める。勝ち目はないのに。トキムネもそんなことは百も承知だろうが、レンジが。剣鬼妖鎧《アラガルファルド》の効果が切れたのか。レンジがうずくまっている。

力を使い果たしたのだ。レンジは動けない。ロンとチビちゃん、アダチがレンジに駆け寄ろうとしている。トキムネは、ロンたちがレンジを退避させるまで、ザン・ドグランの注意を自分に引きつけて時間を稼ごうとしているのだ。

「……ああぁ！」

ハルヒロは身を起こそうとする。何かしなきゃいけないと思うし、何かしたい。シホル。ああ。シホルのダークが黒く渦巻いて、その渦に搦《から》め捕られてしまった者は逃げられない。逃げる間もなく、切り飛ばされる。ばらばらになってしまう。腕が、脚が、頭が、輪切りにされた胴体が、体液が、乱れ飛ぶ。敵だけなのだろうか。味方は。仲間は。どうなのか。わからない。黒々とした渦の中心にいて、ほとんど顔しか見えないシホルは、そろそろ地面に降り立とうとしている。黒々とした恐るべき渦は、城壁と建物の間をほぼ埋め尽くそうとしている。もしあの中に仲間の誰かがいたとしたら、助からないだろう。

「うあぁぁぁらあああぁぁ……！」

すごい音がした。城門のほうからだ。タダ。タダが閂《かんぬき》に戦鎚《せんつい》をぶちこんでいる。閂はその一発で破壊された。城門前の白髪オークたちもさすがに浮き足立っていて、鉄壁を誇っていた守備陣が見る影もないほどめちゃくちゃになっていた。タダとシノハラはその機を逃さなかった。なおも行く手に立ちふさがる白髪オークたちを一気に駆逐し、ついに城門まで辿《たど》りついた。そして、タダが閂を壊したのだ。

「開けるぞ……！」

シノハラが遺物《レリック》の盾を城門に叩《たた》きつけ、押す。

「――っそぉぉぉああああああ……！」

タダは城門に右足をかけた。押しまくる。

開く。

城門が。

「ゾンガッダ……！　ザアアアアァァァァァージッッ……！」

ザン・ドグランが双剣でトキムネを弾《はじ》き飛ばしながら叫んだ。オークの言葉だろう。むろん意味はわからないが、たぶん何かを命じたのではないか。ザン・ドグランがああしろと命令したのだろうか。白髪オークたちがタダやシノハラとともに城門を押しはじめた。

城門を開けようとしている。そうとしか思えない。

「なっ……!?」「――んだ、こいつら……!?」

シノハラとタダも戸惑っている。その間にも城門は開いてゆく。あっという間だった。人が何人か通れるくらいまで城門が開いた。すると、そこから白髪オークたちが外に出てゆきはじめた。

「えっ……」

何かがハルヒロを跳び越えていった。

ハルヒロはまだ起き上がることができず、左腕と右脚が満足に動かないので、四《よ》つん這《ば》いにもなっていなかった。自分を跳び越えていった何かの正体を見極めるべく身をよじると、ザン・ドグランが城門から出てゆくところだった。そうか。

「――逃げっ……？」

そういうことか。

古城内には別働隊が、そして、シホルがいる。さらに、城門が開いてしまった以上、外から本隊が傾《なだ》れこんでくるだろう。もはや籠城は破綻した。古城を守りきることはできない。ザン・ドグランはそう判断した。敵か味方、どちらかが死に絶えるまで古城内で戦いつづけ、殺しあう道を選ばず、全軍に退却を命じたのだ。

敵は一目散に逃げてゆく。こぞって外へ。古城から出て、どこへ行こうというのか。

「……シホル」

どこでもいい。かまわない。逃げてゆく敵のことなんか、どうだって。

黒々とした渦は黒い触手を方々に伸ばすのをやめ、収束しつつある。もうその一帯に敵はいない。味方もいない。腕や脚、頭、輪切りにされた胴体や体液が飛び散ることもない。そこにいるのは、黒々としたものと、ダークをまとうシホルだけだ。シホルはすでに着地しているのか。ダークがシホルの体の大半を覆い隠しているので、はっきりとしたことは言えない。地面に足がついているにしては、シホルの顔の位置が高いような気もする。

ハルヒロは這ってゆく。近づかないほうがいい。危険だ。ハルヒロの中で、本能か、理性なのか、何かが警鐘を鳴らしている。恐怖を感じないわけではない。ダークがまた触手を伸ばしてきて、それがハルヒロを軽く撫《な》でただけで、きっと破滅的な結果をもたらすだろう。

でも、シホルがそんなことをするだろうか。

彼女が本当にシホルなのだとしたら。

顔立ちはシホルだ。

ダーク。

それはシホルの魔法だ。

シホルだけの。

これほどまでに恐ろしい魔法だったのか。

いつの間にか、ハルヒロは這い進むのをやめていた。痛いからだ。どこもかしこも痛い。おそらく、骨が折れたり、腱《けん》が切れたりしている。だから、そのせいだ。シホルが怖いからじゃない。自分もシホルに殺されてしまいかねない。そんなことは考えていない。

だって、シホルは仲間なんだから。

ありえないじゃないか。シホルに殺されるなんて、そんなことは、決して。

「……シホル？」

呼びかける前から、シホルはハルヒロを見下ろしていた。視線をこちらに向けているのだが、焦点がハルヒロに定まっていないような、ぼんやりした眼差《まなざ》しだった。

「シホル？」

ハルヒロはもう一度、彼女の名を呼んだ。違うのではないかという疑いが湧き上がっていた。顔がそっくりで、シホルの魔法を使うことができるだけの、別人なのではないか。人違いなんじゃないのか。

馬鹿げた考えだ。こんなにも似ているのだ。いくらなんでも似すぎている。でも、おかしいじゃないか。呼んでも返事をしない。

もし万が一、別人なのだとしたら、彼女がシホルではないのならば、当然、仲間ではない、ということになる。

彼女をほとんど包みこんでいるダークが、不意に翼を広げた。巨大な黒鳥が羽ばたくように。ダークは無数の黒々とした細い触手のようなものと化して渦巻き、その一部はハルヒロの顔面を掠《かす》めた。鼻や頬、額の皮膚、薄い肉どころか、骨まで抉《えぐ》られたのがわかった。死ぬ、とハルヒロは思った。殺される。ハルヒロが心身ともに万全の状態なら、即座に跳び起きて逃げだしたことだろう。今のハルヒロには無理な相談だった。体に力が入らない。ちゃんと動いてくれない。

「シホル……？」

彼女はシホルじゃない。仲間じゃない。シホルだったらこんなことはしない。おれを殺したりしない。シホルなわけがない。そう思いながらも、ハルヒロには彼女の名を呼ぶことしかできなかった。

「あなたは——」

彼女が言う。

ダークがみるみるうちに引っこんでゆく。彼女の体に巻きつきながら、収縮して、背中のほうへと。ダークは消え失《う》せてゆく。彼女がだんだん露《あら》わになる。彼女は白っぽい薄手の服を着ている。胸から腿《もも》の半ばくらいまでを覆っていて、肩紐《かたひも》で吊《つ》られているだけの、まるで肌着のような服だ。

ダークはとうとう姿を消した。そうかと思ったら、彼女の背後から黒い、人のような形をしたものが飛んできた。それは彼女の右肩の上に止まった。

「あなたは……あたしのこと……知っていますか……?」

彼女は、訊《き》いているのか。ハルヒロに。うつろな目で。よく知っている、仲間の、シホルの声で。

知っている。そう答えればいい。シホル。また名を呼べばいい。シホル。シホルだろ。おれだよ。ハルヒロだよ。わからないのか、シホル。

どうして声が出ないのか。うなずくことさえできずにいるのか。

「しほるん」

何かが降りてくる。あの物体だ。凧《たこ》のような浮遊する、いや、飛行する物体。飛行物体は音もなく降下してきて、もうそれに乗っている者の姿も見える。

「用はすんだわ。帰るわよ」

イオだ。

でも、イオだけじゃない。他にも二人、乗っている。いかつい顔をした黒ずくめの男と、やたらと前髪が長い男。ゴミとタスケテだ。ゴミがランタンを持っている。

「……さあ」

タスケテが手を差しのべる。

シホルはタスケテの手をぼんやりと見た。それが何なのか、まったくわからない、とでもいうように。

「帰りたいのでしょう？」

イオにうながされると、シホルはタスケテに向かって右手を差しだした。タスケテはシホルの右腕を抱えるようにして、飛行物体に彼女を引っぱり上げた。

「……待って」

飛行物体が上昇しはじめてからだった。ようやくハルヒロは引き止めようとした。

「待って、シホル、おれだよ！　シホル！　おれだって……！　シホル……！」

シホルはたぶん遺物《レリック》なのだろう飛行物体に座りこんで、ハルヒロを見下ろしている。少し眉をひそめて、不思議そうに。わずかに首を傾《かし》げ、不可解そうに。ハルヒロはその顔つきや仕種《しぐさ》から証拠を探りあてようとしていた。彼女がシホルだという確証を。シホルだとは思う。彼女がシホルなら。ハルヒロの仲間なら。当然、ハルヒロを知っている。知らないわけがない。だったら、どうして。あれは、見知らぬ相手にいきなり自分の名前を呼ばれて、この人は誰だろうと不審がっている、そういう反応だ。彼女はシホルなのに、どういうわけか、ハルヒロを知らない。

覚えていない。

シホルはハルヒロのことを忘れている。

記憶だ。

消されてしまった。

シホルはまた記憶を奪われたのだ。

あとがき

なぜ人はダンジョンを攻略するのでしょう。いやべつに攻略したくないという人もいるでしょうが、僕は攻略したい派です。そこにダンジョンがあると、つい攻略したくなってしまう。ゲームだけに限りません。子供のころは入れそうな穴、隙間などを見かけると、必ず入ってみたものです。そのせいでとんでもない冒険をする羽目になったこともあったりしますが、話すと長くなるので割愛します。

なお、あとがきのあとに続く掌編は、エピローグ兼次回予告のようなものです。是非、本編読了後にお読みください。

それでは、担当編集者の原田さんと白井《しらい》鋭利《えいり》さん、ＫＯＭＥＷＯＲＫＳのデザイナーさん、その他、本書の制作、販売に関わった方々、そして今、本書を手にとってくださっている皆様に心からの感謝と胸一杯の愛をこめて、今日のところは筆をおきます。またお会いできたら嬉《うれ》しいです。

十文字《じゅうもんじ》　青《あお》

＃1　きみのおかげで僕は

激しくはないが重ったるい雨の降る丘で、彼は白い石を前にして立っていた。

一人ではない。揃《そろ》いの白い外套《がいとう》をつけた者たちが、彼の後ろに並んでいる。

誰かがそんなことを言った。彼は振り返ってその言葉を口にした者を探そうとしたが、すぐにやめた。誰でもいい。興味がない。だったら、なぜ彼は振り返ったのだろう。

「涙雨だな……」

白い石には三日月の紋章と名が刻まれている。

キムラ、と。

彼が率いるオリオンは、お嘆《なげ》き山《やま》攻略作戦で五名を失った。墓所のリッチキング戦で、神官のキムラと戦士のマツヤギ。盗賊のツグタは城門を開けるために戦ったが、命を落とした。それから、開かずの塔の主、門外し卿《サー・アンチエイン》の指図で別働隊を救援しにきたしほるんのダークに巻きこまれ、狩人《かりゅうど》のウラガワと魔法使いのトミダが死んだ。

五つの墓石を前にして、自分は何をしているのだろうと彼は思う。

戦いは終わった。別働隊の死者はオリオンの五名のみだ。本隊は辺境軍の兵七人が戦死した。しかし、ハヤシ以下オリオンの十三人は全員無事だったし、義勇兵団の荒野天使隊《ワイルドエンジェルズ》、鉄拳隊《アイアンナックル》、凶戦士隊《バーサーカーズ》も、あわせて三人しか死ななかった。

作戦は成功した。古城に籠もっていた南征軍を壊滅させることはできなかったものの、追い出すことはできた。ザン・ドグランらオークの部隊は北へ敗走し、コボルドたちはサイリン鉱山に逃げ戻ろうとしているようだ。不死族《アンデッド》たちの動向は不明だが、多くはザン・ドグランと行動をともにしているのではないかと目されている。

損害は五人。痛手ではあるものの、想定外ではない。誰も死なずに攻略できるとは露も思っていなかった。オリオンの誰かが死ぬかもしれない。他の者かもしれない。絶対に避けなければならないのは、彼自身の死だ。自分さえ死ななければ問題はない。

彼の望みは叶《かな》った。

死んだ者たちの墓石を前にして、何をやっているのか。

頭では理解している。これは必要なセレモニーだ。仲間が死んだ。五人もの仲間が。死者を悼まなければならない。悼んでみせなければならないから、彼は死ななかった仲間たちを引き連れ、こうやって死者を葬り、哀悼の意を表するようなこともさっき言った。何を話したのだったか。もうよく覚えていないが。まだすすり泣いている者や、仲間に肩を抱かれている者もいるし、彼の弔辞はそれなりに適切だったのだろう。

もういい。こんなことはたくさんだ。正直、仲間が死んで何が嫌だったのかといえば、あとで弔わないといけない、それが気鬱だった。死んだ時点で、その者は無だ。存在しない者に対して、何を思うことがあるのか。悲しむ。嘆く。これほど無駄なことはない。

「すまない」

彼は仲間たちに背を向けたまま言う。

「一人にしてくれますか」

うっとうしいから、さっさと帰れ、と言い放つわけにもいかない。

仲間たちが去ってゆく。命じたとおりに動いてくれるのがせめてもの救いだ。もちろん、彼がそう教育した。仲間など、手足のように操れるのでなければ、何の価値もない。ただただわずらわしいだけだ。

彼は仲間たちの姿が完全に見えなくなるまで待った。

丘を見渡す。人影はない。彼は雨に濡《ぬ》れた髪の毛をかきあげ、ため息をついた。

「……やってくれたな」

自分がどうしてそんなことを呟《つぶや》いたのか、彼にはよくわからなかった。

墓石に目をやる。

「キムラ。僕を庇《かば》って死ぬとはな。馬鹿なことをしたものだ」

利用されているだけだということは、あの男自身、理解していたはずだ。都合よく利用しあえる。煎じ詰めれば、それが友人というものではありませんか。あの男の言い様が目に浮かぶ。慇懃《いんぎん》無礼《ぶれい》な口調。気色の悪い笑い方。変人ぶって他者との間に距離を置きながら、執拗《しつよう》に観察している。独特の洞察力。使いようによっては役に立つ男だった。

「きみにはまだ働いてもらうはずだったのにな。愚かにも、きみは本気で僕を案じていた。僕の思惑の外で動こうとしただろう。僕がえられない情報をきみがえる。でも、僕が求めれば、きみはそれを打ち明けたはずだ。きみはまだまだ使える男だったのにな。死ぬなんて、まったく馬鹿だ。僕を庇って死ぬとは。きみに庇ってもらわないといけないような僕だとでも思ったのか。たしかに結果論ではあるけどね。僕は防げたんだよ。僕は遺物《レリツク》を持っているんだから。守りの盾《ガーディアン》。そして、断頭剣《ビヘッダー》。鍵を握るのは、いつも遺物《レリツク》だ」

彼は開かずの塔に視線を向ける。

「閂外し卿《サー・アンチエイン》。アインランド・レスリー。おそらくグリムガルでもっとも多くの遺物《レリツク》を所有している、……人物、と言うべきなのか。死なないはずなのに、殺されたことになっている不死の王《ノーライフキング》。その腹心、五公子の一人。あの空を飛ぶ、大きな凧みたいな。あんな遺物《レリツク》まで持っていたんだな。遺物《レリツク》。遺物《レリツク》。遺物《レリツク》。遺物《レリツク》を蒐集《しゆうしゆう》し、遺物《レリツク》で人間たちを操る。僕だって、唯々諾々とあの化け物の言いなりになるつもりはない。化け物は僕を利用しようとする。僕も化け物を利用する。ある意味、対等の関係だ。そんなわけがないけどね。結局のところ、あの化け物にとって、遺物《レリツク》も、僕ら人間も、すべて道具でしかない。肝心なのは遺物《レリツク》だ。キムラ。馬鹿なキムラ。きみのおかげだよ。そう言ってあげられたら、まだよかった。無駄死にだったな。きみが死ななくても、手に入ったのに」

彼はずっと握り固めていた右手を開いた。

掌《てのひら》の上に、指輪が載っている。

指輪の腕と爪の部分は、やや赤みを帯びた金属で出来ている。金と何か別の金属の合金なのかもしれない。爪が留めている石は、まるで真珠のようだ。それでいて透きとおっている。中心だけ淀《よど》んでいて、絶えず揺らめき、片時も静止しない。その淀みを見ていると、引きずりこまれてしまいそうな気がして、顔を背けたくなる。でも、目を離せない。

「僕もね。てっきりあの籠手《こて》だと思っていた。そうとしか考えられないだろう？」

リッチキングは、身にまとっていた衣と靴、冠、そして、杖《つえ》と金の籠手を残して砂塵《さじん》と化した。

彼は金の籠手に目をつけていた。遺物《レリック》には特異な存在感のようなものがある。これはアインランド・レスリーから聞いた話だ。すべての遺物《レリック》は固有のエネルギーを宿している。どのような効果、効力を発揮する遺物《レリック》も、そのエネルギーを持っているのだという。アインランド・レスリーはそのエネルギーを、エリクシル、と呼んでいる。エリクシルを計測できる遺物《レリック》もあるらしい。

エリクシルが遺物《レリック》に力を与えるのか。それとも、そのように造られたことで、エリクシルを帯びるのか。ともあれ、大まかに言えば、強大な遺物《レリック》ほど多くのエリクシルを宿している。使い捨てのような遺物《レリック》なら、力を使った途端、エリクシルを失う。何らかの方法でエリクシルを取り除けば、遺物《レリック》は力を持たないただのモノになる。

いくつもの遺物《レリック》に接すると、それが遺物《レリック》かどうか、わかるようになる。たぶん、人間には、エリクシルを感知する能力が備わっているのだろう。彼は、何か違う、というような漠然とした印象を受けるだけだが、人によっては光を放っているように見えたり、特有の匂いとして知覚したりすることもあるらしい。

「あの籠手だとばかり……」

彼は金の籠手を持ち上げて重さを感じてみた。顔を近づけて、つぶさに見た。匂いまで嗅いでみた。何か違う。きっとこの籠手だ。でも、おかしい。何か違う。どうも変だと思いながら金の籠手をゆっくり回したり、揺すったりしていたら、音がしたのだ。金の籠手の中で、何かが動く音が。これか。

そういうことか。金の籠手ではなかった。その中にあったのだ。

取り出そうとしたところで、レンジに問われた。

『そいつをどうするつもりだ？』と。

レンジも金の籠手を遺物《レリック》だと睨《にら》んでいたようだ。それだけではない。レンジは見抜いていた。彼が遺物《レリック》を我がものにしようとしていることを。無尽蔵の力で土砂や骨を兵士に仕立てて動かし、長い、途方もなく長い間、墓所に君臨しつづけた、死してなお眠らぬ王。いや、死した王に眠ることを許さなかった恐るべき力。それをもたらした遺物《レリック》の入手こそが彼の目的だと、レンジは見すかしているかのようだった。

あまりにも危険だ。彼はそう判断した。レンジが何をどこまで察知しているのか。それはわからない。しかし、レンジのような男に疑われたまま、強引に事を進めるわけにはいかない。レンジは今やあのソウマやアキラに引けをとらないほどの手練《てだ》れだ。始末しなければならないような状況には、なるべく陥りたくない。

「とっさに一芝居打ったよ。そういうの、僕は得意だからな。常に芝居しているようなものだしね」

彼はレンジの目の前で金の籠手を破壊してみせた。籠手の中にある遺物《レリック》まで一緒に壊してしまう恐れはあった。けれども、それは大きくはなく、たぶん指輪だろう。つまり、リッチキングは指輪を嵌《は》めた上、金の籠手をつけていた。音がした場所から、その指輪を嵌めていたのは中指、もしくは薬指だろう。そこまで見当がついていた。やり遂げる自信はあった。そして、彼はやり抜いた。

「……そうだった。無駄死にじゃない。キムラ。きみが死んだものだから、僕は激情に駆られてあんなことをした。きみのおかげで、説得力のある芝居になった。熱演できた。悲嘆に暮れるふりをして、僕はこの指輪をちゃんと確保できたんだ」

彼は指輪を握り締めて、笑みを浮かべた。

「喜べ、キムラ。きみのおかげだよ」

#2　本音

ハルヒロがなぜ、シェリーの酒場に足を運んで、椅子に座ったりしているのかというと、一人になりたかったからだ。一人になって、何がしたかったのか。よく考えたかったのだろうか。あるいは、何がしたいわけでもなかったのかもしれない。何もしたくなかった。そのためには一人になるしかない。仲間と一緒だと、ひたすら黙っているわけにもいかないし、何かしら話すことになる。考えるだけで気が重い。

頭ではわかっている。ちゃんと話しあわないといけない。

「……シホル」

あれでもし、仲間の誰かがシホルのダークで傷を負っていたり、──命を落としていたりしたら、否応《いやおう》なくその問題に向きあわざるをえなかっただろう。そうなっていた可能性はなくもない。十分あった。

何しろ、オリオンの狩人と魔法使いが、ダークに巻きこまれて死んだ。

シホルに別働隊を攻撃する意図はなかったと思う。目的は別働隊の、というか、お嘆き山攻略作戦の支援だったのだろう。ただ、別働隊に損害を与えないように、細心の注意を払っていたのか。ハルヒロたちのことは傷つけないようにした。そうだったらいいのだが、シホルはハルヒロのことがわからなかった。覚えていない。忘れてしまっていた。

シホルとイオたちは、たぶん開かずの塔の主の命令で、お嘆《なげ》き山《やま》攻略作戦の手助けをしに来た。目的を果たして、さっさと帰っていった。

おそらく、ジン・モーギス総帥と開かずの塔の主は結託している。それで、開かずの塔の主は、お嘆き山攻略作戦に援軍を派遣したのだろう。

強力な援軍だった。シホルが現れなければ、城門を開けることはできなかったはずだ。作戦は失敗し、別働隊は全滅していたかもしれない。

結果的に、シホルのおかげで、ハルヒロたちは助かったのだ。

だとしたら、こうは考えられないだろうか。シホルはハルヒロを知らないふりをした。たとえば、開かずの塔の主かジン・モーギスに脅迫され、言うことを聞くしかない。それで、忘れているふりをした。本当は覚えているから、ハルヒロたちを助けてくれた。

外は雨だ。

窓や出入り口の扉は開け放しているので、雨音がはっきりと聞こえる。

「……演技だとは思えないよな。シホルは覚えてないんだ。また忘れた。……また。おれたちも記憶を奪われた。同じことをされたんだ」

「なァーにぶつぶつ呟いてやがンだよ。気持ち悪ィーな」

仮面の暗黒騎士は酒場に足を踏み入れるなり、濡れそぼった黒外套《がいとう》を脱いで、ぶんぶん振り回した。ああいうがさつなところが、いちいち癇《かん》に障る。

「……なんでわかったんだよ。おれがここにいるって」

「よく来た店だからな。記憶なんかなくったって、どういうワケか足が向いちまう。そういうモンなんだろ」

ランタは倒れていた椅子を持ってハルヒロの近くまで歩いてきた。

「ちょうどこの席だ」

そう言ってテーブルの上に外套を放り、椅子に腰を下ろして仮面をずらす。

「薄暗い隅っこの指定席。オレらは日陰者だったからな。何か思いだしたりしねーか？」

「……いや。ぜんぜん」

「まァ、無理に思いだすようなアレでもねーよ。くだ巻いて、喧嘩《けんか》して、バカみてェーで。つーか、正真正銘、バカだった。黒歴史ってヤツだな。忘れちまったおまえがうらやましいくらいだぜ」

脚を組み、ちょっと背を丸めて頬杖《ほおづえ》をついているランタの顔つきは、いつもと違って険がない。何が、過去を忘れたハルヒロがうらやましい、だ。ランタは明らかに、この酒場で過ごした時間を懐かしんでいる。

「……みんなで、来たの？」

うらやましいのはこっちのほうだ。なくしたものを覚えていなければ、惜しむこともできないはずなのに。どうしてこんなに胸が詰まるのか。

「マナトとか、……モグゾーとも」

「まァーな」

ランタは首をひねって、口の端から息を吐いた。

「……いや。マナトのヤローが死んじまってからか。アイツとはずいぶん短い付き合いだったしな。モグゾーとは、よく来たよ」

「そっか」

「おまえと、三人で。……オレとおまえが揉《も》めると、モグゾーが止めてくれてよ。生きてりゃあ、ひとかどの戦士になってただろうに。コレばっかりは運ってのもあるからなァ」

「……うん」

「つまんねーギャグ飛ばしてんじゃねーよ」

「今のはギャグとかじゃないし……」

「ギャグくらい言えねェーのかよ。おもしろくねェーヤツ」

「おもしろみがない人間だっていうのは自分でもわかってる。昔からそうなんだろ」

「最初っからな。初めて会ったトキから、ソコだけは一貫して変わンねーよ」

「はいはい……」

「オレも、な」

ランタはテーブルに目を落として、しばらく黙っていた。ようやく口を開いた。

「──オレも、いろいろアホなコトしてきたけどよ。過去は取り消せねえ。たとえ、おまえらみたいに忘れちまったとしてもな。事実自体がなくなるワケじゃねーンだ。くたばっちまったヤツらは、生き返らねェーワケだしな」

ハルヒロはうなずくことも、何か言葉を返すこともできなかった。

忘れてしまったことも、覚えていることも、事実は事実として受け容《い》れるしかない。なかったことにはできないし、ねじ曲げることも結局はできないのだ。

「オレはよ」

「……うん」

「ユメのことが好きだ」

「……うん。……うん？」

ハルヒロはランタの顔をまじまじと見た。

ランタはそっぽを向いている。

聞き違いではないだろう。まあ、意外ではない。見え見えというか。そりゃそうだよね、というか。でも、こういう形で、ランタの口から聞かされるとは思ってもみなかった。

「それ、……ユメに直接、言った？」

「言うかよ、ヴァカッ」

ランタは両手でしきりと自分の顔をさわった。照れ隠しにしても、さわりすぎだ。

「……あのな。そういうンじゃねェーンだよ。オレがそのォ、……ユメのことが好きだっつーのはよ。オレがアイツをどうしてェーとかじゃなくてだな。そういうのが皆無だっつーワケじゃねェーんだが——」

「あることはあるんだ……」

「ないワケねェーだろうが。オレを誰だと思ってやがる」

「誰だと思ったら満足なんだよ」

「ランタ様だぞ？　このオレ様が、なんつーか、アイツには、……あァー……」

咳払《せきばら》いをして、顔をしかめる。ランタはさんざんためらったあげく、やけに小さい声で言った。

「……つまり、……幸せでいて欲しいっつーかな。アイツは仲間とか友だちとかが大好きで、みんなが笑ってれば、アイツも笑ってられンだよ。そのために、強くなろうとして。実際、強くなった。ココだけの話だけどな。すげェーヤツだって、思うよ。アイツは、フニャフニャしてたりもするケド、メチャクチャかっこいい女なンだよ。オレは、……いつだってアイツには、笑ってて欲しい。笑わせてやりてーンだ。……オレが、アイツを」

「……恋っていうより、愛、……みたいな？」

「おまえ、ソレ、自分で言ってて恥ずかしくねェーか？」

「そっちのほうが、よっぽど恥ずかしいこと言ってるんじゃ……」

「わざわざ指摘すンじゃねェッ！　自覚はあるんだっつーの！」

耳まで真っ赤だよ。さらにそう指摘するのはやめておいた。武士の情けというやつだ。

ハルヒロは武士ではなく、しがない盗賊でしかないのだが。

聞いていてものすごく恥ずかしかったが、ハルヒロは素直に感心してもいた。ランタ。

ユメのことがそんなに好きなんだ。そんなふうに好きなんだ。本当に、心の底から好きなんだ。

「――とにかく、だな」

ランタンは腕組みをして横を向いた。

「シホルはオレらの仲間だが、それより何より、ユメにとっては大事な友だちだからよ。

アイツはあえて言ったりしねェーケドな。女同士だし、たぶん、姉妹みてーなカンジもあるんじゃねーか」

「ユメのためにも、……シホルを――」

「そういうコトだ」

「……ああ」

でも、と言いたくなってしまう。シホルはハルヒロたちのことを覚えていない。記憶を消されている。

『帰りたいのでしょう？』

イオがそんな言葉をシホルにかけていた。帰りたい。あれはどういう意味なのだろう。どこに帰りたいのか。帰るべき場所があるというのか。わからないが、イオたち同様、シホルも開かずの塔の主に従っているようだ。

「生きてたんだからな」

ランタはそう言うと薄笑いを浮かべた。わざとらしいが、様になっている。

「シホルは生きてる。一歩前進じゃねーか」

ハルヒロは目をつぶった。知らぬ間にずいぶん肩に力が入っていたようだ。今は抜けている。楽に呼吸ができる。

ふと、いかにも心根のやさしそうな大柄な男が、ジョッキを持って少し困ったように微笑《ほほえ》んでいる顔が瞼《まぶた》の裏に浮かんだ。

誰だろう。

いや。

ハルヒロはわかっていた。覚えていないのに、わかる。

モグゾーだ。

――だけどさ、よかったよね。

声まで聞こえるような気がする。

――シホルさんは、無事だったんだから。よかったよ。ハルヒロくんもそう思わない？

「……そうだな」

ハルヒロは目を開ける。あの男は本当にモグゾーなのか。モグゾーはあんな顔をしていたのか。あんな声だったのか。あんなふうにしゃべる男だったのか。確かめるすべはない。彼は死んでしまった。彼の死も含めた過去があって、現在のハルヒロがいる。それでも、ここにいて欲しかった。

シホルのことをそんなふうに思い返さなければならない日は、まだ来ていない。

「おれたちは、前に進んでる」

「進みまくりだぜ。ちゃんとついてこいよ。オレは速ェーぞ」

「転んだら放っておくからな」

「覚えとけ。人生っつーのは七転び八起きだし、転んだってただでは起きねェーのがこのオレ、ランタ様だ」

おまえがいてよかったよ。

思っただけだ。本心だろうと、口が裂けても言えないことはある。

作品のご感想、
ファンレターをお待ちしています

あて先

〒141-0031
東京都品川区西五反田 7-9-5 SGテラス 5階
オーバーラップ文庫編集部
「十文字 青」先生係／「白井鋭利」先生係

PC、スマホからWEBアンケートに答えてゲット！

★この書籍で使用しているイラストの『無料壁紙』
★さらに図書カード（1000円分）を毎月10名に抽選でプレゼント！

▶https://over-lap.co.jp/865548266
二次元バーコードまたはURLより本書へのアンケートにご協力ください。
オーバーラップ文庫公式HPのトップページからもアクセスいただけます。
※スマートフォンと PC からのアクセスにのみ対応しております。
※サイトへのアクセスや登録時に発生する通信費等はご負担ください。
※中学生以下の方は保護者の方の了承を得てから回答してください。

オーバーラップ文庫公式 HP▶https://over-lap.co.jp/lnv/

OVERLAP

灰と幻想のグリムガル level.17
いつか戦いの日にさらばと告げよう

発　　行　2021年1月25日　初版第一刷発行

著　　者　十文字 青
発 行 者　永田勝治
発 行 所　株式会社オーバーラップ
〒141-0031　東京都品川区西五反田 7-9-5
校正･DTP　株式会社鷗来堂
印刷･製本　大日本印刷株式会社

Printed in Japan ISBN 978-4-86554-826-6 C0193

オーバーラップ　カスタマーサポート
電話：03-6219-0850／受付時間 10:00～18:00（土日祝日をのぞく）